OTTILIE ARNDT studierte Pädagogik und Kunstgeschichte, war als Lehrerin tätig, arbeitete daneben in der Redaktion einer Kinderzeitschrift und veröffentlichte zahlreiche Kurzgeschichten. Nach einem mehrjährigen Aufenthalt in Südamerika promovierte sie in Erziehungswissenschaften und Soziologie und arbeitete in der internationalen Bildungsforschung. Unter dem Autorennamen »Lena Bloom« schrieb sie drei Nürnberg-Krimis. Der dritte mit dem Titel »Aufs Spiel setzen« erschien 2007.

LYDIA OSTERMEIER studierte Pädagogik und Kunstgeschichte, arbeitete danach als Lehrerin und zusätzlich als Tutorin an der Ludwig-Maximilians-Universität in München. Als Schulleiterin im Raum München wurde sie zudem von der Regierung von Oberbayern mit dem Kommunikationstraining für Lehrkräfte beauftragt. Sie arbeitete an einer Reihe von Schulbüchern mit, verfasste Fachbeiträge und entwarf Kurzgeschichten.

»Des Teufels Mühle« ist das erste gemeinsam verfasste Buch der Zwillingsschwestern, ein zweites ist bereits in Planung.

Dieses Buch ist ein Roman. Handlungen und Personen sind frei erfunden. Ähnlichkeiten mit lebenden oder toten Personen sind rein zufällig, mit einer Ausnahme: den Teufelsmüller und seine Frau gab es wirklich.

OTTILIE ARNDT / LYDIA OSTERMEIER

DES TEUFELS MÜHLE

MAIN KRIMI

emons:

Mix
Produktgruppe aus vorbildlich bewirtschafteten
Wäldern und anderen kontrollierten Herkünften
www.fsc.org Zert.-Nr. GFA-COC-001223
© 1996 Forest Stewardship Council
FSC

Umschlagzeichnung: Heribert Stragholz
Druck und Bindung: CPI – Clausen & Bosse, Leck
Printed in Germany 2009
ISBN 978-3-89705-641-1
Main Krimi 3
Originalausgabe

Unser Newsletter informiert Sie
regelmäßig über Neues von emons:
Kostenlos bestellen unter
www.emons-verlag.de

Für den alten Teufelsmüller
Alfred Hofmann und seine Frau Anna,
die Teufelsmüllerin

Mittwoch – 30. April, Walpurgisnacht

EINS

Hurenkind. Seit sie, vom Niedersteinbacher Bahnhof kommend, in den düsteren Spessartwaldweg eingebogen war, summte dieses Wort in ihren Ohren. Hurenkind. Wie sie es hasste! Und wie sie alle die hasste, die es sich hinter ihrem Rücken zugeflüstert hatten. So manchen mitleidigen Blick hatte sie ertragen müssen – das machte das ganze Gerede noch schlimmer. Warum Mitleid? Es war ihr doch gut gegangen, ihr, dem Hurenkind. Jeder Schritt, den sie auf den Waldweg setzte, hämmerte die Erinnerung schmerzlich an die Oberfläche ihrer Gedanken.

Im August 1944 war ihre Welt noch in Ordnung gewesen. Sie war fünf Jahre alt, und ihre Mutter ging in Frankfurt am Main als Sekretärin bei Degussa einem durch und durch bürgerlichen Beruf nach. Doch dann hatte man den Vater an die Ostfront geschickt. Sie sollte ihn nicht wiedersehen. Und am 25. September 1944 kroch sie mit ihrer Mutter gegen Mittag aus dem Luftschutzbunker. Das Haus, in dem sie gewohnt hatten, war nur noch ein rauchender Trümmerberg. Noch am gleichen Tag verließen sie Frankfurt mit den wenigen Habseligkeiten, die ihnen im Schutz des Bunkers geblieben waren. Sie hatten nicht schwer daran zu tragen.

Die Zielstrebigkeit, mit der ihre Mutter sie in den Kahlgrund brachte, ließ sie damals denken, ihre Mutter kenne hier jemanden, bei dem sie unterkriechen konnten. Doch das stimmte nicht. Ihre Mutter nahm nur jede sich bietende Fahrgelegenheit wahr, die sie weg von der zerbombten Stadt brachte. Am besten erinnerte sie sich noch an das letzte Stück, das sie mit der Kahlgrundbahn zurücklegten. Alle Waggons waren überfüllt, selbst auf den Trittbrettern drängten sich Menschentrauben. Manche sprangen zwischendurch ab und liefen ein Stück neben dem Zug her, der so langsam fuhr, dass man mit ihm mühelos Schritt halten konnte. Sie hätte am liebsten noch Stunden auf der Plattform des Waggons verbracht und die herbstliche Landschaft betrachtet, die vor ihren Augen vorüberzog. Nach dem ohrenbetäubenden Sirenengeheul des Luftschutzalarms und den rauchenden Trümmern Frankfurts fühlte sie sich wie im Himmel. Doch ihre Mutter konnte wohl das Gedränge in der Eisenbahn nicht länger ertragen.

Sie stiegen in Niedersteinbach aus dem Zug und fanden am Ende des Tages in einem Bauernhof am Ortsrand Unterschlupf. Nur Frauen lebten auf dem Hof. Alte und junge Frauen und zwei Kinder, zwei Mädchen. Gisela war fünf und Katharina zwei Jahre alt. Die Ehemänner, Söhne und Brüder der Frauen waren noch im Krieg oder schon gefallen.

Ihre Mutter wollte sich nicht unterkriegen lassen. Getrieben von einem übermächtigen Lebenswillen, stürzte sie sich auf die ungewohnte Arbeit in der Landwirtschaft, konnte bald Kühe melken und den Stall ausmisten. Dafür durften sie am Hof wohnen bleiben. Es war eine schöne Zeit für sie, auch wenn sie noch Monate nach der Flucht aus Frankfurt das Donnern des Bombenhagels im Ohr hatte und selbst beim geringsten Geräusch angstvoll zusammenzuckte. Doch zwei Jahre später, als die Männer nach und nach zurückkehrten, sollten sich die unbeschwerten Tage dem Ende zuneigen.

Sie spielte gerade mit Gisela ein kompliziertes Kästchenhüpfspiel, als ein bis auf die Knochen ausgemergelter Mann auf den Hof schlurfte. Mit seinem einen Arm – der andere Jackenärmel baumelte leer herunter – griff er nach Gisela und sagte ihr, er sei ihr Papa. Dabei lächelte er. Das sah furchterregend aus, weil ihm ein Teil des Kinns fehlte. Gisela lief schreiend davon. Erst spät in der Nacht fand man sie in einem Kuhstall am anderen Ende des Dorfes. Mit der grausigen Entstellung ihres Vaters konnte sich Gisela zeitlebens nicht abfinden.

Das kleine Bauernhaus mit dem braunen Fachwerk wurde bald zu eng für alle. So sagten es zumindest die Frauen, aber mit ein wenig gutem Willen hätte man den beiden Flüchtlingen weiterhin ein Stübchen überlassen können. Der Grund, warum man sie immer weniger gern am Hof behalten wollte, war wohl eher die auffallende Schönheit ihrer Mutter. Obwohl sie ihr blondes Haar im Nacken zu einem unscheinbaren Zopf zusammenfasste und ständig abgewetzte Kittelschürzen trug, zog sie die Blicke der Männer auf sich. Und 1946 waren Männer eine Rarität, vor allem solche mit gesunden Gliedmaßen.

Glücklicherweise bekam ihre Mutter von dem Besitzer des Jagdschlösschens am Waldrand von Niedersteinbach die Erlaubnis, in dieses Schlösschen einzuziehen. Die Aussicht, in einem Schlösschen zu wohnen, weckte in dem Mädchen von mittlerweile sieben Jahren, das sie damals war, geradezu märchenhafte Vorstellungen, die auch dann noch standhielten, als sie das ziemlich abgewohnte Gebäude in Augenschein nahmen.

Ein paar Tage später, sie hatten sich gerade notdürftig eingerichtet, stand Regina, Mutters Freundin aus Frankfurt, vor der Tür. Die Ernährungslage war in der Stadt immer noch so bedrückend, dass auch sie aufs Land geflohen war. Sie quartierte sich im Schlösschen mit ein, und die beiden Frauen halfen auf den Bauernhöfen der Umgebung beim Einbringen der Ernte. Im Winter war damit jedoch Schluss. Man brauchte ihre Hilfe nicht mehr. Regina, die auf kein Kind aufpassen musste, fand in einer Gastwirtschaft in Mömbris stundenweise Arbeit als Bedienung. Doch dies währte nicht lange. Die hübsche Regina mit den geschmeidigen Gliedmaßen und der fuchsroten Lockenmähne erregte so sehr die Aufmerksamkeit der Männer und vor allem die des Wirtes, dass sie von der Wirtin an die Luft gesetzt wurde. Wovon sollten sie nun leben? Die beiden Frauen fassten einen aus der Not geborenen Entschluss. Ihre Mutter und Regina wurden Huren.

Bedächtig setzte sie einen Fuß vor den anderen. Noch ein paar Schritte, und die verwitterten Gemäuer des alten Schlösschens würden durch das frühlingsgrüne Laub der Buchen schimmern. Sie umrundete das Gebäude.

Damals als Kind war es ihr riesig vorgekommen. Trotz der schäbigen Einrichtung hatte sie sich vorgemacht, die Prinzessin im Märchen vom Froschkönig zu sein. Zusammen mit Gisela hockte sie stundenlang neben dem Brunnen ein wenig abseits des Schlösschens. Sie hielten nach Fröschen Ausschau. Hin und wieder gelang es ihnen, einen zu fangen und zu küssen. Auf den Blitz und den Donnerschlag, der aus dem Frosch einen Prinzen machen sollte, warteten sie jedoch vergeblich. Die Frösche blieben Frösche.

Jetzt, nach all der Zeit, spähte sie durch das Gebüsch und suchte nach dem Brunnen, aus dem ihre Mutter das Wasser geschöpft hatte. Sie konnte ihn nicht finden. Man hatte ihn wohl zugeschüttet.

Ihre Mutter hatte die Fröscheküsserei ziemlich eklig gefunden und stattdessen vorgeschlagen, doch lieber so zu tun, als seien sie Dornröschen. Sieben glückliche Jahre hatte sie in dem Schlösschen verbracht. Dornröschen hatte sie aber nie sein wollen. Sie wollte sich nicht in den Finger stechen und schon gar nicht hundert Jahre schlafen müssen. »Ich schon, ich würde am liebsten von heute auf morgen in einen hundertjährigen Schlaf fallen«, seufzte ihre Mutter.

Damals hatte sie den Sinn dieser Worte nicht begriffen, dafür später umso besser. Ihre schöne Mutter, die ihr blond schimmerndes Haar mit so viel Anmut aus dem Gesicht strich und immer lächelte, hatte das Hurenleben so satt, dass sie es am liebsten verschlafen hätte. Und sie selbst hatte als Kind durch die Ritzen des Verschlags, in dem sie sich aufhielt, wenn ihre Mutter und Regina ihrer Arbeit nachgingen, bis zu ihrem vierzehnten Lebensjahr womöglich mehr blankgezogene Männerschwengel gesehen als alle Frauen zusammen im Kahlgrund.

Unschlüssig schaute sie sich um. War sie überhaupt auf dem richtigen Weg? War das der untere Weg oder, wie die Leute damals sagten, der erste Weg? Ringsherum drängte sich das Unterholz dicht zusammen. Abgestorbenes Geäst lag herum. Früher hätte es das nicht gegeben. Da lag kein dürres Holz im Wald. Es wurde gesammelt und verheizt. Und das Laub wurde in die Viehställe gestreut. Die Wälder waren früher so ordentlich aufgeräumt wie Wohnzimmer.

Hätte sie doch besser den oberen Weg einschlagen sollen, den die Leute auch den zweiten nannten? Auf dem waren früher Fuhrwerke und Autos gefahren. Sie hielt inne und versuchte, sich zu orientieren. Doch, hier musste der Weg weitergeführt haben. Rechts sah sie das saftige Grün des engen Wiesentals durch die Bäume schimmern und wusste, dass sich unterhalb des jähen Abhangs der Geiselbach vorbeischlängelte. Entschlossen drang sie in das dichte Strauchwerk ein, das den Weg überwuchert hatte.

Früher war sie mit Regina hier entlanggeritten, Regina auf einem Apfelschimmel, der gern galoppierte, und sie auf einem lammfrommen Shetlandpony, das geduldig hinter dem Schimmel herzuckelte. Ihre Mutter kam nie mit. Sie hatte Angst vor Pferden.

Früher! Warum fiel ihr seit dem Anruf ständig nur »Früher«

ein? Wie war der Bär überhaupt auf ihre Spur gekommen, und was sollte dieses Treffen nach so langer Zeit? Wie mochten sie aussehen nach weit mehr als fünfzig Jahren?

Das Gebüsch lichtete sich, sie konnte die Reste des alten Weges jetzt gut erkennen. Letzte Sonnenstrahlen tropften durch das Blättergewölbe der glatten Buchen und borkigen Eichen, als sie den verwachsenen Hohlweg verließ und nach wenigen Schritten vor dem schmalen Steg stand, der den Geiselbach überspannte. Mickrig wirkte er im Vergleich zu der Brücke, die der alte Teufelsmüller Ende der vierziger Jahre hier angelegt hatte. Die war aus mächtigen Eichenbohlen gebaut, über die sogar die Lastwagen fahren konnten, die dem Teufelsmüller für seine Gastwirtschaft Bier, Limonade, Selterswasser und Apfelwein lieferten.

In der Mitte des Steges hielt sie inne und suchte angestrengt bachabwärts das rechte Ufer ab. Hier mussten doch die Reste der unteren Teufelsmühle sein? Oder lagen sie hinter der Biegung des Baches? Sie löste ihre Hände vom Geländer und wandte sich dem engen Tal zu, das sich vor ihren Augen auftat.

Der Teufelsgrund. Der sagenumwobene Teufelsgrund mit der Teufelsmühle. Hohe Tannen, Fichten, Buchen und Eichen säumten das Tal und tauchten es vorzeitig in dämmriges, grünblaues Licht. Als Kind war ihr das Tal damals viel weiter vorgekommen. Sie folgte dem Trampelpfad durch den Wiesengrund, und endlich trat auch das Dach der Teufelsmühle in ihr Blickfeld. Hier war alles noch beim Alten, registrierte sie erfreut und vergrub die Hände in den Taschen ihrer korallenroten Wanderjacke. Das graue Dach des Blockhauses, das sie an einen ausgespreizten Fledermausflügel erinnerte, ragte weit über die hölzerne Veranda heraus, die drei Seiten des oberen Stockwerks umschloss.

Die grünen Fensterläden waren zurückgeklappt, und die derbe, grün gestrichene Eingangstür stand einladend offen. Dort drinnen hockten sie zusammen. Aber warum kam niemand auf die ausladende Terrasse heraus, um sie zu begrüßen?

Jetzt, als sie mutterseelenallein im Wiesengrund stand, kam ihr das ganze Treffen zu dieser unsinnigen Uhrzeit absurd vor. »Punkt neunzehn Uhr in der Teufelsmühle. Du brauchst nichts mitzubringen, es ist alles da. Wir übernachten aber im Blockhaus. In unserem Alter will keiner mehr in einem Zelt schlafen. Ansonsten machen wir alles wie früher. Und um Mitternacht gehen wir hinauf zum Hexentanzplatz. Das ist Ehrensache.«

»Wie früher«, äffte sie die Stimme wütend nach und trat an das Ufer des Omersbachs, der sich weiter unten mit dem Geiselbach vereinigte. Das Wehr, das früher den Bach aufgestaut hatte, hatten sie immer und immer wieder als Mutprobe übersprungen. Jetzt bröckelte es im leisen Verfall vor sich hin. Das Mühlrad mit dem mächtigen Mühlstein war verschwunden. Die Teufelsmühle ohne Mühlrad mutete wie eine Weinbergschnecke ohne Schneckenhaus an. Warum war alles um sie herum mucksmäuschenstill? Aus der Hütte waren keine Stimmen zu hören. Wie hatte sie sich nur auf diese Schnapsidee einlassen können hierherzukommen? Warum überhaupt dieses Treffen nach so langer Zeit?

An der Feuerstelle, wo jetzt die klobigen Steinbänke standen, hatten sie damals ihre Zelte aufgeschlagen. Aber nur die Mädchen durften das, die Jungen mussten mit ihren Zelten hinunter zur Auwiese, fast ans Ufer des Geiselbachs. Auch im Teufelsgrund herrschten in den Nachkriegsjahren strenge Sitten. Halb Deutschland lag damals zwar in Trümmern, aber die Sitten waren ebenso streng wie vor dem Krieg. Vor den Zelten der Mädchen durften sie unter den Argusaugen des alten Teufelsmüllers ein Lagerfeuer entfachen. Das letzte Mal 1953, als das mit Gisela passiert war. Der alte Teufelsmüller – war er tatsächlich alt gewesen? Mit seiner Frau und einer Reihe von Kindern hatte er hier gehaust. Da waren auch richtig kleine darunter gewesen. So alt konnte er eigentlich gar nicht gewesen sein, wie es ihr mit vierzehn vorgekommen war. Mein Gott, sie waren so jung gewesen, damals.

In den ältesten Sohn des Teufelsmüllers war sie mit der Innigkeit ihres jungen Herzens verliebt gewesen. Und er? Er mochte vielleicht zwei Jahre älter gewesen sein, zeigte aber an Mädchen kein Interesse. Seine ganze Liebe galt der Malerei. Wenn sie vom Schlösschen heraufkam, sah sie ihn schon von der Brücke her an seiner Staffelei sitzen und malen. Eine Aura höchster Konzentration schien ihn zu umgeben. Er lächelte ihr zwar freundlich zu, sah aber durch sie hindurch wie durch eine Glasscheibe.

Auf den Hexentanzplatz würde sie um Mitternacht nicht mit hinaufsteigen. Schon wegen Gisela nicht. Wer von ihnen wohl auf diese Idee gekommen war?

Unschlüssig stand sie neben den Brennnesseln, die die Wiese säumten, und starrte die Tür des Blockhauses an. Das schmale Terrassenstück vor der Eingangstür war wie damals. An die Wand der Blockhütte lehnte sich eine lange Bank, davor stand ein Tisch. Wie früher! Ließ sie die Vergangenheit denn niemals los?

Was sollte sie tun? Hinaufgehen und nachschauen? Den Kopf durch die Tür stecken und »Juhu, ich bin da« schreien? So tun, als ob keine sechsundfünfzig Jahre zwischen ihrem letzten Zusammentreffen lagen? Warum nicht? Das wäre die natürlichste Reaktion. In großer Wiedersehensfreude würden sich alle um den Hals fallen und gegenseitig in den Gesichtern den Spuren der vergangenen Jahre nachforschen.

Doch die Stille ringsum nahm ihr den Mut. Kein Laut war zu hören, selbst das Zwitschern der Vögel war verstummt. Bleierne Stille umfing sie – und Angst. Die gleiche Angst hatte sie verspürt, als sie damals im Stockfinstern und in heller Panik vom Hexentanzplatz heruntergestolpert waren und feststellten, dass Gisela verschwunden war.

Sie streifte den Rucksack von den Schultern, zog den roten Anorak aus und ließ sich darauf nieder. Während sie in ihrem Rucksack zwischen der Wäsche zum Wechseln nach ihrer Wasserflasche kramte, beobachtete sie beklommen die Tür.

Der klagende Ruf eines Waldkauzes durchschnitt plötzlich die Stille, und sie fuhr erschrocken herum. Aber da war nichts. Im Teufelsgrund fiel das Gruseln von jeher leicht, und das hatte nicht einmal was mit den Schauergeschichten des alten Teufelsmüllers zu tun. Dafür sorgte auch das reale Leben. Als ob es gestern gewesen wäre, kam ihr nun eine Begebenheit in Erinnerung, die sie längst vergessen geglaubt hatte.

Es war eine dieser mondhellen Nächte, in der Gisela umgekommen war. Zu sechst saßen sie vor dem Zelt der Mädchen und schwelgten in Zukunftsplänen, erzählten, was sie nach der Schule machen würden. Es ging schon auf Mitternacht zu.

Plötzlich stand im hellen Mondlicht eine alte Frau mit einem riesigen Margaritenstrauß im Arm. Ihr graues offenes Haar hing ihr weit über den Rücken. Reglos stand sie barfüßig im taunassen Gras und starrte zur Hütte empor. Eine unheimliche Gestalt im weißen Gewand, die ihnen Gruselschauer über den Rücken jagte.

Die wenigen Gäste, die sich noch in der Teufelsmühle aufhielten, wurden ebenfalls auf die seltsame Frau aufmerksam. Sie kannten sie und boten ihr an, sie nach Omersbach zurückzubringen. Doch die Frau schüttelte nur den Kopf und setzte unbeirrt ihren Weg fort. Am nächsten Morgen erwartete die drei Buben ihrer Gruppe ein gewaltiger Schrecken. Als sie sich im Geiselbach waschen wollten, fanden sie die Alte tot im Wasser. Sie lag mit dem Gesicht nach unten im Bach.

In den fünfziger Jahren gab es keine Handys, und so schwang sich der Teufelsmüller auf sein Motorrad und alarmierte die Polizei in Geiselbach. Gespannt verfolgten die sechs Jugendlichen die polizeiliche Untersuchung und das Bergen der Leiche. Aber wohin mit der Leiche in der Sommerhitze, bis jemand von der Rechtsmedizin kam? Man verfrachtete sie kurzerhand in den Keller der Teufelsmühle und packte sie dort auf das Stangeneis, das der Teufelsmüller von der Brauerei zum Kühlen der Getränke geliefert bekam.

Ob die anderen sich daran wohl noch erinnerten?

Sie steckte die Wasserflasche zurück in den Rucksack und holte ihre kleine Taschenlampe aus dem Seitenfach. Sie würde jetzt zur Tür des Blockhauses gehen, mit ihrer Taschenlampe hineinleuchten und der eigenartigen Situation ein Ende machen.

Damals hatte eine Taschenlampe immer zur Grundausrüstung gehört, auf dem Weg zum Hexentanzplatz war sie jedoch streng verboten. Da galt es, Mut zu beweisen, zumindest in der Walpurgisnacht.

Hinter ihrem Rücken murmelte leise der Omersbach. Sie fühlte sich beobachtet. Aber wovor sollte sie sich ängstigen? Vor den Gruselgeschichten, die der alte Teufelsmüller ihnen damals am Lagerfeuer erzählt hatte? Himmel, konnte der Geschichten erzählen von Tod und Teufel und Müllern, die dem Teufel ein Schnippchen schlugen! Er war ein echter Teufelsmüller gewesen, einer, dem es Spaß machte, den Gästen auf ihrem Heimweg durch den stockfinsteren Wald einen Schabernack zu spielen. Manchmal irrlichterte er mit einer Kerze in der Hand vor ihnen her und lockte sie vom rechten Weg ab. Trotzdem kamen sie immer wieder und ließen sich von ihm allzu gern in Angst und Schrecken versetzen.

So lange Zeit lag das nun zurück. Noch einmal rekapitulierte sie das Telefongespräch von letzter Woche. Von längst vergangenen

Jugendtagen war die Rede, von Zeltlagern und Lagerfeuern und von Fahrtenliedern im Teufelsgrund. »Hoch auf dem gelben Wagen« kam ihr in den Sinn, und sie summte die ersten Takte des Liedes vor sich hin. Früher. Mit dem Kapitel »Früher« und vor allem mit der Walpurgisnacht, in der Gisela umgekommen war, hatte sie sich später noch einmal eingehend beschäftigt. Das war sie der kleinen fröhlichen Gisela mit den dünnen blonden Haaren schuldig gewesen. Ihrer Freundin.

Bald nach Giselas Tod hatten sich die Zeltlagergefährten in alle Winde zerstreut und waren ihrer eigenen Wege gegangen. Und heute sollten sie sich alle wiedersehen: der Bär, der Fuchs, der Wolf, die Eule und sie selbst, die Elster. Nur Gisela, das sanfte Reh, würde nicht mehr dabei sein.

Da, ein Geräusch! Schritte?

Erschrocken fuhr sie herum. »Du?«, brachte sie erleichtert hervor, als sie das alt gewordene, aber dennoch vertraute Gesicht erkannte. »Wieso bist du allein? Wo sind die anderen?«

»Die kommen noch. Was sollte die Geschichte über meinen Vater? Woher hast du sie?«

»Ich hab dich damals beobachtet. Ich habe alles gesehen«, sagte sie ruhig.

»Du hättest die alten Geschichten besser ruhen lassen sollen. Was hast du jetzt vor?«

»Was, denkst du, könnte ich vorhaben? Etwas, das dir schaden könnte?«

»Das kommt darauf an. Wem hast du noch davon erzählt?«

»Was glaubst du? Vielleicht habe ich niemandem davon erzählt. Vielleicht habe ich nur eine gute Geschichte gebraucht.«

»Das sind mir zu viele Vielleicht.« Eine Hand schoss vor, krallte sich um ihren Hals und drückte zu. »Sag schon. Wem?«

»Niemandem.« Sie rang nach Luft. Als die Hand mit dem Stein auf sie zukam, wusste sie es. Das war die falsche Antwort.

Donnerstag – 1. Mai

ZWEI

In Heinrich Wiesenbergs Subaru rumpelte die Gasflasche hin und her, als er das steile Stück des ausgefahrenen Weges in Angriff nahm. Die Sonne glitzerte in den Tautropfen auf der Wiese. Aber bis zur Ankunft der Gäste, die hier den Ersten Mai feiern wollten, würde das Gras längst trocken sein. Gemächlich lenkte er den Geländewagen durch die Fichtenschonung, und bald darauf öffnete sich vor ihm das Tal mit der saftig grünen Wiese.

In Augenblicken wie diesen fand er den Namen Teufelsgrund für diesen idyllischen Ort nicht angebracht. Als christlicher Mensch verband er das Wort Teufel mit Unheil. Woher, in aller Welt, sollte aber an diesem friedlichen, abgeschiedenen Ort Unheil drohen? Er lachte sein tonloses, asthmatisches Lachen und stellte das Auto wenige Meter vor den Fichten ab, die er vor Jahren geköpft hatte, als sie drohten, das Blockhaus zu überragen.

Keuchend lud er die schwere Propangasflasche ab und schleppte sie zum Häuschen. Dann holte er die Kiste mit den Grillwürstchen und wuchtete sie den Treppenaufgang hinauf. Er stellte sie auf der Terrasse ab und stützte sich schwer atmend auf das Geländer. Erst einmal tief durchatmen. Schuldbewusst sah er dabei auf seinen umfangreichen Kugelbauch hinunter. Asthma und Übergewicht passten zusammen wie Feuer und Wasser. Sein Atem wurde zunehmend ruhiger, und er wandte sich der Eingangstür zu.

Himmelherrgott noch mal! Aufgebrochen! Konnten denn diese verdammten Bengel die Hütte nicht in Frieden lassen? Inzwischen musste doch jedem im Kahlgrund klar sein, dass es hier nichts zu holen gab. Seufzend griff er nach dem Schürhaken neben dem Holzofen und begann seinen Rundgang. Sollte er auf betrunkene Jugendliche treffen, könnte er ihnen mit dem Schürhaken schnell und unmissverständlich klarmachen, dass sie die Hütte unverzüglich zu verlassen hätten. Der Wohnraum und die Küche waren unverändert. Alles schien an seinem Platz zu sein und nichts fehlte. Kurzatmig stemmte er sich die enge Treppe ins Obergeschoss hinauf und inspizierte die beiden Räume. Mühevoll bückte er sich, um auch unter die Stockbetten zu schauen. Nichts! Warum hatten sie dann überhaupt eingebrochen? Womöglich gehörte das wieder einmal zu einem der zweifelhaften Scherze der gestrigen Walpurgisnacht.

Ratlos trat er auf die Veranda, die unter seinem Gewicht bedrohlich ächzte. Nirgends fand er Spuren der Einbrecher. Er stützte sich schwer auf die Brüstung, musterte die roten und weißen Geranien in den Pflanzkästen, die er um die Veranda herum angebracht hatte, und blickte nachdenklich über den Teufelsgrund. Alles schien wie immer zu sein, bis auf die aufgebrochene Tür. Wütend fuhr er sich durch sein grau gesprenkeltes zentimeterkurzes Haar. Früher hatte er pechschwarze Haare gehabt. Ein schöner Mann. Früher. Im Geiste überschlug er die Kosten und den Zeitaufwand für das Reparieren der Tür. »Saubande, verfluchte«, grollte er in sich hinein und wandte sich von der Brüstung ab. Dabei registrierte er aus den Augenwinkeln einen roten Fleck mitten in den Brennnesseln nahe der sumpfigen Quelle.

»Ihren Abfall haben sie auch liegen lassen, die Hundsbuben, die verflixten«, schimpfte er. Ausgerechnet sein Biotop hatten sie versaut. Hier ließ er alles so wachsen, wie die Natur es wollte. Und wie alles wuchs! Die ungewöhnlich warme Witterung hatte die Brennnesseln und das scharfzahnige Sumpfgras über Gebühr in die Höhe schießen lassen. Wie ein dichter Filz schirmten sie die Quelle ab, in der Molche schwammen.

Er würde den Abfall sofort wegräumen, denn schlechtes Benehmen zog weiteres schlechtes Benehmen nach sich. Gerade heute, am Maifeiertag, wo es hier im Tal vor Menschen nur so wimmeln würde, durfte er das von vornherein nicht einreißen lassen. Zornig polterte er ins Untergeschoss und zog ächzend seine Gummistiefel an, ohne die in diesem Sumpf kein Durchkommen war.

Das war kein Abfall. Was da vor ihm lag, als er die Stelle in den Brennnesseln erreichte, war ein Mensch. Vorsichtig zog er den roten Anorak, der über Kopf und Oberkörper ausgebreitet lag, zur Seite.

»Heiliger Himmel!« Entsetzt starrte er auf den Leichnam. Es war eine Frau. Blicklose, stumpfe Augen in einem blutüberströmten Gesicht.

Er konnte nicht anders. Einen Menschen einfach wie ein Stück Unrat liegen zu lassen, das war nicht mit seinem christlichen Weltbild vereinbar. Also rollte er den Anorak zusammen und schob ihn behutsam unter den Kopf der Toten. Ihre erstarrten Hände legte er aneinander. Danach durchforstete er sämtliche Jacken- und Hosentaschen nach seinem Handy. Plötzlich kam ihm die Erleuchtung. Er hatte es vorgestern in der Hütte liegen gelassen. Schnaufend stapfte er zur Blockhütte zurück und hoffte, dass es den Einbrechern nicht in die Hände gefallen war. Er entdeckte es schließlich in all dem Krimskrams, der sich im Laufe der Jahre auf den Fensterbrettern des Wohnraums angesammelt hatte, gab den Notruf durch und ließ sich dann auf die Bank neben der aufgebrochenen Eingangstür fallen.

Während er auf das Eintreffen des Notarztes und der Polizei wartete, rief er sich noch einmal die Tote vor Augen. Wie lange sie wohl schon in den Brennnesseln lag? Im Grunde konnte sie schon seit vorgestern Abend dort liegen, als er gegen acht Uhr abends die Teufelsmühle verschlossen hatte und nach Hause gefahren war. Gestern hatte er die Einkäufe für den heutigen Maifeiertag erledigt und war abends vor dem Fernseher eingeschlafen. Was hatte die Frau hier nur zu suchen gehabt?

Aus der Ferne erklang Sirenengeheul. Die Kahlgrundsheriffs und ihre Sirenen! Ein spöttisches Grinsen huschte über sein Gesicht. Sie wollen sich damit wohl Mut machen im unheimlichen Teufelsgrund. Ob er ihnen ein Schnäpschen anbieten sollte und sich auf den Schrecken hin auch eines genehmigen könnte? Er verwarf beide Ideen. Einen Schnaps hatten sie nicht verdient. Waren sie es nicht gewesen, die kürzlich die Asche in der Feuerstelle vor der Hütte durchwühlt und ihn dann beschuldigt hatten, unerlaubt Sachen verbrannt zu haben? Dabei waren es doch nur alte Dachlatten gewesen. Angesichts des belasteten Verhältnisses zur dritten Macht im Staate verzichtete er ebenfalls auf den Schnaps.

Mit schweren Schritten polterten zwei Polizisten die Holztreppe herauf. Polizeiobermeister Wolfgang Stenglein, der ältere der beiden, nahm seine Mütze ab. Dunkelbraunes, vom Mützenrand an den Kopf geklatschtes Haar kam zum Vorschein. Er lockerte es mit ein paar geübten Handgriffen auf.

»Morgen, Heinrich. Haben wir dich richtig verstanden? Du hast hier im Teufelsgrund eine Leiche gefunden?«

Heinrich Wiesenberg nickte und stemmte sich von der Bank hoch. Wortlos wies er den Beamten den Weg zum Fundort.

»Da!« Er zeigte ihnen am Rande der Brennnesseln die Richtung und hielt sich gern an die Anordnung, ihnen nicht zu folgen. Mit den Nesseln hatte er ausreichend Bekanntschaft gemacht.

Die Hände in den Hosentaschen vergraben, sah er zu, wie die Beamten in die Hocke gingen, und hörte sie im Gleichklang schimpfen: »Verdammte Nesseln, die brennen ja wie Feuer!«

Das Leben sorgte doch immer wieder für ausgleichende Gerechtigkeit. Heinrich Wiesenberg nickte zufrieden und ließ die Brennnesseln als Wiedergutmachung für die durchwühlte Asche gelten. Geduldig wartete er, bis beide wieder aus den Nesseln herauskamen. Den jüngeren der beiden Beamten, Polizeimeister Jens Habel, kannte er schon von klein auf. Aus dem würde noch was werden. Das war ein heller Bursche. Wollte der nicht zur Kripo?

Wolfgang Stenglein, ein erfahrener Mittvierziger, der stets ein offenes Ohr für die Sorgen und Nöte der Kahlgrundbewohner hatte, streifte Finger für Finger die Gummihandschuhe ab und fixierte dabei Heinrich Wiesenberg. »Hast du die Leiche angerührt?«

»Nein. Ich habe nur den Anorak weggezogen. Dann war mir alles klar.«

»Ach ja? Und die Leiche hat sich dann den Anorak unter den Kopf geschoben, damit sie bequemer liegt, und ihre Hände gefaltet?«

Heinrich Wiesenberg hatte im Laufe der Jahre schon manches Schöppchen Apfelwein mit Wolfgang Stenglein gebechert und konnte ihn im Grunde seines Herzens gut leiden. Aber jetzt brachte ihn der inquisitorische Blick des Beamten aus der Fassung.

»Herrgott noch mal. So reagiert man eben als Christenmensch«, brauste er auf.

Stenglein kniff wütend die Lippen zusammen. »Das hättest du lieber bleiben lassen sollen. Jetzt können wir uns auch noch mit deinen christlichen Spuren herumschlagen! Sicher hast du schon beim Hingehen zur Leiche wertvolle Spuren vernichtet.«

Beleidigt verschränkte Wiesenberg seine Arme wie eine Barriere über dem Kugelbauch. »Hinfliegen ging leider nicht.«

Stenglein nickte dazu nur abwesend und befahl seinem Kollegen, die Kripo zu informieren. Dann dirigierte er Wiesenberg zur Blockhütte zurück.

In diesem Augenblick rumpelte der Notarztwagen den Feldweg heran und wurde von Jens Habel mit dem Telefonhörer am Ohr in Empfang genommen.

Wolfgang Stenglein und Heinrich Wiesenberg sahen zu, wie Habel den Notarzt zur Leiche führte. Der Arzt kauerte sich nieder und stand bald darauf wieder auf. »Eingeschlagener Schädel«, rief er ihnen zu. »Das ist ein Fall für die Kripo und die Rechtsmedizin.«

Während sie auf das Eintreffen der Kriminalpolizei warteten, sicherte Jens Habel den Fundort der Leiche und sperrte weiträumig den Bereich um die Teufelsmühle mit rot-weißen Bändern ab.

Stenglein ließ sich einen genauen Bericht von Heinrich Wiesenberg geben und begutachtete die aufgebrochene Tür.

»Sie ist mit einem Schraubendreher aufgestemmt worden. Saubere Arbeit. Man sieht es auf den ersten Blick gar nicht. Scheint ein Profi gewesen zu sein. Aber warum nur, wenn rein gar nichts gestohlen wurde?«

»Das frage ich mich auch schon die ganze Zeit«, grollte Heinrich Wiesenberg und fletschte wütend sein für sein Alter erstaunlich weißes Raubtiergebiss. »Was mach ich nun mit den Wandergruppen, die bald hier eintreffen und grillen wollen?«

»Die schicken wir weiter Richtung Omersbach.«

»Und die Würstchen und Brötchen? Die verderben doch. In der Hütte gibt es keinen elektrischen Strom und damit auch keinen Kühlschrank. Soll ich die etwa auch nach Omersbach schicken?«

»Du könntest ja ein paar Würstchen für uns grillen«, schlug Wolfgang Stenglein vorsichtig vor und inspizierte dabei angelegentlich seine Fingernägel. »Bald wird hier nämlich die Hölle los sein, wenn die Leute von der Mordkommission, der Spurensicherung und der Rechtsmedizin auftauchen. Stunden werden die hier zu arbeiten haben, und ich könnte mir vorstellen, dass sie sich über ein paar gegrillte Würstchen freuen würden. – Natürlich zum Selbstkostenpreis.«

Wiesenberg überdachte eingehend den Vorschlag. Das war allemal besser, als die Würstchen auf den Abfall zu werfen. Aber das mit der durchwühlten Asche wurmte ihn nach wie vor. Deshalb gab er seinen Entschluss noch nicht preis und fragte beiläufig: »Hab ich eigentlich dir die Anzeige wegen unerlaubten Verbrennens von Gegenständen zu verdanken? Hast etwa du in meiner Asche herumgestochert?«

»Ich?« Wolfgang Stenglein zog eine beleidigte Miene. »Wahrscheinlich bist du mit deinen politischen Ansichten jemandem so gehörig auf den Fuß getreten, dass er dich aus Ärger angezeigt hat.«

Wiesenberg musterte Stenglein von der Seite und war nun endgültig überzeugt, dass dieser nicht zu den Schikanierern gehörte, die die Asche fremder Leute durchwühlten. So eine Hinterhältigkeit passte auch gar nicht zu ihm. Wenn dem Beamten etwas gegen den Strich ging, sagte er es stets frei heraus. Zudem sollte man sich mit der dritten Macht im Staate stets gut stellen. Entgegen seiner sonst üblichen bärbeißigen Art fragte er deshalb freundlich: »Möchtest du ein Glas Äppelwoi?«

Sein Apfelwein konnte sich mit denen im ganzen Umkreis messen. Er kelterte ihn selbst und ließ ihn hier bei den gleichbleibend kühlen Temperaturen im Keller der Hütte gären.

Stengleins Miene hellte sich auf.

»Gerne, aber einen Gespritzten. Bitte mehr Wasser als Wein. Immerhin bin ich im Dienst.«

Während der Polizeiobermeister sich Notizen zum Leichenfund und zur aufgebrochenen Hüttentür machte, ging Wiesenberg mit einem Bembel in den Keller. Dabei überlegte er, welchen Preis er für die Würstchen verlangen konnte, ohne den Eindruck zu erwecken, er wolle aus der Situation pietätlos Kapital schlagen. Aber bedeutete ›Selbstkosten‹ nicht, dass man selbst auch auf seine Kosten kam?

DREI

Hauptkommissar Bernd Rieker warf einen prüfenden Blick auf seine junge Kollegin Andrea Herbst.

Hoffentlich machte sie beim Anblick der Leiche nicht schlapp. Er konnte sie nicht recht einschätzen. Seit sie, von Omersbach kommend, in den ausgefahrenen Forstweg eingebogen waren, schaute sie nur stumm aus dem Fenster. Als Umläuferin war sie vor knapp drei Wochen seiner Dienststelle zugeteilt worden, damit sie sich über die Polizeiarbeit kundig machen konnte. Sie erlernte als angehende Polizistin einen ausgesprochenen Erfahrungsberuf, bei dem die älteren Kollegen die jungen Anfänger unter ihre Fittiche nahmen und ihnen zeigten, was zu tun ist.

Zuerst hätte er sie am liebsten einem anderen Kollegen aufs Auge gedrückt, denn mit jungen Frauen im Polizeidienst hatte er bislang keine Erfahrungen. Als Vater von zwei Söhnen fehlte ihm zudem auch im privaten Bereich die Möglichkeit, einschätzen zu können, was man jungen Frauen tatsächlich zumuten durfte. Nach reiflichem Überlegen hatte er jedoch beschlossen, sie ins kalte Wasser springen zu lassen. Er würde schon sehen, was sie aushalten konnte. Und bisher machte sie sich gut. Gestern hatte er ihr nach der Dienstbesprechung das Du angeboten, als er feststellte, dass er inzwischen der Einzige war, mit dem sie sich noch siezte.

Als sie um die Biegung herumfuhren und die Teufelsmühle mit den vielen Streifenwagen, dem Auto des Rechtsmediziners und dem Leichenwagen davor sichtbar wurde, kam Leben in Andrea Herbst.

»Du warst wohl schon einmal hier?«, fragte sie. »Allein hätte ich den Weg niemals gefunden.«

»Als Kind kam ich oft her. Wir machten mit der Schule immer wieder mal einen Ausflug zur Teufelsmühle. Ich glaube, das war das Wandertagsprogramm vieler Schülergenerationen in der Umgebung. Meine Großeltern waren schon hierher gewandert, und meine Eltern ebenfalls.«

Andrea Herbst nickte. Ausflüge dieser Art kannte sie gut. Sie selbst stammte aus Mespelbrunn, und die Mentalität der Spessartbewohner war ihr durchaus vertraut. Bei den lokalen Sehenswürdigkeiten kannte sie sich aber weniger gut aus. Während ihres Studiums in Fürstenfeldbruck hatte sie es vorgezogen, sich ausführlich in der aufregenden Münchener Szene umzuschauen. Die Zuweisung zur Alzenauer Polizeiinspektion hatte sie deshalb ziemlich gefuchst. Eine größere Stadt mit entsprechend höherem kriminellen Potenzial wäre ihr viel lieber gewesen. Hoffentlich erwies sich wenigstens der Mordfall, zu dem sie nun gerufen wurden, als halbwegs interessant.

Zackig schwang sie ihre Beine aus dem Auto und nahm die Blockhütte näher in Augenschein. Die Sonne überflutete inzwischen das enge Tal – eine Idylle. Nur die Polizisten störten. Sie entdeckte Jens Habel von der Schutzpolizei und winkte ihm zu. Er lotste gerade eine Horde Kinder samt Eltern im Gänsemarsch an der weiträumigen Absperrung vorbei. Die Eltern machten noch enttäuschtere Mienen als ihre Kinder, da sie nun die lästige Bürde eines alternativen Ausflugprogramms zu tragen hatten.

Polizeiobermeister Wolfgang Stenglein kam auf sie zu und berichtete ihnen, wie und in welchem Zustand sie die Leiche vorgefunden hatten.

Bernd Rieker dankte ihm und seufzte beim Anblick der Kindergruppe: »Hoffentlich bleiben sie hinter der Absperrung und zertrampeln keine wichtigen Spuren.« Danach strebte er dem Treppenaufgang der Hütte zu, auf dessen oberster Stufe Heinrich Wiesenberg wie ein Granitblock aufragte.

»Na, Heinrich, altes Haus, übertreibst du nicht ein wenig mit den Leichen im Teufelsgrund? Wer weiß, vielleicht stapelst du sie gar schon in deinem kühlen Keller? Zumindest von einer weiß ich noch«, flachste Rieker, als er sich an Wiesenbergs Leibesfülle vorbeidrängte.

»Noch so einen vor Geist sprühenden Witz, und ich streiche dich von meiner Äppelwoi-Liste. Ihr Polizeifuzzis habt ja überhaupt keine Ahnung, wie geschäftsschädigend das alles ist. Bald traut sich niemand mehr hier herunter in den Teufelsgrund.«

Bernd Rieker war fest entschlossen, die personifizierte Friedfertigkeit zu bleiben und hob beschwichtigend die Hände. »Gib mir bitte einen Gespritzten und erzähl mir, was passiert ist.« Er wies auf Andrea. »Das ist übrigens meine Kollegin, Frau Herbst.«

Der Hüttenwirt warf einen zutiefst misstrauischen Blick auf die junge Frau. Mit ihren zum Pferdeschwanz gebundenen hellbraunen Haaren sah sie wie ein Teenager aus. Waren die bei der Polizei noch zu retten? Kein Wunder, dass die bei der Verbrechensaufklärung so hinterherhinkten. Mit finsterer Miene holte er zwei der im Rautenmuster geriffelten Apfelweingläser aus der Küche, langte nach dem graublauen Steingutbembel und schenkte ein Glas halb voll. Den Rest füllte er mit Mineralwasser auf.

Sein durchdringender Blick musterte Andrea. »Und Sie? Ich sag's aber gleich: Milch habe ich nicht hier. Die wird mir nur sauer.«

»Das Gleiche bitte.« Andrea Herbst lächelte dem Wirt freundlich zu. An Provokationen dieser Art war sie gewöhnt.

Bernd Rieker und Andrea Herbst griffen zum Glas und lauschten aufmerksam Wiesenbergs Bericht. Es gefiel ihnen gar nicht, dass er die Tote bewegt hatte. Womöglich hatte er dabei Spuren verfälscht oder gar eigene eingebracht. Als Wiesenberg geendet hatte, standen sie auf, traten an die Terrassenbrüstung und verfolgten die Arbeit der Spurensicherungskollegen.

Sie beobachteten, wie das Opfer von Kopf bis Fuß akribisch mit Haftstreifen abgeklebt wurde, um sämtliche Mikrospuren, die vielleicht vom Täter stammen könnten, zu sichern. Von der Toten und der Umgebung wurden Fotos und Videoaufzeichnungen gemacht. Es dauerte geraume Zeit, bis der Rechtsmediziner endlich mit seiner Untersuchung beginnen konnte.

Als Bernd Rieker sah, wie Dr. Werner Wegener die Messsonde, die er tief im Mastdarm der Leiche platziert hatte, herausnahm und sich Notizen zur Kerntemperatur machte, schloss er daraus, dass die Untersuchung dem Ende zuging. Er gab seiner jungen Kollegin ein Zeichen. Beide schlüpften in Schutzanzüge aus weißer Zellulose, stülpten blaue Schuhschützer über ihre Schuhe und zogen Handschuhe an, damit sie nicht aus Versehen selbst Spuren am Tatort einschleppten.

Nachdenklich musterte Rieker das blutüberströmte Gesicht der Frau, die nun auf einer Plastikplane ruhte und zum Abtransport bereit war.

»Was denkst du, WeWe, wie lange mag sie hier gelegen haben? Und wurde sie tatsächlich an dieser Stelle umgebracht?«

Werner Wegener verzog bei dieser Anrede schmerzvoll das Gesicht, als frage er sich, was die Leute eigentlich originell daran fanden, seinen Namen so zu verunstalten. Kommentarlos wandte er sich der Leiche zu seinen Füßen zu. Er hob einen Arm und bewegte ihn hin und her.

»Wie du siehst, ist die Totenstarre voll ausgebildet. Als Maximalwert würde ich zwanzig Stunden ansetzen. Von der Kerntemperatur her könnten es auch zwischen zwölf und sechzehn Stunden sein. Ihr müsst halt rumfragen, wann sie zum letzten Mal gesehen wurde.«

Als ob sie das nicht selbst wüssten. Rieker war enttäuscht, und WeWe sah ihm das an der Nasenspitze an. Immerhin arbeiteten sie schon lange zusammen. Er versuchte, ihn mit einer weiteren Information aufzumuntern.

»Anhand der Totenflecken bin ich nach dem ersten Augenschein der Ansicht, dass die Tote nicht nennenswert bewegt wurde. Somit wäre der Auffindeort auch der Tatort. Damit könnt ihr schon was anfangen, nicht wahr? Ich kann dir aber erst nach der Obduktion Genaueres sagen.«

WeWe griff in seinen Aluminiumkoffer und reichte dem Hauptkommissar eine Lupe. »Schau dir mal den Hals des Opfers an.«

Bernd Rieker nahm die Lupe und ging in die Knie. Eingehend betrachtete er die leichten Verfärbungen am Hals der Toten und gab die Lupe an Andrea weiter. »Das sieht mir sehr nach Würgemalen aus.«

Der Rechtsmediziner nickte. »Ich hätte sie fast übersehen, weil ihr Halstuch darüber lag. Nach meiner Erfahrung ist sie aber nicht bis zur Ohnmacht oder bis zum Tod gewürgt worden. Das hätte zu einer wesentlich stärkeren Ausbildung der Male geführt. Mit Sicherheit darf die massive Zertrümmerung des Schläfenbeins als Todesursache angesehen werden. Eure Leute haben das mutmaßliche Tötungswerkzeug, einen Stein, bereits sichergestellt. – Wenn ihr einverstanden seid, würde ich sie jetzt in die Rechtsmedizin bringen lassen.« Er nahm die Lupe, die Andrea Herbst ihm reichte, wieder an sich und verstaute sie in seinem Koffer.

»Warte noch einen Moment damit, ich möchte mir erst ein eigenes Bild von Leiche und Tatort machen. Lass dir von Wiesenberg in der Zwischenzeit ein paar Würstchen braten.«

In WeWes Augen blitzte es freudig auf. »Mal was Neues: Tatort mit Würstchenbraterei hatten wir auch noch nicht.« Und er machte sich beschwingt davon.

Bernd verschränkte die Arme im Rücken und drehte sich langsam um die eigene Achse. Andrea machte es ebenso. Auf diese Weise versuchten sie, sämtliche Einzelheiten zu erfassen. Jedes Detail war wichtig. Die Frau konnte buchstäblich aus allen vier Himmelsrichtungen gekommen sein: aus Niedersteinbach, aus Dörnsteinbach, aus Geiselbach und aus Omersbach. Ganz zu schweigen von den weiteren Ortschaften im Umkreis.

»Für mich gibt es ein paar Ungereimtheiten«, ließ sich Andrea nach einer Weile vernehmen.

»So. Und welche?« Rieker musterte sie interessiert. Es gefiel ihm, wenn junge Leute eigenständig dachten.

»Erstens ist es seltsam, dass die Frau nichts bei sich hatte. Keine Tasche, keinen Geldbeutel, keine Schlüssel, keine Ausweispapiere. Nichts. Absolut nichts. Frauen machen das üblicherweise nicht. Ohne alles wegzugehen, meine ich. Vielleicht hat der Täter die Sachen an sich genommen, um die Identifizierung der Leiche zu erschweren? Man könnte natürlich auch an einen Raubmord denken.«

»Könnte man.«

Andrea warf Bernd einen prüfenden Blick zu, doch der schaute mit unbewegter Miene in die Luft. »Zweitens das Halstuch der Toten über den Würgemalen.«

»Zufall. Könnte darübergerutscht sein.«

»Oder der Täter hat es ihr bewusst darübergezogen. Außerdem waren laut Aussage des Hüttenwirts Kopf und Rumpf mit dem Anorak bedeckt. Der Täter könnte das absichtlich gemacht haben. Sozusagen, um seine Tat ungeschehen zu machen. Das würde auf eine Beziehungstat hindeuten.«

Donnerwetter, diese Umläufer! Bernd Rieker nickte Andrea wohlwollend zu.

»Gut gemacht, Kollegin. Das alles müssen wir natürlich berücksichtigen. Dafür hast du dir ein paar Bratwürstchen verdient.«

Andrea freute sich und folgte ihrem Chef, der zielstrebig Wiesenbergs Grill neben dem Bach ansteuerte. Nie im Leben würde sie zugeben, dass sie bei dem schrecklichen Anblick der Toten butterweiche Knie bekommen hatte. Um ein Haar hätte sie auf die Leiche gekotzt. Und dazu noch die Schwärme von Fliegen, die sich kaum verscheuchen ließen und beharrlich danach trachteten, in die Körperöffnungen der Leiche einzudringen, um ihre Eier abzulegen. In den Lehrbüchern sah das viel weniger abstoßend aus.

Aber nach dem Lob war das alles vergessen, und sie griff nach dem Pappteller mit den Würstchen, den ihr Wiesenberg reichte. Sie gab einen dicken Klecks Senf dazu, nahm sich einen Weck und gesellte sich zu Bernd, der sich gerade mit dem Leiter des Spurensicherungstrupps unterhielt. Dabei musterte er eingehend den blutverschmierten Stein in der Plastikhülle.

Die Spurensicherung hatte eine Stelle hinter einer Weide entdeckt, an der die Brennnesseln so platt gedrückt worden waren, dass sie sich nicht mehr aufrichten konnten. Jemand hatte sich dort aufgehalten. Von dieser Stelle aus war der Tatort zwar nur schlecht einsehbar, aber eine aufrecht stehende Person hätte der Täter dennoch gut wahrnehmen können.

Er hätte sie beobachten, sich lautlos anschleichen und sie umbringen können. Bernd kaute bedächtig auf seinem Würstchen herum. Aber wer machte das? Wer setzte sich hinter einen Weidenbusch, wartete, bis zufällig jemand hier an der Teufelsmühle vorbeikam, und brachte ihn um? Nie im Leben war das eine Zufallstat. Dahinter musste mehr stecken. Entweder war der Täter dem Opfer gefolgt, oder sie waren miteinander verabredet.

Das Wichtigste war im Moment die Identifizierung der Leiche. Alle Leute in den umliegenden Ortschaften mussten befragt werden. Das bedeutete mühevolle und zeitraubende Kleinarbeit. Am besten würde es sein, sich auch über die Medien an die Öffentlichkeit zu wenden. Bernd ließ sich vom Spurensicherer die Fotos von der Toten zeigen und war enttäuscht. Die sahen durch die Bank zum Fürchten aus und eigneten sich nicht zum Herzeigen. Er brauchte ein barmherzigeres Foto und erklärte dem Spurensicherer sein Problem.

Doch der sah darin keine Schwierigkeit: »Keine Sorge. Ich mach dir sofort ein passables Foto. Wir müssen uns aber beeilen. Der WeWe will die Leiche gerade abtransportieren lassen.«

Zufrieden betrachtete Bernd im Display der Digitalkamera das Foto, das ihnen buchstäblich in letzter Minute gelungen war. Das würde er im Kommissariat noch ein wenig retuschieren und entsprechend viele Abzüge machen lassen, damit umgehend mit der Befragung begonnen werden konnte. Außerdem würde er noch heute eine Pressekonferenz abhalten. Ein gutes Verhältnis zu den Medien, der vierten Macht im Staat, zahlte sich immer aus. Bereits in den Abendnachrichten und natürlich am nächsten Morgen in den Zeitungen würden seine Informationen der Öffentlichkeit zugänglich gemacht werden.

Er sah sich nach Andrea um und spürte sie endlich hinter dem Weidenbusch auf, der offenkundig auch dem Täter Deckung gegeben hatte. Neben ihr kauerte Jens Habel, die Augen auf den Tatort gerichtet. Vermutlich erläuterte er ihr seine Theorie des Tathergangs. Bernd gab ihr das Zeichen zum Aufbruch und registrierte, wie ungern sie sich vom Schauplatz des Verbrechens trennte. Sie nahm ihren Job offenbar sehr ernst, das gefiel ihm.

Freitag – 2. Mai

VIER

Hauptkommissar a.D. Karl Störzlein massierte mit Ingrimm sein steifes Bein, das ihn an einem Morgen voll Sonnenschein und Schönwetterwölkchen, wie heute, besonders ärgerte. An so einem Tag hätte er nichts lieber getan als sein Häuschen in Mömbris zu verlassen, um einen ausgiebigen Spaziergang durch die lieblichen Spessartwälder zu unternehmen. Doch gerade das war ihm verwehrt.

Vor zwanzig Jahren, mit achtundfünfzig, war er mit seinem Motorrad ins Schleudern gekommen und fürchterlich gestürzt. Bedauerlicherweise war das nicht während einer rasanten Verbrecherjagd geschehen. Mit so einer Verletzung hätte er sich aussöhnen können. Das hätte ihm den Nimbus eines Helden verliehen.

Aber nein. Eine ordinäre Eisplatte, die sich tückisch unter altem Laub verbarg, hatte ihn an einem dienstfreien und sonnigen, aber eiskalten Aprilmorgen zu Fall gebracht, als er mit seiner Yamaha die kurvenreiche Straße am Engländer entlangbretterte. Das Wirtshaus war ein im ganzen Spessart beliebter Biker-Treff, zu dem er seit dem Unfall nur noch mit seinem Auto mit Automatikgetriebe gelangen konnte. Doch darauf verzichtete er. Er hatte seinen Stolz. Nicht einmal der hartgesottenste ehemalige Biker fuhr zu einem Bikertreff mit einem kreuzlahmen Automatikgetriebe.

Griesgrämig saß er am Küchentisch vor den Resten seines Frühstücks und blätterte ohne große Lust und Interesse im Main-Echo. Doch das änderte sich, als er die Seite drei aufschlug.

Mord in der Teufelsmühle – Wer kennt die Tote?
Gestern Vormittag gegen neun Uhr machte der Pächter der Teufelsmühle, Heinrich W., eine grauenvolle Entdeckung. Nur wenige Meter von der Blockhütte entfernt lag die Leiche einer Frau.

…

Sachdienliche Hinweise, die zur Identifizierung der Toten führen, nimmt die Polizeidienststelle Alzenau entgegen.

Mord in der Teufelsmühle. Wie furchtbar. Dort hatte er auch mal einen Fall gehabt, damals, am Anfang seiner Polizeikarriere. Störzlein ließ die Zeitung sinken und trank einen Schluck Kaffee. Dann betrachtete er ausgiebig das Bild der Toten. Etwas in ihrem Gesicht kam ihm bekannt vor, gleich darauf aber auch wieder nicht. Sie erinnerte ihn an ein Mädchen von früher, eine Heranwachsende von vierzehn oder fünfzehn Jahren. Es war schwer zu sagen, ob er richtig lag. Die Frau auf dem Foto war mindestens sechzig Jahre alt, wenn nicht sogar älter. Aber trotzdem. Eine gewisse Ähnlichkeit ließ sich nicht von der Hand weisen. Dazu als Tatort die Teufelsmühle. In der Walpurgisnacht. Wie vor mehr als fünfzig Jahren.

Dass er diesen Fall damals nicht aufklären konnte, wurmte ihn noch heute. Es war der ewige Stachel in seinem Fleisch, der ihm neben dem steifen Bein den Ruhestand vergällte. Er fasste einen Entschluss. Auch auf die Gefahr hin, sich lächerlich zu machen, würde er bei der Polizei in Alzenau anrufen. Anrufen? Nein. Er würde hinfahren.

***

Bernd Rieker blickte überrascht von dem Spurenblatt auf, das er gerade studierte, als unmittelbar nach einem lauten Klopfen seine Bürotür aufging und Karl Störzlein hereinhumpelte. Vor zwanzig Jahren war Störzlein als Erster Hauptkommissar sein Chef und Vorgänger gewesen, bis er nach einem schweren Motorradunfall abrupt aus dem Dienst ausscheiden musste.

Bernd sah schweigend zu, wie Störzlein mühsam mit seinem Krückstock den Stuhl vor dem Schreibtisch ansteuerte und sich ächzend darauf niederließ.

Der Alte machte einen hinfälligen Eindruck und schien seit ihrem letzten Zusammentreffen noch magerer geworden zu sein. Auch der graue Haarkranz um seinen mit Altersflecken übersäten Schädel war früher üppiger gewesen. Doch die Augen waren noch die alten. Grau und hellwach blitzten sie unter den buschigen Brauen hervor.

»Morgen, Karl. Das ist aber eine Überraschung. Was führt dich denn her?«

Störzlein griff in die Innentasche seiner Jacke und zog einen Zeitungsausschnitt hervor. Er strich ihn glatt und schob ihn über den Schreibtisch. »Das da. Der Mord in der Teufelsmühle. Habt ihr schon Anhaltspunkte, wer die Tote sein könnte?«

»Nein. Über ihre Identität haben wir noch nichts herausgefunden. Aber wir wissen inzwischen, dass sie wohl über Niedersteinbach zur Teufelsmühle gelangte. Dort wurde sie jedenfalls gestern am späten Nachmittag gesehen. Aber wie sie nach Niedersteinbach und woher sie überhaupt kam, ist bis jetzt unbekannt. Sie könnte mit ihrem eigenen Auto oder der Bahn angereist sein, oder jemand könnte sie hergebracht haben. Wir haben die Kollegen in Hessen informiert. Immerhin liegt der Tatort nah an der hessischen Grenze. Hier sind die Spurenblätter.« Er hob den Ordner hoch, der auf seinem Schreibtisch lag. »Möchtest du einen Blick darauf werfen? Ich hol uns inzwischen einen Kaffee.«

Als er mit zwei dickwandigen Kaffeepötten aus der Teeküche am anderen Ende des Flurs zurückkam, setzte Störzlein seine gewohnt griesgrämige Miene auf. »Das ist ja noch nicht viel, mein Lieber, was ihr da habt. Wie viele Leute sind überhaupt auf den Fall angesetzt?«

Der alte Fuchs. Bernd Rieker kannte Störzlein viel zu genau, um nicht seine Absicht zu durchschauen. Er wollte haarklein über das Ermittlungsvorgehen informiert werden. Im Grunde war dagegen nichts einzuwenden, denn Karl Störzlein kannte den Kahlgrund und seine Bewohner wie kein Zweiter.

»Alle verfügbaren Einsatzkräfte. Wir haben zusammen mit den Kollegen von der Kripo Aschaffenburg eine Mordkommission gebildet.«

Eigentlich hätte sich Bernd bei Störzleins Frage wie ein dummer Schuljunge vorkommen können, aber davon war er weit entfernt. Störzlein war ein guter Chef gewesen, der seine Leute niemals gängelte. Die unerwartete Anteilnahme an dem jetzigen Mordfall erstaunte ihn aber doch, und er fragte: »Warum interessiert dich die Mordsache Teufelsmühle?«

»Wegen des Falls von 1953, der auch in der Walpurgisnacht im Teufelsgrund passiert ist. Und auch damals war ein Stein das Tötungswerkzeug. Ich habe dir doch mehrmals davon erzählt.«

Bernd Rieker erinnerte sich jetzt wieder an diese alte Geschichte.

»Waren darin nicht sechs Halbwüchsige verwickelt gewesen, die in der Nähe der Teufelsmühle gezeltet hatten? Dabei war doch ein Mädchen ums Leben gekommen, oder? Soweit ich es noch im Kopf habe, wurden die Ermittlungen dazu bald eingestellt und der Fall als Unfall zu den Akten gelegt.«

»Richtig. Aber das war kein Unfall. Davon bin ich nach wie vor überzeugt. Weil die Tatverdächtigen so jung waren, hatte niemand Lust, die Sache groß zu verfolgen. Außerdem stand zu der Zeit wenig Personal zur Verfügung, das zudem für wichtigere Fälle gebraucht wurde.« Das Gesicht des alten Herrn wurde vor Enttäuschung runzelig wie eine überlagerte Kartoffel.

»Was sagten denn die Jugendlichen damals aus?«

»Nichts. Außer den Angaben zur Person sagten sie nur, dass sie sich erschrocken hätten, als jemand Feuerwerkskörper ins Lagerfeuer warf, und jeder für sich geflüchtet sei. Niemand wollte gesehen haben, was dem Mädchen passiert war. Sie mauerten. Ich denke, sie hatten sich abgesprochen.«

Das kam Bernd Rieker bekannt vor, und er lachte. »Das Gesetz der Gruppe. Die heutigen Jugendlichen verhalten sich ebenso. Wenn die mauern, kann man kaum etwas dagegen ausrichten. – Aber das Ganze geschah lange vor meiner Zeit. Wenn du Parallelen zu unserem Fall hier siehst, bring mich bitte auf den letzten Stand. Was ergab denn damals die medizinische Untersuchung?«

»Von der Kopfverletzung her hätte es ein Tötungsdelikt sein können, das stand sogar schwarz auf weiß im rechtsmedizinischen Gutachten. Aber niemandem passte dieser Fall so richtig in den Kram. Und ich war in diesen Jahren sowieso nur ein junger Schutzpolizist, der von der Kripo ziemlich von oben herab behandelt wurde. Deshalb schwor ich mir auch, als ich selbst zur Kripo kam, den Kollegen von der Schutzpolizei stets mit Respekt zu begegnen. Die sind es nämlich, die meist ohne jede Vorwarnung mit den schlimmsten Tatorten konfrontiert werden. Wir von der Kripo wissen durch sie dann schon, was auf uns zukommt. – Den Stein, an dem das Blut des Opfers klebte, habe ich übrigens persönlich zur Asservatenkammer gebracht. Mord verjährt nie, deshalb müsste er noch dort liegen.«

»Da wäre ich mir in diesem Fall nicht so sicher. Letztendlich entschied man doch, dass es ein Unfall war. Aber was willst du tatsächlich hier, außer neugierig in den Spurenblättern des gestrigen Falls herumstöbern?«

Karl Störzlein wand sich unter Riekers durchdringendem Blick. Doch dann fasste er sich ein Herz. »Ich möchte gern über alles auf dem Laufenden gehalten werden. Es mag zwar unwahrscheinlich klingen, aber die Tote kommt mir bekannt vor.«

»Aha. Und wer ist sie?«

»Ich weiß es nicht. Darüber zermartere ich mir schon seit Stunden das Hirn. Vielleicht ist das, was ich mir in meinem senilen Kopf zusammenreime, auch nur ein Hirngespinst. Aber es könnte eines der Mädchen von damals sein. Ist es erlaubt, den Tatort zu besichtigen?«

Wenn Störzlein einen derart sanftmütigen Ton anschlug und sich sogar dazu herabließ, artig wie ein wohlerzogener Schuljunge zu fragen, dann war es ihm wirklich ernst. Bernd Rieker nickte zustimmend. »Nur zu. Wir haben noch ein paar Spurensicherer dort. Heinrich Wiesenberg ist wegen seiner aufgebrochenen Tür heute ebenfalls in der Teufelsmühle. Er wird sich sicher freuen, wenn du mit ihm einen Schoppen hebst. Ich komme später nach, wenn ich meinen Papierkram erledigt habe. Vielleicht liegen bis dahin sogar weitere Ergebnisse von dem Befragungstrupp vor.«

***

Es war schon nach zwei am Nachmittag, als Bernd Rieker zusammen mit Andrea Herbst vor der Teufelsmühle aus dem Auto stieg. Das Areal vor dem Blockhaus war bis auf einen schmalen Streifen am Ufer des Omersbachs nach wie vor mit rot-weißen Polizeibändern abgesperrt. Zwei Spurensicherer in weißen Schutzanzügen durchkämmten noch einmal auf Knien die Brennnesseln.

Bernd rief ihnen einen kurzen Gruß zu und stieg hinter Andrea die kurze Treppe zur Terrasse hinauf.

Donnerndes Gelächter drang unter einem der Sonnenschirme hervor. Karl Störzlein wischte sich die Lachtränen aus den Augen, als er sie herankommen sah. Über seinem sonst grauen, faltigen Gesicht lag eine gesunde Röte und ließ ihn mindestens zehn Jahre jünger erscheinen. Bernd schrieb diese wundersame Verjüngung vornehmlich dem Apfelwein zu.

Überhaupt machte Störzlein im Vergleich zu heute Vormittag einen regelrecht ausgelassenen Eindruck. Mit hölzerner Freundlichkeit wandte er sich sogar Andrea zu und ließ sich ihre bisherigen Erfahrungen als Umläuferin erzählen. Daran und an der arg gestelzten Sprechweise konnte Bernd ablesen, dass sich der Umgang mit dem weiblichen Geschlecht seit dem Tod seiner Frau wohl auf ein Mindestmaß zu beschränken schien. Er sollte mehr unter die Leute gehen.

Heinrich Wiesenberg holte einen frischen Bembel Apfelwein und schenkte den Neuankömmlingen großzügig die Gläser voll. Ungespritzt, versteht sich. Polizisten, die selbst einen in der Krone hatten, würden sich hüten, bei ihm einen Alkoholtest zu machen, darauf baute er. Anschließend verschränkte er die Arme vor seinem Kugelbauch und lächelte breit. »Karl und ich haben uns Geschichten von früher erzählt. Dabei kam heraus, dass er …«

Der Alte ließ unverzüglich von Andrea ab und riss das Thema an sich, bevor Wiesenberg zu ausführlich werden konnte. »Ach, das ist doch gar nicht interessant. Aber ich wollte gerade erzählen, woher ich den Heinrich überhaupt kenne. Ende der vierziger oder Anfang der fünfziger Jahre müsste das gewesen sein. Jetzt weiß ich es genau: Ich war zweiundzwanzig. Damals warst du ein kleiner Schisser von höchstens zwölf. Mit einem Kollegen machte ich gerade eine Kontrollfahrt durch den Teufelsgrund. Vor der Blockhütte lagerte deine Schulklasse, und der alte Teufelsmüller war wie immer in seinem Element. Er erzählte und erzählte. Von Tod und Teufel, Hexen und Geistern und dass der Teufel hin und wieder auch die Mühle heimsucht. Atemlos hingen die Kinder an seinen Lippen. Auf einmal drehte er sich zum Häuschen um und rief mit dramatisch tiefer Stimme: ›Samuel erscheine.‹ So wahr ich hier sitze, tauchte in diesem Augenblick eine pechschwarze Gestalt auf. Von unten sah es so aus, als ob sie geradewegs aus dem Schlot herausfuhr. Sie fuchtelte wild mit einer Mistgabel herum und schüttelte drohend die Faust. Da brach unter den Schulkindern blankes Entsetzen aus. Wie die Hasen stoben sie in alle Richtungen davon. Du vorneweg.«

Störzlein bedachte Wiesenberg mit einem ironischen Blick und wandte sich wieder den anderen zu. »Dabei war der Teufel, der da auftauchte, sein eigener Vater. Als Kaminkehrer hatte er auch den

Kamin der Teufelsmühle zu kehren. An diesem Tag hatte er sich dahinter versteckt und gewartet, bis ihm der Teufelsmüller das Zeichen zum Erscheinen hinaufrief. ›Samuel erscheine‹ war das Stichwort.«

Mit gequälter Miene stimmte Heinrich Wiesenberg in das Gelächter ein. Doch Karl ließ nicht von ihm ab, sondern stach ihn mit spitzem Zeigefinger in die üppige Leibesmitte. »Du hattest doch das Kaminkehrergeschäft von deinem Vater übernommen. Geht das denn noch mit so einer Wampe? Bringst du damit nicht jedes Dach zum Einstürzen?«

»Mein Sohn macht das jetzt. Ich schreibe nur noch die Rechnungen.« So, damit hatte er es dem knochigen Beamtenarsch aber ordentlich gegeben. Trotzdem gefiel Wiesenberg die Richtung, die das Gespräch nahm, immer weniger. Er hieb so heftig auf den Tisch, dass die Gläser tanzten, und sagte: »Ich für meinen Teil habe noch zu tun im Gegensatz zu manchen Kripobeamten, die sich schon am helllichten Nachmittag einen hinter die Binde gießen können.«

Mit schweren Schritten stapfte er davon, und bald darauf sahen sie, wie er an dem Geländer des Stegs rüttelte, der über den Omersbach zum Plumpsklo führte. Offenbar hatten sich ein paar Nägel gelockert, denn er holte einen Hammer aus seiner Werkzeugkiste und machte sich ans Reparieren.

Jetzt, da sie unter sich waren, sah Bernd Rieker die Zeit gekommen, Störzlein über die neuesten Entwicklungen des Mordfalls zu unterrichten.

»Der Aufruf in den Medien war übrigens erfolgreich. Ein Kollege aus dem Frankfurter Polizeipräsidium hat mich angerufen. Dort ist nämlich heute Mittag von einem Frankfurter Verlag ein Hinweis eingegangen. Bei denen ist eine amerikanische Autorin abgängig, die Ähnlichkeit mit unserem veröffentlichten Foto aufweisen soll. Caroline Hurst. Sie hätte gestern Abend im Aschaffenburger Kulturzentrum eine Lesung halten sollen, ist dort aber nicht erschienen. Die Besitzerin des Hotels, in das sich Caroline Hurst einquartiert hatte, wusste, dass sie einen Ausflug machen wollte. Das war vorgestern, am 30. April.«

Störzlein war zutiefst enttäuscht. Eine Amerikanerin. Damit war seine Idee, sein Fall von damals könnte mit dem aktuellen Mordfall zusammenhängen, wie eine Seifenblase zerplatzt. Die frische Röte in seinem Gesicht verblasste zusehends, und er setzte wieder seine griesgrämige Miene auf.

»Nimm dir das doch nicht so zu Herzen, Karl«, versuchte Rieker ihn zu trösten, der den Stimmungsumschwung bemerkt hatte. »Das wäre schon ein ziemlicher Zufall gewesen, wenn es zwischen beiden Fällen einen Zusammenhang gegeben hätte.«

»Wieso beide Fälle?«, wunderte sich Andrea. »Von welchem Fall ist da noch die Rede?«

Störzlein gab ihr einen knappen Überblick über den alten Fall und setzte betrübt hinzu: »Da habe ich mich wohl getäuscht. Eine Amerikanerin mit Namen Caroline Hurst war nicht unter den Jugendlichen.«

»Die Autorin sollte nächste Woche übrigens auch in Alzenau lesen«, sagte Andrea. Sie hatte im Eingangsbereich des Alzenauer Rathauses die Ankündigung einer Lesung gesehen. Mit Foto. Warum war ihr das eigentlich nicht schon früher in den Sinn gekommen? Klar. Darum. Die Tote war durch die Kopfwunde und das Blut so entstellt, dass sie mit dem Foto keine Ähnlichkeit hatte. Außerdem sah sie auf dem Bild wesentlich jünger aus. Autoren pflegten wohl auch ihre kleinen Eitelkeiten.

»Die Lesung wird nun wohl abgesagt werden. Schade. Ich wäre wirklich gern hingegangen. Der Titel des Buches, das sie vorstellen wollte, klang vielversprechend. Der Roman heißt »Kind der Hure« und ist eine Übersetzung aus dem Amerikanischen.«

Andrea war ein wenig enttäuscht, als Bernd diese Information nur mit einem Achselzucken abtat und auf seine Armbanduhr schaute.

»Ich muss los. In einer Stunde muss ich jemanden von dem Verlag in Aschaffenburg vom Bahnhof abholen und zur endgültigen Identifizierung des Opfers in die Rechtsmedizin bringen. Auf geht's, Andrea.«

Das war nicht nach Karl Störzleins Geschmack, plötzlich allein zurückgelassen zu werden und als einzige Unterhaltung auf Wiesenbergs galligen Humor angewiesen zu sein. Deshalb wandte er sich mit einem listigen Funkeln in den Augen an die junge Kollegin.

»Wollen Sie wirklich bei einer langweiligen Identifizierung Ihre Zeit verschwenden? Bleiben Sie doch hier. Ich fahre Sie später nach

Alzenau zurück. Es könnte nämlich durchaus sein, dass die Spurensicherer heute fündig werden. Erfahrungsgemäß bringt erst der zweite Durchlauf die besonders wichtigen Erkenntnisse.«

Das waren selbst für den mit allen Wassern gewaschenen Rieker große Neuigkeiten, und er musterte seinen ehemaligen Chef misstrauisch. Sollte sich der alte Knabe gar in seinem dritten Lenz befinden und einer jungen Frau, die seine Enkelin sein könnte, den Hof machen wollen?

Doch Andrea blieb gern beim alten Störzlein, der sie mit seinem holzgeschnitzten, knorrigen Charme an ihren Mespelbrunner Großvater erinnerte, und Bernd Rieker machte sich kopfschüttelnd allein auf den Weg nach Aschaffenburg.

FÜNF

Störzlein legte seine altersfleckige Hand auf die von Andrea und drückte sie leicht.

»Danke fürs Bleiben. Von Jahr zu Jahr wird es schwieriger, jemanden zu finden, mit dem man sich gern unterhält.«

Andrea erwiderte herzlich den Händedruck.

»Als Dank erzählen Sie mir von dem alten Teufelsmüller. Das muss ja ein ganz kauziger Typ gewesen sein.«

»Eigentlich nicht. Er kam aus Omersbach und war einer von uns Kahlgründern, der Hofmanns Alfred. Im Grunde verkörperte er das, was in uns allen steckt und was man vornehmlich in armen Gegenden findet, sei es nun im Spessart, im Fichtelgebirge oder im Bayerischen Wald. Aus der Not heraus schärfen sich wohl Lebenswille, Kampfgeist, Mut zum Risiko und der Wille, aus allem das Beste zu machen. Und der Humor, auch wenn es oftmals Galgenhumor ist. Ich habe ihn allerdings erst kennengelernt, als er vom Krieg heimkam. Ostfront. Die Hölle.«

Störzlein sortierte seine Gedanken. Während er sie an Andrea weitergab, tauchten immer neue Erinnerungen an die zahllosen Gespräche auf, die damals in der Teufelsmühle von durch und durch traumatisierten Männern geführt worden waren. Traumatisiert vom Krieg mit tiefen inneren und äußeren Verletzungen. Die einen beladen mit unvorstellbaren Erlebnissen, die anderen mit Schuld. Manche waren zu Taten fähig gewesen, die sie vor dem Krieg nicht für möglich gehalten hätten. Und dazu der demütigende Kriegsausgang.

Andrea hörte aufmerksam zu und seufzte: »War das eine schreckliche Zeit. Aber gab es da nicht einen Plan, der die Wende zum Besseren brachte? Marshall-Plan oder so ähnlich.«

»Richtig, Frau Herbst. Den entwickelte der amerikanische Außenminister George C. Marshall 1947. Er wurde 1948 in Kraft gesetzt und war eigentlich ein Entwicklungshilfeprojekt. Damit sollten erstens Hunger, Verzweiflung, Armut und Chaos in den verwüsteten Ländern des alten Kontinents überwunden werden. Zweitens brauchten die amerikanischen Exporteure wieder Absatzmärkte und Handelspartner. Und drittens bestand das klare Ziel in der Eindämmung des Kommunismus. Ja, dieses kluge Kalkül ging auf. Die Amerikaner machten aus den Notleidenden Partner und schufen so die politischen Voraussetzungen für das Bündnis im Kalten Krieg.«

Es dauerte aber eine geraume Zeit, bis die großen Pläne der Weltpolitik bei den kleinen Leuten ankamen. Störzlein sah sie wieder vor sich, diese Männer in der Teufelsmühle. Noch verharrten sie in lähmender Hoffnungslosigkeit. Vielfach konnten sie sich auch mit den Gegebenheiten in der Heimat nicht mehr abfinden, waren ihren Ehefrauen und Kindern fremd geworden, hatten keine Arbeit mehr, wurden nicht mehr gebraucht. Manche legten den Kopf auf die Tischplatte und schluchzten sich wie kleine Kinder das ganze Elend von der Seele.

Doch dann erwachte langsam neue Hoffnung. Auch beim Teufelsmüller. Er war von Beruf Meteorologe, ein deutscher Wetterdienst war jedoch noch nicht wieder eingerichtet. Er hatte also keinen Arbeitsplatz. Von irgendetwas musste aber die Familie ernährt werden. Deshalb beschloss der Hofmanns Alfred, aus dem Blockhaus ein Ausflugslokal zu machen.

Störzlein klopfte mit seinem Stock auf den Terrassenboden. »Frau Herbst, wir sitzen hier an einem historischen Ort. Die Teufelsmühle ist so, wie sie jetzt dasteht, schon mehr als hundert Jahre alt. Der Vater des Teufelsmüllers, der Kilian Hofmann, war Schreiner in Omersbach und hatte 1904 von einem Frankfurter Industriellen den Auftrag bekommen, für ihn auf den Fundamenten der früheren Teufelsmühle ein Jagdhaus zu bauen. Der Bau ging schleppend voran, denn der Auftraggeber zahlte unregelmäßig. 1909, als er endlich fertig war, war der Auftraggeber pleite.«

Störzlein berichtete, wie Kilian Hofmann das Jagdhaus notgedrungen und ohne Begeisterung als Entgelt für die entgangenen Zahlungen übernahm. Sein Sohn Alfred, der bei ihm eine Schreinerlehre machte, half ihm nach dem Ersten Weltkrieg, das Gebäude um ein Stockwerk zu erweitern.

Alfred war ein heller Kopf und ein durchtrainierter Ringer. Hin und wieder vollführte er Kunststücke, die schon ans Akrobatische grenzten. Einmal ging er in die Knie und packte einen Tisch mit den Zähnen, auf dem ein Stuhl stand. Und auf dem Stuhl saß ein ausgewachsener Mann. Dann richtete sich Alfred mit der ganzen Last zwischen den Zähnen auf.

So verwunderte es nicht, dass er in das legendäre Hunderttausendmannheer aufgenommen wurde.

Die Reichswehr erwies sich für Alfred als großer Vorteil. Nach den dürftigen Schuljahren in Omersbach konnte er seine Bildungslücken ausmerzen und Meteorologie studieren. Er heiratete eine Oberpfälzerin, sie bekamen zwei Kinder und blickten zuversichtlich in die Zukunft. Tja, und dann brach der Zweite Weltkrieg aus.

Störzleins Bericht näherte sich wieder dem Anfang. Er zog noch eine kleine Schleife zur Situation im Kahlgrund im April 1945, als die Amerikaner unaufhaltsam näher rückten und die örtlichen NSDAP-Funktionäre zunehmend nervöser wurden. Eine irrwitzige Anordnung der Ortsgruppenleiter und Volkssturmführer jagte bald die andere. Sie ließen jammervolle Häuflein von alten Männern und Buben zwischen vierzehn und sechzehn Jahren antreten, die die Dörfer verteidigen sollten. Ausgerüstet mit Schaufeln, Hacken, Handwägelchen und ein wenig Sprengstoff sollten sie nach Partisanenart Sprengfallen bauen und Gräben ausheben. Ein durch und durch lächerliches, hirnrissiges und vor allem gefährliches Unternehmen angesichts der hervorragend ausgerüsteten Amerikaner.

Heinrich Wiesenberg war von Störzlein unbemerkt an den Tisch getreten und hatte aufmerksam zugehört.

»Solche Geschichten kenne ich auch. Einiges habe ich sogar selbst miterlebt. Als Fünfjähriger kriegte ich damals mehr mit, als die Erwachsenen glaubten. Augenblick. Ich bin gleich wieder da.« Er griff nach dem mittlerweile leeren Steingutbembel und machte sich auf den Weg zum Keller. Kurz darauf knallte er den vollen Krug schwungvoll auf den Tisch und rückte neben Störzlein auf die Holzbank.

»April Fünfundvierzig. Wir wohnten damals noch in Großwelzheim. Die Amerikaner waren im Anmarsch, man konnte den Donner der schweren Geschütze schon hören. Die Kleinwelzheimer hatten überall weiße Fahnen gehisst. Aber wir Großwelzheimer standen unter der Knute eines Ortsgruppenleiters, der plötzlich den Helden spielen wollte. An die Front war er nicht gegangen. Davor hatte er sich die ganzen Kriegsjahre hindurch erfolgreich gedrückt und lieber das Dorf mit seinen absurden Anordnungen schikaniert. Ausgerechnet in dieser hochsensiblen Lage bekam er einen Anflug von Heldenmut und rief die alten Männer und die Buben zum Volkssturm auf. Stellt euch diese irre Situation vor, in der ein Schuss auf die Amerikaner genügt hätte, unser ganzes Dorf in Schutt und Asche zu legen.«

Andrea sah ihn gespannt an. »Und was passierte dann?«

»Der Wahnsinnige hatte nicht mit den Großwelzheimer Frauen gerechnet.« Heinrich Wiesenberg grinste verschmitzt. »Die Frauen vereinigten sich zum Widerstand. Meine Großmutter und meine Mutter waren auch dabei. Aber die größte Heldin war damals die hochschwangere Susanna Klotzky. Man sollte ihr noch heute ein Denkmal setzen, denn sie hat das Dorf gerettet.«

Bevor Wiesenberg weiterberichtete, stärkte er sich mit einem Schluck Apfelwein. »Wie ein Lauffeuer hatte sich das Vorhaben des Ortsgruppenleiters im Dorf verbreitet und wurde von den Frauen von Haus zu Haus weitergetragen mit der Parole: ›Das müssen wir verhindern.‹ Niemand hat damals auf mich, einen fünfjährigen Knirps geachtet. Ich bin den Frauen bis zum Schulhaus hinterhergelaufen.

Auf der Schulhaustreppe habe ich den Ortsgruppenleiter stehen sehen. Wie ein Feldherr hat er sich in Positur geworfen, dieser Wicht, um der jämmerlichen Greisen- und Kinderarmee seine Befehle zu erteilen.«

Wiesenberg schüttelte noch im Nachhinein den Kopf über diesen lächerlichen Anblick. Er berichtete, wie der Ortsgruppenleiter auf einmal von einer Gruppe Frauen umringt wurde, die von Minute zu Minute immer größer wurde. Alle waren schwarz gekleidet, denn jede von ihnen hatte bereits jemanden im Krieg verloren. Wütend brüllten sie: »Unser Dorf wird nicht verteidigt.« Der Ortsgruppenleiter wollte sich jedoch nicht geschlagen geben, drohte den Frauen barbarische Strafen bis hin zum Erschießen an und fuchtelte mit seiner Pistole herum.

Da teilte sich die Menge und die hochschwangere Susanna Klotzky, deren ältester Sohn bereits gefallen war, schritt hindurch, erklomm die Treppe und forderte ihn auf, die Pistole wegzustecken und die Greise und Kinder heimzuschicken. Der Ortsgruppenleiter richtete die Pistole auf sie, doch sie starrte ihn nur furchtlos an und sagte: »Schieß doch. Dann hast du gleich zwei auf dem Gewissen.« Danach schlug sie ihm ins Gesicht. Auch die anderen Frauen rückten nun bedrohlich näher und bildeten einen engen Ring. In seiner Angst floh er ins Schulhaus. Die Frauen verbarrikadierten sämtliche Eingänge und drohten, ihn so lange gefangen zu halten, bis die Amerikaner da seien. Das wirkte. Er wusste, was eine Auslieferung an die Amerikaner für ihn bedeuten würde, und kapitulierte lieber.

»Genial. Wie Jeanne d'Arc. Ich weiß nicht, ob ich in ihrer Lage so viel Tapferkeit und Mut aufgebracht hätte.« Nachdenklich blinzelte Andrea in die tief stehende Sonne. »Das war echter Heldenmut, wie man ihn nur selten findet.«

»Oder der Mut der Verzweiflung. Viele in dieser Zeit waren in einer verzweifelten Lage. Keiner wusste, was nach dem Kriegsdesaster auf sie zukommen würde«, entgegnete Störzlein mit verhaltener Stimme. »Aber der Susanna Klotzky sollte wirklich ein Denkmal gesetzt werden. Ich glaube, es gab damals noch eine ganze Reihe von mutigen Menschen wie diese Susanna, doch niemand erzählt davon. Die Generation, die sich daran erinnern kann, stirbt langsam aus. Und mit ihr die Geschichten ihrer namenlosen Helden. Schade.«

In den Brennnesseln vor der Hütte entstand Bewegung. Einer der Spurensicherer tauchte vor der Hütte auf und verstaute einen Gegenstand in einer Plastiktüte. Störzlein griff nach seinem Krückstock und schlurfte an das Geländer der Terrasse. »Was ist, habt ihr doch noch was gefunden?«

Der Spurensicherer betrachtete mit unschlüssiger Miene den Gegenstand in seiner Hand und hob die Achseln. »Ich weiß nicht so recht. Warte mal, ich komm gleich zu dir hoch.«

Lautlos, wie auf Katzenpfoten, stieg er kurz darauf mit seinen Schuhschützern zur Terrasse hinauf, reichte Störzlein den Beutel und bat den Hüttenwirt um einen Gespritzten.

Heinrich Wiesenberg musterte ihn mit zusammengezogenen Augenbrauen. »So ist es recht. Erst die ganze Wiese zertrampeln, dass man sie nicht mehr mähen kann, und dann auch noch einen Gespritzten wollen.«

»Brennnesseln, Heinrich. Lauter Brennnesseln. Wenn du sie beizeiten gemäht hättest, wären wir nicht gezwungen gewesen, wie die

Karnickel darin herumzukriechen. So, und jetzt her mit dem Gespritzten.«

Mit dem Glas in der Hand trat der Kollege zu Karl Störzlein und fragte: »Hast du so eine Münze schon mal gesehen?«

»Das ist ein Reichspfennig, der mit der Währungsreform von 1948 seine Gültigkeit verloren hat. Der hat sicher schon eine Ewigkeit hier herumgelegen.«

Doch der Kollege von der Spurensicherung schüttelte den Kopf. »Nie im Leben. Da würde er ganz anders aussehen, jedenfalls nicht so makellos poliert wie dieser. Aber das ist nicht unser Problem. Darüber soll sich Bernd Rieker mit seinem Team den Kopf zerbrechen. Wir machen jetzt Schluss.«

Er trank sein Glas leer und kehrte zu seinen Kollegen in den Brennnesseln zurück. Gemeinsam rollten sie die Absperrbänder ein und machten sich auf den Heimweg.

Störzlein und Andrea Herbst brachen ebenfalls auf, nur Heinrich Wiesenberg saß noch in Gedanken versunken da. Zu viel war seit gestern geschehen. Der verstörende Anblick der erschlagenen Frau saß ihm noch tief in den Knochen. Zudem beschäftigte ihn nach wie vor das aufgebrochene Türschloss. Was hatte das nur zu bedeuten?

Jetzt, da alle weg waren und er allein hier saß, gefiel es ihm auch nicht mehr. Er fühlte sich unbehaglich. War das doch ein verwunschener Ort?

Als Kind war er Zeuge gewesen, wie die Teufelsmühle verwünscht wurde. Am Feiertag des Ersten Mai gegen Abend. Wie viele andere hatten er und sein Vater den Feiertag in der Teufelsmühle verbracht. Sie hatten sich gerade zum Heimgehen entschlossen, weil sich immer mehr schwarze Wolken am Himmel zusammenballten. Es sah nach einem Gewitter aus. Da kam eine Gruppe von ziemlich angetrunkenen Wanderern heran. Sie hatten bereits im Frohnbügel kräftig dem Apfelwein zugesprochen und setzten das Saufgelage nun in der Teufelsmühle fort.

Einer der Saufkumpane konnte der Versuchung nicht widerstehen, jedes Frauengesäß, das in seine Reichweite kam, zu betatschen. In den vierziger und fünfziger Jahren passierte das oft, und Frauen, die sich darüber aufregten, galten als humorlose und spießige Spielverderber. Bei dem Männermangel nach dem Krieg verwunderte das nicht. Selbst die ältere Tochter des Teufelsmüllers, damals ein junges Mädchen von vielleicht dreizehn oder vierzehn Jahren, blieb davon nicht verschont. Dem Teufelsmüller ging der Frauenbelästiger aber heillos gegen den Strich, und er stauchte ihn gründlich zusammen. Mehr noch. Er forderte ihn auf, unverzüglich zu verschwinden.

Das rief eine Reaktion hervor, die sich bei allen Anwesenden unvergesslich ins Gedächtnis einbrannte.

Der Gemaßregelte erhob sich mit feierlicher Miene, holte aus seiner Jacke ein schwarzes Buch hervor, vielleicht sein Gebetbuch von der morgendlichen Feiertagsmesse, griff zu einer Bierflasche und schlug ihr an der Tischkante den Hals ab. Dann drückte er sich die Scherben so tief in die Hand, dass ordentlich Blut floss.

Die blutüberströmte Hand klatschte er voll Theatralik auf das Buch und schrie mit flackerndem Blick: »Ich verwünsche die Teufelsmühle. Ich verwünsche sie bis ins dritte Glied.« In genau diesem Augenblick tauchte ein gleißender Blitz die blutige Schwurhand in grelles Licht, und ein ohrenbetäubender Donner besiegelte die Verwünschung. Ein Filmregisseur hätte das Einsetzen des Gewitters nicht besser inszenieren können.

Vor Wiesenbergs Augen entfaltete sich erneut die gruselige Szene von damals, als ob es gestern gewesen wäre. »Bis ins dritte Glied.« Die Kinder des Teufelsmüllers hatten inzwischen längst Kinder. Das verwünschte dritte Glied gab es also schon und hatte heute die Last des Fluchs zu tragen. Eingedenk der Leiche und seiner aufgebrochenen Tür geriet Heinrich Wiesenberg nun doch ins Grübeln. Was wäre, wenn diese Verwünschungen plötzlich ein Eigenleben entwickelten und auf den Pächter übersprangen? War sie doch des Teufels Mühle?

Samstag – 3. Mai

SECHS

Obwohl es Samstag war, saß Bernd Rieker am nächsten Morgen bereits um kurz vor sieben Uhr hinter seinem Schreibtisch. Bei Mord verschoben sich die Prioritäten, und man konnte keine Rücksicht auf Wochenendplanungen nehmen. Er griff in den Korb, in dem die letzten Ergebnisse gesammelt waren, und studierte die aktuelle Spurenlage.

Interessant war das abgebrochene Stück einer Schaufel von einem Schraubendreher. Die Spurensicherung hatte es in einer Ritze neben der Eingangstür der Teufelsmühle gefunden. Offensichtlich war der Täter mit dem Schraubendreher zwischen Türzarge und Tür gefahren und hatte sie damit aufgehebelt. Dabei war er sehr geschickt vorgegangen. Mit handwerklichen Arbeiten schien er sich auszukennen. Das abgebrochene Schaufelstück war fast so einzigartig wie ein Fingerabdruck, denn Werkzeuge brechen willkürlich. Es gibt immer nur zwei Teile, die zusammenpassen. Sie bräuchten zur Überprüfung nur das passende Gegenstück. Daran hakte es aber meist genauso wie bei Fingerspuren. Was nützte die schönste Spur, wenn man sie mit nichts vergleichen konnte?

Der alte Reichspfennig stellte ihn jedoch vor ein Rätsel, und Bernd kam mehr und mehr zu der Überzeugung, dass das Geldstück mit dem Mordfall nichts zu tun haben konnte. Irgendjemand, der es vielleicht aus nostalgischen Gründen bei sich trug, hatte es wohl dort verloren.

Er holte sein Notizbuch hervor und schlug die Seite mit dem gestrigen Eintrag auf. Caroline Hurst. Memphis, Tennessee. Die Tote war von der Verlagsleiterin eindeutig identifiziert worden.

Tief bewegt hatte sie sich von den Todesumständen unterrichten lassen, wobei es ausreichte, ihr das zu erzählen, was sowieso in den Zeitungen zu lesen war. Sie hatte beschlossen, die Lesereise doch nicht abzusagen. Die Lektorin, die die Autorin betreut hatte, sollte das Lesen übernehmen. Aber auf den Veranstaltungsplakaten müssten sie einen Zusatz anfügen. »Der helle Stern am Autorenhimmel ist jäh erloschen« oder so ähnlich. Das würde man sich im Verlag noch genauer durch den Kopf gehen lassen.

Bis auf das eindeutige Identifizierungsergebnis hatte sich Bernd nach dem Gespräch jedenfalls ebenso schlau wie vorher gefühlt und war deshalb ziemlich frustriert nach Hause gefahren.

Gerade jetzt, eine halbe Stunde vor der morgendlichen Dienstbesprechung, peinigte ihn die Vorstellung ungeheuer, mit dem ganzen Fall auf der Stelle zu treten. Er schreckte auf, als unvermutet die Tür aufging.

Im Türrahmen stand Andrea Herbst mit einer Gießkanne in der Hand und riss erschrocken die Augen auf.

»Oje! Ich dachte, es ist noch niemand hier, und wollte schnell die Pflanzen gießen. Alles verdorrt in dieser Maihitze.«

»Nur zu.«

Bernd Rieker schaute ihr belustigt zu, während sie seine Pflanzen am Fensterbrett mit Wasser versorgte. Nebenher erzählte er von der Identifizierung der Leiche und dem Gespräch mit der Verlagsleiterin.

Andrea hörte aufmerksam zu. Dann kam sie zu ihm an den Schreibtisch und stellte die Gießkanne ab. Ihre Miene verriet ihm, dass sie etwas auf dem Herzen hatte, und er wartete geduldig.

Nervös fingerte sie an ihrem Pferdeschwanz herum, wickelte die fransigen Enden um den Finger und rückte endlich mit ihrem Anliegen heraus.

»Wäre es möglich, Chef, dass ich diesmal nicht an der Besprechung teilnehme? Ich würde nämlich gern in dem Verlag vorbeischauen. Vielleicht stoße ich auf eine Information, die uns weiterbringt. Ich verspreche mir viel davon, wenn wir mehr über das Opfer wissen.«

»Das ist eine gute Idee. Ich halte es aber für besser, wenn du dort anrufst und darum bittest, dass sie uns jemanden herschicken, der das Opfer näher gekannt hat. Ich hätte da nämlich auch ein paar Fragen.«

***

Linda Endrich zwängte ihr kleines Auto in eine Parklücke, die selbst für ihre bescheidenen Ansprüche eine Spur zu eng war, und wand sich wie eine Schlange aus dem Wageninneren heraus. Dabei wurde die dicke Roststelle an der Türkante ihrer Strumpfhose zum Verhängnis. Eine Laufmasche in der gefühlten Breite einer Autobahn machte sich in Kniehöhe auf den Weg nach unten. Linda drückte die Tür zu – wegen Platzmangel war an das gewohnt schwungvolle Zuschlagen nicht zu denken – und sah sich auf dem Platz vor dem Alzenauer Rathaus um.

Sie kannte Alzenau bereits. Vor Jahren hatte der Frankfurter Verlag, mit dem sie zusammenarbeitete, in der eindrucksvollen Alzenauer Burg, dem Wahrzeichen der Stadt aus dem vierzehnten Jahrhundert, eine spektakuläre Lesung inszeniert.

Der Autor des historischen Romans, aus dem gelesen wurde, steckte in einem mittelalterlichen Gewand. Zwischen den Lesepausen spielte ein vierköpfiges Ensemble Minnelieder und lyrische Weisen auf Instrumenten aus dem Mittelalter. Am Ende der Lesung gab es ein Ritteressen mit allem Drum und Dran. Die Gäste tranken Met aus dem Kuhhorn, man aß mit den Fingern und warf, je weiter die Zeit fortschritt, mit den abgenagten Knochen nur so um sich.

Am liederlichsten von allen hatte sich jedoch der Autor selbst benommen, der keines der mit Met gefüllten Kuhhörner ungetrunken an sich vorübergehen ließ und mit beiden Händen die Fleischbrocken in sich hineinstopfte. Seine Fleischeslust wurde immer ungezügelter und dehnte sich auch auf anwesende Frauen aus. Mit seinen fettigen Schweinsbratenfingern betatschte er sogar den Busen der Cheflektorin, die sich in aufopfernder Weise für das Zustandekommen dieser Lesung eingesetzt hatte.

Fett hatte auf Seide von jeher eine fatale Wirkung. So wurde die weiße Seidenbluse der Cheflektorin gerade an den Stellen, die sie gern verhüllt gesehen hätte, durchsichtig wie Glas. Mit zornrotem Gesicht war sie aus dem Rittersaal der Alzenauer Burg gestürmt. Linda Endrichs Wissen nach hatte der Verlag nach dieser Lesung kein weiteres Werk des Autors mehr veröffentlicht.

Wohlgefällig musterte sie die ungewöhnliche dunkelbraune Bruchsteinfassade der Stadtpfarrkirche St. Justinus mit den barocken Einfassungen, Voluten und Vasen als Zier. Sehr schön und harmonisch ausgewogen. Überhaupt sah es ringsum hübsch und ordentlich aus. Alles stand an seinem Platz, nirgends lag Abfall herum. So war sie es von deutschen Kleinstädten gewohnt.

Eine junge Frau, die an der Tür des Rathauses lehnte, wurde auf sie aufmerksam und kam auf sie zu. »Frau Endrich?«

Linda nickte überrascht, denn sie hatte sich innerlich auf einen bulligen Kriminalbeamten in Uniform eingestellt, der seine Hand griffbereit über dem Holster seiner Waffe hielt. Möglicherweise hatte sie auch zu viele amerikanische Kriminalromane ins Deutsche übersetzt, was ihrer Vorstellung von Polizisten einen unauslöschbaren Stempel aufdrückte.

Ganz gegen ihre Erwartung stand sie nun dieser jungen Frau in Jeans und einem gelben Top gegenüber, die ihr hellbraunes Haar mit einem gelb-blau gestreiften Tuch zu einem Pferdeschwanz zusammengebunden hatte und jetzt, als sie lächelte, niedliche Grübchen in ihre Wangen zauberte. Vom Alter her könnte sie ihre Tochter, wenn nicht gar Enkelin sein.

Obwohl Andrea in gewisser Weise im Vorteil war, da sie wusste, dass der Verlag die Übersetzerin schickte, war sie ebenfalls überrascht. Eigentlich hatte sie mit einer blassen, verhutzelten Frau gerechnet, die hinter ihren Übersetzungen einstaubte und vertrocknete. Doch weit gefehlt.

Groß und gertenschlank stand Linda Endrich im Sonnenlicht und blickte sich mit wachen Augen um. In ihren dunkelbraunen Locken steckte ein schreiend roter Haarreif. Überhaupt schien sie eine Vorliebe für die drei Grundfarben zu haben, und zwar in reiner Form. Bluse und Blazer im gleichen Rot wie Haarreif und Lippenstift, königsblau dagegen Rock und Strümpfe, die wiederum in kanariengelben Ballerinas steckten. Sie schulterte eine Umhängetasche im gleichen Gelb und versprühte eine berauschende Vitalität.

Andrea fiel es schwer, das Alter der Frau zu schätzen. Sie siedelte es vorsichtig in einem Rahmen zwischen fünfzig und sechzig an. Mit einem freundlichen Lächeln gab sie ihr die Hand.

»Mein Name ist Andrea Herbst. Schön, dass Sie sich für uns Zeit nehmen konnten, Frau Endrich. Hauptkommissar Rieker hält wegen des Mordfalls gerade eine Pressekonferenz ab. Das Medieninteresse ist nämlich immer noch sehr hoch. In der Zwischenzeit darf ich Sie zu einem kleinen Imbiss einladen.«

Linda Endrich folgte Andrea zu einem der Tischchen vor dem Café am Marktplatz und ließ sich mit einem Seufzer auf einen Stuhl unter der grün-weiß gestreiften Markise sinken.

»Ich bin eine bekennende Sitzerin, Frau Herbst. Sitzerin, Raucherin und Schlemmerin. In dieser Reihenfolge. Wenn Sie sich mit mir gut stellen wollen, und davon kann ich doch ausgehen, besorgen Sie mir bitte einen Aschenbecher, eine große Tasse Kaffee und ein buttercremefettes Stück Frankfurter Kranz.«

Andrea machte sich gewissenhaft an die Abarbeitung der Aufträge und kehrte bald darauf mit einem Aschenbecher zurück. Linda Endrich hielt bereits eine brennende Zigarette in der Hand und schlug so schwungvoll die Beine übereinander, dass die Laufmaschen in ihrer Strumpfhose ein Eigenleben entwickelten. Linda Endrich schenkte dem keine Beachtung. Sie wollte lieber von Andrea wissen, was diese bei der Polizei denn so zu tun habe.

Andrea erklärte es ihr, und Linda hörte aufmerksam zu. Nachdenklich kaute sie auf ihrer Unterlippe herum.

»Ich hab da nämlich ein Problem, bei dem Sie mir vielleicht helfen könnten. Als die vom Verlag anriefen, saß ich gerade an einer schwierigen Übersetzung. Als Amerikanerin mit deutschen Wurzeln beherrsche ich beide Sprachen wie eine Muttersprache. Aber diesmal handelt es sich um einen amerikanischen Roman, der nur so strotzt vor Schweinereien. Kurzum, mittlerweile fehlen mir dazu die passenden deutschen Ausdrücke. Mein Repertoire ist erschöpft. Ich würde mich nur ständig wiederholen. Sie mit Ihrer kriminellen Klientel hätten da vielleicht noch Sachen auf Lager, die mir bislang unbekannt sind.«

Andrea nickte mit einem breiten Grinsen im Gesicht. Dieser Aufgabe fühlte sie sich durchaus gewachsen. In einigen Vernehmungsprotokollen, die sie während ihres Studiums analysiert hatte, wimmelte es nur so von Deftigkeiten aus der untersten Schublade.

»Das mach ich gern für Sie. Aber erzählen Sie mir doch von Caroline Hurst. Von Ihrem Verlag habe ich erfahren, dass Sie sie am besten kannten.«

Der Frankfurter Kranz und zwei Tassen Kaffee wurden gebracht. Linda Endrich griff sofort zur Kuchengabel.

»Tatsächlich, echte Buttercreme. In den Staaten bekommen sie die einfach nicht so gut hin.« Verzückt drehte sie die Augen himmelwärts und naschte noch eine kandierte Kirsche vom Frankfurter Kranz. Dann legte sie die Gabel zur Seite und zündete sich eine weitere Zigarette an.

»Ich bin eine Wanderin zwischen den Kontinenten und pendle ständig zwischen den USA und Deutschland hin und her. Mal als Dolmetscherin, mal als Übersetzerin für verschiedene Verlage. Vor drei Jahren entdeckte ich Caroline Hursts Roman und las ihn auf dem Flug nach Deutschland bis auf ein paar wenige Kapitel durch. Er hat mich sehr bewegt. Ich machte mehrere deutsche Verlage darauf aufmerksam. Der in Frankfurt, mit dem Sie telefonierten, hat zugegriffen und die Lizenz gekauft. Ich freute mich sehr darüber, vor allem aber freute ich mich, dass ich es war, die ihn übersetzen durfte. Leider begannen damit die Probleme. Für mich wurde es die bislang schwierigste Übersetzung.«

Andrea lehnte sich weit im Stuhl zurück, damit sie nicht länger in Lindas Rauchschwaden saß, und fragte verwundert: »Warum denn das?«

»Caroline Hurst hatte eigentlich gar keine deutsche Übersetzung gewollt. Den Grund dafür weiß ich bis heute nicht. Laut Vertrag musste sie aber letztendlich zustimmen. Dann kam die Übersetzung selbst. Ich weiß nicht, wie oft ich einzelne Passagen überarbeiten musste, bis sie endlich damit zufrieden war. Abgesehen von dieser lästigen deutschen Pingeligkeit war sie ein beeindruckender Mensch, gerade mal zehn Jahre älter als ich. Als sie vor einer Woche nach Frankfurt kam, feierten wir im Verlag ihren siebzigsten Geburtstag. Für mich hatte sie aber die Lebenserfahrung einer Hundertjährigen. Wenn man bedenkt, dass sie, das Kind einer deutschen Prostituierten, es geschafft hat, eine der bekanntesten Anwältinnen in den Staaten zu werden, dann grenzt das an ein Wunder. Zeitlebens setzte sie sich vor allem für die Rechte der schwarzen Bevölkerung ein. Der Grund dafür hatte sogar ein wenig mit dem Lebensabschnitt zu tun, den sie hier in der Nähe von Alzenau zubrachte.«

»Caroline Hurst hat hier in der Gegend gelebt?«

»Ja, damals hieß sie noch Karolina, Karolina Wald.«

Andrea machte sich eine Notiz in ein kleines blaues Büchlein. Es könnte durchaus sein, dass immer noch Menschen in der Gegend lebten, die Caroline von früher kannten. Störzlein fiel ihr ein. Vielleicht sagte dem alten Herrn der deutsche Name des Opfers ja mehr als der amerikanische? Denkbar wäre das.

Linda Endrich fuhr fort: »In ihrer Kindheit war Caroline mit ihrer Mutter von Frankfurt aufs Land geflohen und lebte im Kahlgrund, bis beide nach Amerika auswanderten. Während unserer Zusammenarbeit hat sie mir viel darüber erzählt. Wenn sie das Manuskript zuschlug und den unvermeidlichen Rotstift weglegte, sprach sie von dem, was ihr eigentlich auf dem Herzen lag. Und das war die Vergangenheit. Mitunter hatte ich Mühe, die Zeitsprünge nachzuvollziehen, die sie immer wieder vollführte.«

Linda Endrich erzählte, wie Caroline Hurst ungeschminkt und ohne Beschönigung von ihrem Leben im Spessart, in einem Waldschlösschen im Kahlgrund, berichtet hatte. Carolines Mutter Angela und deren Freundin Regina waren dort der Prostitution nachgegangen. Während Angelas Angebot den biederen Blümchensex einer deutschen Hausfrau nicht nennenswert überstieg, brachte es Regina als Domina bald zu einer Virtuosität, die sogar die Männer im lustverwöhnten Frankfurt aufhorchen ließ. Sie galt als Geheimtipp für alle, die sich hin und wieder gern den Hintern versohlen oder gründlich zur Sau machen lassen wollten.

Ihr liebster, weil großzügigster Kunde war ein in Hanau stationierter US-amerikanischer Colonel, der immer wieder auch am Standort Gelnhausen zu tun hatte. Bei diesen Gelegenheiten wies er seinen Fahrer oft an, einen kleinen Umweg über Niedersteinbach zu machen, um den Damen im Schlösschen einen Besuch abzustatten.

Sergeant Jim Hurst, der Fahrer, war der erste Schwarze, den Caroline in ihrem Leben zu sehen bekommen hatte. Ein Neger. Damals war die ganze Welt politisch unkorrekt und sagte Neger.

»Manche sind es heute wieder«, warf Andrea dazwischen.

»Wie in den Staaten.« Linda Endrich nahm einen Schluck von ihrem Kaffee und fixierte Andrea über den Tassenrand hinweg. »Noch ehe man sich versieht, werfen sie schon wieder mit dem Schimpfwort Nigger um sich. Aber wie dem auch sein mag, Caroline freute sich damals immer, wenn Jim kam und seine Gitarre mitbrachte. Während nämlich Regina den Colonel kräftig durchwalkte und seinen verlängerten Rücken grün und blau schlug, schlug Jim auf seiner Gitarre ganz zart die Saiten an und sang mit samtiger Stimme für ihre Mutter zum Weinen schöne Gospels und romantische Balladen.

Sogar der AFN in Hanau, eine der Radiostationen für die amerikanischen Armeeangehörigen, sendete Jims Lieder. Angela und Jim verliebten sich und gingen leichtsinnigerweise auch miteinander aus. Das hatte Folgen. Hinter Angelas Rücken wurde nun nicht mehr über sie als ›die Hure‹ getuschelt. Jetzt war sie das ›Amiflittchen‹ und die ›Negerhure‹.«

Linda Endrich machte eine Pause und zündete sich eine neue Zigarette an. Nach einem kräftigen Zug lehnte sie sich zufrieden zurück und fuhr mit Carolines Geschichte fort.

»1953 passierten zwei Dinge. Zum einen kam eine Freundin von Caroline beim Zelten im Teufelsgrund unter ungeklärten Umständen zu Tode. Und zum anderen endete Jim Hursts Armeedienst in Deutschland.«

Andrea war wie elektrisiert. »Moment mal. Sagten Sie Teufelsgrund? Dort soll Carolines Freundin umgekommen sein?«

»Ja, ganz in der Nähe der Teufelsmühle. Ihr Tod hat Caroline schwer zu schaffen gemacht.«

Sprach Linda Endrich da etwa von Störzleins altem Fall? Andrea konnte es kaum fassen. Womöglich hatte er von Anfang an richtig gelegen mit der Vermutung, dass die beiden Fälle zusammenhängen könnten.

»Frau Endrich, kann es sein, dass Carolines Freundin damals in der Walpurgisnacht ums Leben kam?«

»Allerdings, es war die Nacht auf den Ersten Mai, das weiß ich mit Sicherheit.«

»Ist es nicht ein merkwürdiger Zufall, dass Caroline Hurst mehr als fünfzig Jahre später in eben dieser Nacht, an fast derselben Stelle erschlagen wurde?«

Linda Endrich hielt inne. »Tatsächlich. Meinen Sie, dass das etwas miteinander zu tun haben könnte?«

»Das darf man wohl zumindest nicht ausschließen. Sie sollten es Hauptkommissar Rieker gegenüber unbedingt erwähnen.«

Andrea nahm ihr Notizbuch und schrieb »Walpurgisnacht« und »Teufelsmühle« unter Carolines richtigen Namen. Sie wollte Linda Endrich gerade bitten weiterzuerzählen, als ihr Handy in der Hosentasche vibrierte. Sie holte es hervor und meldete sich. Es war Hauptkommissar Rieker. Die Pressekonferenz war zu Ende und er wartete nun auf Frau Endrich.

Doch die griff ungerührt zur Kuchengabel und protestierte:

»Meinen Frankfurter Kranz werde ich aber noch zu Ende essen dürfen. So viel Zeit muss mir Ihr Hauptkommissar schon zugestehen, nachdem er mich selbst lange genug hat warten lassen.«

Andrea war mit ihr einer Meinung und beobachtete, wie Stück für Stück des Buttercremekuchens in Linda Endrichs Mund verschwand. Allein vom Zusehen bekam sie schon Gallebeschwerden. Dann riss sie ihre Augen von der Kuchengabel los und fragte: »Wie reagierte Caroline Hurst eigentlich darauf, dass nun erstmals in der amerikanischen Geschichte ein Schwarzer Präsident wurde?«

In Lindas Augen nistete sich sogleich ein Strahlen ein.

»Sie war überglücklich, das können Sie sich doch denken. Außerdem wurde ihr eine große Ehre zuteil, denn trotz ihres fortgeschrittenen Alters wurde sie in den juristischen Beraterstab von Barack Obama aufgenommen. Ich habe im Fernsehen verfolgt, wie der Präsident sie persönlich der Öffentlichkeit vorstellte und ihre Verdienste für die schwarze Bevölkerung würdigte. Der einzige Wermutstropfen dabei war für Caroline, dass Jim und Angela diesen Moment nicht mehr miterleben konnten. Sie waren schon Jahre zuvor gestorben.«

Linda griff nach ihrer kanariengelben Handtasche und holte ein Buch hervor. »Lesen Sie?«

»Selbstverständlich.«

»Das ist zwar nicht selbstverständlich, aber es ist gut. Lesen Sie Caroline Hursts Roman doch einfach selbst.«

Das war also der Roman »Kind der Hure«. Das dicke Buch wog schwer in ihrer Hand. Andrea betrachtete eingehend das Titelbild, auf dem ein Kind abgebildet war, das eine Taube in den Händen hielt. Es erinnerte sie an ein frühes Bild von Picasso. So ganz war sie nicht mit sich im Reinen, ob ihr Buchtitel und Abbildung zusammen gefielen. Aber im Grunde war das unerheblich, und sie freute sich herzlich über das Geschenk.

Andrea ging mit Linda Endrich zum Auto und dirigierte sie die Hanauer Straße entlang zur Alzenauer Polizeiinspektion. Während der Fahrt erkundigte sie sich nach weiteren Romanen der Autorin.

Doch Linda schüttelte bedauernd den Kopf.

»Das ist Caroline Hursts erster und einziger Roman. Sie hat zwar eine Unmenge von juristischen Streitschriften gegen die Rassendiskriminierung verfasst und war vor allem in den Südstaaten als Anwältin gefürchtet wie die Pest, aber im belletristischen Bereich gibt es nur diesen Roman. Damit hat sie sich wohl einiges von der Seele geschrieben. Aber lesen Sie das Buch. So können Sie sich selbst einen Eindruck verschaffen.«

Plötzlich schlich sich in Lindas Blick der inquisitorische Ausdruck einer Lehrerin, die die geistige Kapazität einer vor ihr stehenden Schülerin überprüft, und sie setzte warnend hinzu: »Es ist aber keine einfache Lektüre, denn Caroline hält sich nicht an eine chronologische Reihenfolge. Sie hat es den großen menschlichen Fragen entsprechend in ›Liebe und Vertrauen‹, ›Schuld‹, ›Vergebung und Sühne‹ sowie ›Hoffnung‹ unterteilt. Dabei wird sie richtig philosophisch und macht es dem Leser nicht immer leicht.«

Andrea schreckte das nicht ab. Ihre Ausbildung hatte sie in vielerlei Hinsicht gestählt. Sie bedeutete Linda, vor dem weitläufigen, niedrigen roten Klinkerbau mit den blauen Fenster- und Türeinfassungen zu halten, und führte sie in das Gebäude.

Als sie vor Bernd Riekers Büro an die Tür klopfen wollte, ergriff Linda ihren Arm. »Warten Sie. Was wird mich denn dieser Hauptkommissar alles fragen?«

»Ich denke, er wird Sie über das Leben von Caroline Hurst befragen. Sagen Sie ihm einfach das, was Sie mir auch erzählt haben.«

»Na gut.« Linda Endrich nickte zustimmend. Doch dann fasste sie Andrea scharf ins Auge. »Sie lassen mich aber nicht hängen mit den Schweinereinen, oder? Und seien Sie dabei bloß nicht zimperlich. Den Buchkritiker interessieren keine harmlosen Ferkeleien. Der will es ganz genau wissen. Wort für Wort. Und unter drei Stellen, wo es im Text echt zur Sache geht, schlägt er das Buch erst gar nicht auf.«

Andrea versprach, ihr Bestes zu tun, und klopfte. Danach überließ sie Linda Endrich Hauptkommissar Riekers routinierter Fragetechnik und zog sich selbst mit dem Buch in einen stillen Winkel der Inspektion zurück, wo sie garantiert niemand aufstöbern würde.

Sonntag – 4. Mai

SIEBEN

Karl Störzlein schob die Küchengardine zur Seite und blinzelte missgelaunt in die strahlende Morgensonne. Er langweilte sich, das war nicht zu übersehen. Wieder so ein Tag, den man am Ende unter »dahingebracht, aber nicht gelebt« abhaken konnte. Im Wohnzimmer schrillte das Telefon, und er humpelte mühsam hinüber.

»Herr Störzlein? Ich bin es, Andrea Herbst. Hätten Sie vielleicht ein Stündchen Zeit für mich?«

Und wie er das hatte! Wenige Minuten später ließ sich Störzlein in freudiger Erwartung auf der Bank vor seinem Häuschen nieder und blinzelte zufrieden in die strahlende Morgensonne. Er würde sich so viel Zeit nehmen, wie die junge Dame brauchte, und wenn es den ganzen Tag dauern sollte.

Er saß noch nicht richtig im Auto, als Andrea fragte: »Was wissen Sie über Caroline Hurst?«

»Das ist die tote Amerikanerin. Bis vorgestern hatte ich noch nie von ihr gehört.«

»Und was sagt Ihnen der Name Karolina Wald?«

»Die kenne ich. Das ist eine der Jugendlichen, die in den Fall verwickelt war, den ich vor über fünfzig Jahren zu bearbeiten hatte. Gibt es etwa einen Zusammenhang zwischen den beiden Personen?«

»Es ist ein und dieselbe Person.«

»Caroline Hurst soll Karolina Wald sein? Sind Sie sich da sicher?«, hakte Störzlein vorsichtig nach. Diesmal wollte er nichts überstürzen und keine voreiligen Schlüsse ziehen.

Andrea berichtete Störzlein von ihrem Gespräch mit Linda Endrich und fragte: »Erinnern Sie sich noch an Angela Wald?«

»Angela Wald, Angela Wald. Karolina Wald und Angela Wald, na sicher! Angela Wald war Karolinas Mutter. Stimmt's?«

Andrea nickte zufrieden. »Ja. Wissen Sie noch, was sie gearbeitet hat?«

Nachdenklich legte Störzlein die Stirn in Falten. »Mal überlegen. Eine Mutter hat damals hier im Kahlgrund in einer Zigarrenfabrik geschafft, zwei hatten Bauernhöfe. Eine war Nutte. Ja, klar. Jetzt weiß ich es wieder. Die Angela Wald war die Nutte.«

Diese Aussage aus dem Mund eines Zeitzeugen bewertete Andrea als Bestätigung, dass die Schilderungen in Caroline Hursts Roman der Wahrheit entsprachen. Aufgeregt präsentierte sie Störzlein diese Schlussfolgerung.

Doch dieser hatte damit zunächst Schwierigkeiten. Ein Roman war für ihn ein Roman und damit eine erfundene Geschichte. Auch wenn er im Kern autobiografisch war. Er würde sich die ganze Angelegenheit erst einmal gründlich durch den Kopf gehen lassen müssen. Als Andrea den Blinker setzte und nach links abbog, schreckte er aus seinen Gedanken auf.

»Wohin fahren wir eigentlich?«

»Nach Niedersteinbach, zu diesem Schlösschen, in dem Angela Wald als Prostituierte gearbeitet hat. Oder gibt es das etwa nicht mehr?«

»Doch, doch. Das steht noch. Aber was versprechen Sie sich davon?« Interessiert betrachtete Störzlein Andrea von der Seite.

»Ich möchte die Jugendjahre der Autorin im Kahlgrund rekapitulieren. Sie als Zeitzeuge können am besten den Wahrheitsgehalt ihrer im Buch verarbeiteten Erinnerungen beurteilen. Wer weiß, vielleicht findet sich darin ein Hinweis, der mit der Ermordung der Schriftstellerin zusammenhängt. Wäre es nicht überhaupt am besten, wenn ich Ihnen gleich das Buch gebe? Sie könnten dann selbst nachlesen.« Andrea nahm eine Hand vom Steuer und tastete nach der Plastiktüte auf dem Rücksitz.

Als Karl Störzlein sah, welchen Umfang das Buch hatte, wehrte er dieses Ansinnen sofort ab. »Ich habe noch nie einen Roman gelesen, und ich werde auf meine alten Tage nicht mehr damit anfangen. Jeden Tag lese ich das Main-Echo und einmal in der Woche meine Biker-Zeitschrift. Und zwar von vorn bis hinten. Damit habe ich genug gelesen. Für einen Roman sind meine alten Augen auch viel zu schwach.«

Andrea Herbst schien die Sache mit dem Roman aber sehr am Herzen zu liegen, und Störzlein fügte mit einem listigen Funkeln in den Augen hinzu: »Machen wir es doch einfach so: Sie lesen, und dann erzählen Sie mir, was Sie gelesen haben. Sie könnten mir natürlich auch vorlesen.«

Andrea war damit einverstanden, und Störzleins Gesicht erstrahlte im stillen Glück. Der Roman war dick. Somit war seine Unterhaltung für die nächsten Wochen sichergestellt. Wenn es der Wahrheitsfindung diente, konnte man sich manche Stellen auch mehrmals vorlesen lassen. Aber durfte er überhaupt so freizügig über ihre Zeit verfügen? Immerhin war sie Bernd Rieker als Umläuferin zugeteilt. Vorsichtig fragte er: »Weiß Hauptkommissar Rieker von unserem Ausflug zum Schlösschen?«

»Ich habe ihm erklärt, dass ich gern alle Fakten über das Opfer zusammentragen würde, und er war damit einverstanden.«

Andrea verschwieg, dass sich Erleichterung auf dem Gesicht des Hauptkommissars abgezeichnet hatte, als sie ihn um die Erlaubnis bat, an der für heute mit den Aschaffenburger Kollegen angesetzten Fallanalyse nicht teilnehmen zu müssen. Damit blieb ihm nämlich die lästige Erklärung erspart, warum ihm ständig eine junge Polizistin in Ausbildung am Rockzipfel hing. Von den dummen Sprüchen, die danach folgten, ganz zu schweigen.

Sie hatten den Ortskern von Niedersteinbach längst hinter sich gelassen, als Störzlein Andrea anwies, nach rechts abzubiegen. Bald darauf kamen sie zu dem Waldschlösschen und stiegen aus dem Auto.

Mit der detaillierten Beschreibung der Autorin hatte das Gebäude durchaus Ähnlichkeit – und dann auch wieder nicht. Andrea hatte es sich viel verwunschener und zugewachsener vorgestellt. Es wirkte aber frisch renoviert und war von einem neuen Zaun umgeben, der vorübergehende Wanderer auf gebührenden Abstand hielt.

»Waren Sie mal im Schlösschen, als die Frauen noch dort wohnten?«

»Doch, doch. Ein paarmal sogar, als mit der Zeit ruchbar wurde, was dort ablief. Danach hagelte es Anzeigen. Als Polizist musste ich denen natürlich nachgehen. Es hat aber Jahre gedauert, bis die Leute dahinterkamen.«

Verwundert sah Andrea Störzlein an. »Wieso? Hatten die Frauen das Gewerbe denn nicht angemeldet?«

»1946 und noch Jahre danach hatte man andere Sorgen. Und die,

die als Kunden hingingen, hüteten sich sowieso davor, es an die große Glocke zu hängen. Also ehrlich, damals, als viele um die nackte Existenz kämpfen mussten, fragte man sich schon, wer dafür überhaupt Geld aufbringen konnte.«

Andrea vergrub die Hände tief in den Taschen ihrer Jeans und meinte mit einem frechen Grinsen im Gesicht: »So schlecht können die Zeiten gar nicht sein, dass es nicht doch noch für ein bisschen Blasmusik reicht. – Eine alte Hurenweisheit.«

»Sie nennen das Kind wohl gern beim Namen, meine Liebe. In Ihrem Alter warf ich nicht mit so liederlichen Sprüchen um mich.« Störzlein schüttelte indigniert den Kopf. Dann stützte er sich auf seinen Gehstock und drehte sich langsam um die eigene Achse. Seit ewigen Zeiten war er nicht mehr hier gewesen, und viel hatte sich seither verändert.

Andrea drehte sich mit und fragte: »Warum wurde das Etablissement denn nicht geschlossen, als herauskam, dass die Frauen illegal arbeiteten?«

»Schützende Hände waren über ihnen ausgebreitet. Man munkelte damals vieles. Die einen vermuteten dahinter einen reichen Industriellen aus Frankfurt, einen Kriegsgewinnler, der auch aus den damaligen Notzeiten seinen Vorteil ziehen konnte. Andere sprachen hinter vorgehaltener Hand von einem hohen Tier beim amerikanischen Militär. Und ich war nur ein kleiner Landpolizist, dem man von höherer Stelle her sowieso nichts erzählte. Ich hatte nur in wohlwollender Form den Anzeigen nachzugehen, um die Gemüter zu beschwichtigen.«

Vor Andreas Augen tat sich ein üppiges Bild von Sodom und Gomorrha auf, und sie erkundigte sich neugierig: »Was wurde denn da so angezeigt?«

»Das Übliche eben. Verfall der Sitten im Kahlgrund, schlechtes Beispiel für die Jugend. Ehefrauen beschwerten sich, dass ihren Männern von den raffgierigen Nutten das Geld aus der Tasche gezogen wurde. Einmal kam eine Frau in heller Empörung zu mir, weil sie einen ganzen Sonntag damit hatte zubringen müssen, den Anzug ihres Mannes wieder sauber zu bürsten. Er hatte sich im Schlösschen über und über mit Mehl eingestaubt.«

»Mehl? Mehl in einem Bordell?« Ungläubig schüttelte Andrea den Kopf.

»Die machten da so Wettspiele. Wer am schnellsten mit auf den Rücken gebundenen Armen aus einem Teller mit Mehl alle Schokoladestückchen herausfischen konnte, durfte sich die Dame seines Herzens auswählen. Oder Eierlaufen. Aber splitterfasernackt.«

»Da ging es ja zu wie auf einem Kindergeburtstag. Herr Störzlein, ich glaube, Sie wollen mich veräppeln.«

»Keineswegs. Sie haben wohl keine Ahnung, liebe Kollegin, mit welch läppischen Dingen sich auch heute noch manche Männer in Bordellen ihre Zeit vertreiben und dafür ordentlich Geld hinlegen.«

Frauen waren in Bordellen eher weniger gern gesehene Gäste, deshalb fehlte Andrea die einschlägige Erfahrung. Sie würde sich wohl oder übel auf Störzleins Aussagen verlassen müssen, obwohl ihr Mehlspielchen und Eierlaufen trotzdem arg weit hergeholt vorkamen.

Aus einem Schamgefühl heraus, das wohl mit seinem fortgeschrittenen Alter zu tun hatte, verschwieg Karl Störzlein der jungen Polizistin, dass die Angelegenheit mit dem Mehl noch weitere Kreise gezogen hatte. Die Frau kam ein paar Wochen später nämlich noch einmal zu ihm, und zwar mit einem sardonischen Lächeln im Gesicht. »Störzlein«, sagte sie, »ich weiß jetzt, wofür der Drecksack von meinem Ehemann das Geld hinlegt. Das sind nicht nur Mehlspielchen. Er lässt sich von der rothaarigen Kanaille den Arsch versohlen, kriecht vor ihr auf dem Boden herum, leckt ihr die Stiefel und frisst wie ein Hund aus einem Blechnapf. Ab jetzt bekommt er das alles zu Hause, von mir höchstpersönlich. Fürs gleiche Geld wie im Schlösschen.«

An den Stiefeln der Frau klebte noch der Stallmist von der morgendlichen Viehfütterung, und ihr flammender Blick zeugte von so großer Entschlossenheit, dass sich in Störzlein ein Fünkchen Mitleid mit dem sündigen Ehemann regte. Manche mussten gar nicht auf das himmlische Strafgericht für ihre Sünden warten, vor ihnen öffnete sich schon zu Lebzeiten der finsterste Höllenschlund. Trotz raffiniert gestellter Fragen hatte er nicht herausfinden können, wie sie an diese allgemein wohlgehüteten Informationen überhaupt gelangt war. Daraus schlussfolgerte er, dass man die Kahlgründer Ehefrauen keinesfalls unterschätzen durfte. Sie waren zwar meist geduldig und langmütig, aber wenn sie einer Sache auf den Grund gehen wollten, dann taten sie es mit der Hartnäckigkeit eines Bullterriers, der Blut geleckt hat. Das nötigte ihm auch heute noch ein respektvolles Lächeln ab.

Er drehte sich einen Schritt weiter, hob seinen Stock und deutete auf einen tunnelartigen, dicht bewachsenen Hohlweg. »Sollte Caroline Hurst von hier aus zur Teufelsmühle gegangen sein, dann müsste sie meiner Meinung nach diesen Weg eingeschlagen haben.«

Und ebenso ihr Mörder, dachte Andrea. Am liebsten wäre sie sofort losmarschiert, um die Strecke nach Spuren abzusuchen, aber sie konnte den alten Herrn hier nicht mutterseelenallein zurücklassen. Morgen würde sie bei Hauptkommissar Rieker vorsichtig das Gespräch darauf bringen. Bestimmt hatte die Spurensicherung den Weg bereits genauer unter die Lupe genommen. Sie wollte unbedingt wissen, was dabei herausgekommen war.

Störzlein griff nach ihrem Arm und schlug vor, noch einen kurzen Abstecher zur Teufelsmühle zu machen. Er verband damit einen durch und durch uneigennützigen Gedanken: Der Besuch des Waldschlösschens hatte bei ihm so viele längst verschüttet geglaubte Erinnerungen an den früheren Fall wachgerufen. Vielleicht funktionierte das in der Teufelsmühle ebenso.

ACHT

Heinrich Wiesenberg saß auf der Terrasse mit der Herrengruppe zusammen, die sonntags gern bei ihm in der Teufelsmühle den Nachmittag verbrachte.

Seit Stunden drehte sich das Gespräch nun schon um den Mord. Einer vermutete dahinter gar einen Serientäter und verkündete, dieser Mord hier sei garantiert erst der Anfang der Serie. Dabei musterte er mit der Sorgfalt eines Buchrevisors sämtliche Bäume im Umkreis der Mühle, als ob daran schon die nächste Leiche aufgeknüpft wäre. Oder als würde er prüfen, welcher am ehesten dafür in Frage käme. Die Richtung, die die Unterhaltung einschlug, behagte Wiesenberg von Minute zu Minute immer weniger.

Als in diesem Augenblick Karl Störzlein mit der jungen Polizistin die Treppe heraufgestapft kam, begrüßte er die Neuankömmlinge mit so viel aus tiefstem Herzen kommender Freude, dass Störzlein ihn kaum wiedererkannte. Sie hatten noch nicht einmal richtig am Tisch neben der Eingangstür Platz genommen, als Wiesenberg schon mit einem Apfelweinbembel und Gläsern zurückkam.

»Das geht aufs Haus. Ich habe für euch auch noch ein paar Weck und Presskopf da.«

Bald darauf kam er mit zwei Tellern in der Hand wieder aus der Hütte heraus und schob sich neben Störzlein auf die Bank.

Andrea lief beim Anblick der deftigen Wurst neben dem Brötchen und den Essiggurken das Wasser im Munde zusammen, und sie langte ohne Umschweife zu. Dabei wurde sie von Wiesenberg keine Sekunde aus den Augen gelassen, der erfreut registrierte, wie gut ihr seine Hausmacherwurst schmeckte. Sie rückte damit auf seiner Sympathieskala um ein paar Werte nach oben.

Unseligerweise rief in diesem Augenblick ein Gast der Herrenrunde nach ihm, und er stemmte sich schweren Herzens von der Bank hoch. Hoffentlich war das nicht wieder der mit der Serienmordgeschichte. Mit dem würde er jetzt aber kurzen Prozess machen und ihn hochkant von der Terrasse werfen.

Störzlein verließ ebenfalls den Tisch und holte aus dem Regal in der Hütte ein Fotoalbum. Er schob seinen Teller zur Seite, schlug das Album auf und zeigte Andrea ein Foto, auf dem noch das Mühlrad mit dem Turbinengehäuse daneben zu sehen war. Ein Kabel führte zum Dach der Teufelsmühle.

»Sehen Sie, so hat es früher hier ausgesehen. Der alte Teufelsmüller hat den Bach aufgestaut und Strom erzeugt. In der Hütte brannte sogar elektrisches Licht. Es war zwar nur eine trübe Fünfundzwanzig-Watt-Funzel, aber immerhin. Selbst im Main-Echo stand damals darüber ein Artikel mit der Überschrift: IN DER TEUFELSMÜHLE GEHT DAS LICHT AN.«

Während Andrea in dem Album blätterte, dachte er an diese Zeit zurück. Die Zeit nach dem Krieg war hart, und das Wirtschaftswunder der fünfziger Jahre, an dem bei Weitem nicht alle teilhaben konnten, lag noch in weiter Ferne. Man musste zusehen, wie man selbst zurechtkam. Dabei wurde jedem Einzelnen viel Eigeninitiative abverlangt. Störzlein blinzelte in die tief stehende Sonne. Es waren aber auch unruhige Zeiten. Selbst hier, in diesem abgeschiedenen Spessarttal, lauerten Gefahren. Viele Menschen zogen hindurch, die meisten mit lauteren, aber auch einige mit unlauteren Absichten. Der Teufelsmüller musste immer wieder im elterlichen Anwesen in Omersbach aushelfen, denn dort war die Situation ebenso wie in vielen anderen Familien auch: gebrechliche Eltern, jung verwitwete Frauen, kleine Kinder. Überall fehlten kräftige Männerhände. Störzlein wusste, dass die Frau des Teufelsmüllers wochentags meist allein mit ihren Zwillingsmädchen im Teufelsgrund hauste. Deshalb legte er auch außerhalb seiner Dienstzeit freiwillige Kontrollfahrten ein und konnte die Frau tatsächlich vor einigen gewalttätigen Übergriffen schützen.

Es kehrte damals immer wieder einmal ein Hüne von einem Mann mit breitem niederbayerischem Dialekt und eiskalten Augen in der Teufelsmühle ein, bei dem Störzlein von Anfang an ein mulmiges Gefühl hatte. Stundenlang hockte der Mann vor einem Glas Apfelwein und belauschte mit halb geschlossenen Lidern die Gespräche der Gäste. Oft kam er schon am Vormittag, wenn sonst niemand da war. Das jagte der Teufelsmüllerin Angst ein. Solange er aber nichts anstellte, gab es keine Veranlassung, gegen ihn vorzugehen. Doch dann lieferte er einen Grund dazu.

Die älteste Tochter des Teufelsmüllers, ein Mädchen von dreizehn oder vierzehn Jahren, verbrachte damals gerade die Schulferien bei ihren Eltern in der Teufelsmühle. Als sie die Treppe in den Gastraum herunterstieg, drängte der Mann sie mit Gewalt in den Treppenaufgang zurück und betatschte und belästigte sie auf gemeine Weise. Nur dem zufälligen Auftauchen eines Pilzesammlers, der in der Teufelsmühle eine kurze Rast einlegte, war es zu verdanken, dass nichts Schlimmeres passierte. Störzlein knöpfte sich den Typ daraufhin gründlich vor.

Ein anderes Mal war er buchstäblich der Retter in letzter Not. Die Teufelsmüllerin sammelte auf der Wiese Brennnesseln, um davon einen Spinat zu kochen, als sich ein Fremder aus dem Wald herausschlich und über sie herfiel.

Die Zwillinge waren durch einen besonderen Code auf solche Situationen trainiert und schrien lauthals: »Papa, schnell zum Essen kommen!« Dies sollte dem Täter signalisieren, dass jemand in der Nähe war, und ihn verscheuchen.

Der Mistkerl ließ sich davon jedoch nicht beeindrucken. In seinem hemmungslosen Drang, die Frau vergewaltigen zu wollen, bemerkte er nicht einmal das Herannahen der Polizei. Zusammen mit einem Kollegen hatte Störzlein ihn im Handumdrehen festnehmen können.

Bei der Vernehmung kam heraus, dass der Widerling schon länger mit seinem finsteren Plan um die Hütte geschlichen war und nur darauf gewartet hatte, dass der Teufelsmüller sich auf den Weg nach Omersbach machte. Er war einer von denen, die heimatlos von einem Ort zum anderen vagabundierten. Während der totalen Bombardierung Nürnbergs hatte er seine gesamte Familie verloren und irrte seitdem durchs Land. Störzlein geriet fast in Versuchung, Mitleid mit dem Mann zu haben und ihn als ein weiteres Opfer des Kriegs anzusehen.

Als der Kerl aber im Laufe der Vernehmung kaltschnäuzig anmerkte, bei Kriegsende seien so viele Frauen von den Russen vergewaltigt worden, da käme es doch auf eine weitere gar nicht an, war es aus mit dem Mitleid.

Das erste und letzte Mal in seinem Leben hatte er einen Festgenommenen geschlagen. Bis heute tat ihm das nicht leid.

Ein Seitenblick auf Andrea erinnerte ihn wieder an den Grund ihres Besuchs im Schlösschen, und er grübelte laut vor sich hin: »Angela Wald war die eine Hure, die Blonde. Aber wie hieß eigentlich die Rothaarige?«

»Regina. So steht es zumindest im Roman von Caroline Hurst.«

»Richtig. Regina. Jetzt fällt es mir auch wieder ein. Das war eine Frau wie eine Amazone. Schön, furchtlos und direkt. Ich sehe sie noch vor mir, wie sie hoch zu Ross das Tal heraufgeritten kam. Sie trug kniehohe Reitstiefel und hautenge Hosen. In der Hand hielt sie eine Gerte, und die feuerrote Mähne flatterte im Wind. Ich war wieder einmal zur Kontrolle im Teufelsgrund und sah zu, wie der Teufelsmüller auf der Wiese vor dem Blockhaus den Inhalt der Strohmatratze zum Trocknen ausbreitete, die seine Zwillinge in der Nacht vollgepinkelt hatten. Braun gebrannt und mit nacktem, muskulösem Oberkörper stand er in der Sonne und verteilte das durchnässte Stroh. Ein Bild von einem Mann. Regina, die Amazone, galoppierte auf ihn zu, zügelte im letzten Augenblick das Pferd, sprang ab und biss den verdutzten Teufelsmüller voll Leidenschaft in die Brust.

Um ein Haar wäre die Teufelsmüllerin, die alles beobachtet hatte, vor Schreck von der Veranda gefallen. Danach war ihr Verhältnis zu den Frauen im Schlösschen eine ganze Weile ziemlich getrübt, und der Teufelsmüller geriet unter Verdacht, sich ebenfalls in die Lust bereitenden Hände der Damen begeben zu haben.«

Andrea lachte und spitzte gleich darauf die Ohren. Wie auf ein Stichwort hin war nämlich auf einmal gedämpftes Hufgetrappel zu hören.

»Ach, unsere Reiterhofamazone beehrt uns wieder mit einem Besuch! Na, Helga, Apfeltee, wie immer?« Wiesenberg begrüßte die Reiterin, die vor der Teufelsmühle aufgetaucht war, und schaute ihr zu, wie sie ihr Pferd am Treppengeländer festband. Dann brachte er der Frau ein opalisierendes Glaskrüglein mit einer hellen Flüssigkeit.

Währenddessen betrachtete Andrea Herbst den Neuankömmling ausführlich von oben bis unten. Jeder Zentimeter an dieser Frau war ungewöhnlich. Hoch aufgerichtet und mindestens eins achtzig groß, beschaute sie mit durchdringenden grauen Augen die Zecherrunde. Die eng anliegende Reitkleidung brachte ihre durchtrainierte, athletische Figur gut zur Geltung. Energisch strich sie sich die grauen Haare aus der Stirn, die ihr weit über die Schultern fielen, und setzte sich an den Tisch. Dabei glitt ein spöttisches Lächeln über ihr ledrig braunes Gesicht – sie war sich ihres ungewöhnlichen Auftritts wohl bewusst.

Andrea Herbst grübelte nach, was von dieser Frau zu halten war. Eine Schamanin, altersmäßig einzuordnen zwischen sechzig und hundert Jahren? War sie drogenabhängig oder hatte sie einfach nur Kopfschmerzen? Es war ihr nämlich nicht entgangen, dass die Alte mit einer raschen Bewegung etwas in ihr Opalkrüglein versenkt hatte. Überhaupt: das Krüglein. Darin sollte Tee sein? Wiesenberg kochte Tee? Nie im Leben.

Offenbar las ihr Wiesenberg die Fragen vom Gesicht ab.

»Pisswarmer Äppelwoi«, erklärte er. »Den halte ich immer für Helga bereit. Wegen der energetischen Wirkung oder so.«

»Aber nur aus meinem Spezialglas.« In Helgas Stimme schienen sich Fritz Wunderlich und Zarah Leander auf wunderbare Weise zu vereinen. Sie lachte auf. »Ich tu halt alles, um so alt zu werden wie ich aussehe. Oder umgekehrt.«

Der Blick, mit dem sie dabei den alten Störzlein streifte, wirkte ausgesprochen anzüglich. »Ihnen könnte ein Heilstein vielleicht auch noch auf die Beine helfen.«

Mit einem prüfenden Blick setzte sie hinzu: »Bergkristall, würde ich meinen. Für besonders schwere Fälle.« Dazu schwenkte sie leicht ihr Opalkrüglein, in dem es leise klapperte. »Für mich habe ich Rosenquarz ausgesucht. Der kommt heute Abend besonders gut.«

Das wurde ja immer schöner. Jetzt sollte er schon ein Fall für den Bergkristall sein! Unbehaglich starrte Störzlein vor sich hin. Es fehlte gerade noch, dass man ihn dem »leistungsgewandelten« Personenkreis zuordnete und mit allen Behinderten, Gebrechlichen und Altersdementen zusammen in einen Topf warf. Er beschloss, diese Stichelei großzügig zu überhören und sich seinem eigenen Anliegen wieder zuzuwenden, zumal er sich nun erinnerte, wen er vor sich hatte. Helga Klein.

Als Wiesenberg zum anderen Tisch gerufen wurde und sich mit Getöse erhob, nutzte er die Gelegenheit und flüsterte Andrea Herbst ins Ohr: »Beobachten Sie jede Reaktion der Frau. Die gehört nämlich zu der damaligen Jugendgruppe.«

Mit unbewegter Miene wandte er sich der Reiterin zu: »Helga Klein. Walpurgisnacht 1953. – Sie waren dabei, als die kleine Gisela damals umkam. Und nun ist auch Karolina Wald tot. Wissen Sie das überhaupt?«

»Karolina Wald? Ich habe sie seit Jahrzehnten nicht mehr gesehen. Ist sie etwa die Frau, die hier im Teufelsgrund ermordet wurde?« Plötzlich war Helgas Gesicht grau wie ein alter Stein. »An Beltane wurde sie ermordet. Das ist ein Zeichen. Ein böses Zeichen.«

Ihre magere Hand fuhr zur Kehle und krallte sich fest um den Türkis, den sie als Anhänger an einem Lederband um den Hals trug.

Störzlein musterte sie mit misstrauisch zusammengekniffenen Augen und fragte: »Wo waren Sie eigentlich an Beltane, oder wie immer auch das heißt? Für mich war das jedenfalls Mittwoch. Und mich interessiert vor allem die Zeit zwischen fünfzehn Uhr und Mitternacht.«

»Am Nachmittag war ich beim Sauers Schorsch. Da steht ein krankes Pferd. Dem habe ich das Sprunggelenk verbunden. Der Rosa von der Oberschur habe ich eine Beinwellsalbe für ihr rheumatisches Knie gebracht. Anschließend bin ich nach Hause geritten. Die Sonne stand da schon ziemlich tief. Es könnte gegen sieben gewesen sein. Eine Uhr hab ich nicht. Deshalb kann ich es Ihnen auch nicht auf die Minute genau sagen. Genügt Ihnen das als Alibi, Sie alter Schnüffler?«

Die Bezeichnung »alter Schnüffler« gefiel Störzlein. Das vermittelte ihm das Gefühl, noch im Dienst zu sein, und seine Miene hellte sich auf. »Schon gut, wir werden das nachprüfen. Alle, die Karolina von früher kannten, werden das gefragt.«

Störzlein beugte sich vor und sah ihr fest in die Augen. »Wollen Sie nicht endlich sagen, was damals los war auf dem Hexentanzplatz? Vielleicht sind Sie die Nächste. Für mich besteht da nämlich ein Zusammenhang.«

Helga Klein blieb stumm und saß wie erstarrt da. Die Nachricht über den Tod der Jugendfreundin schien sie bis ins Innerste zu erschüttern, doch auf Störzleins wohlmeinenden Rat legte sie offenbar keinen Wert. Eine seltsame Frau. Andrea war von ihr fasziniert. Interessiert fragte sie: »Wo ist denn eigentlich dieser ominöse Hexentanzplatz?«

Störzlein drehte sich um und deutete mit seinem Krückstock auf den Bergrücken, an den sich die Teufelsmühle fast anlehnte. »Gleich da oben auf der Stützelhöhe.«

»Möchten Sie den vielleicht sehen?« Helga Klein musterte die junge Polizistin mit einem amüsierten Funkeln in ihren grauen Augen. »Es ist nicht weit. In zwanzig Minuten könnten wir wieder hier sein. So lange wird der Störzlein seine junge Assistentin oder wie immer man das heutzutage nennt, wohl entbehren können. Bei so alten Zauseln weiß man das allerdings nie.«

Schweigend beobachteten die Feierabendgäste, wie Helga Klein mit der Umläuferin im Wald verschwand.

Angesichts seines vollen Glases und seines steifen Beines war Störzlein von Herzen froh, dass auf seine Begleitung kein Wert gelegt wurde. Aber das mit dem alten Zausel wurmte ihn schon. Entschlossen tilgte er diesen unerfreulichen Gedanken aus seinem Gedächtnis und überlegte, wie er Helga Kleins Reaktion auf die Nachricht von Karolinas Tod zu bewerten hatte.

Er war sich ganz sicher, dass es sie tief getroffen hatte. Aber warum redete sie nicht? Schon damals, als Jugendliche, hatte sie eisern geschwiegen – wieder stieg in ihm das bittere Gefühl auf, gegen eine Wand zu rennen.

Was wusste er schon von ihr? Einige Zeit hatte er sie aus den Augen verloren.

In der Gemeinde erzählte man sich, sie sei in Indien gewesen, wie so viele junge Leute in den sechziger Jahren. Einer Heilslehre, einem Guru sei sie gefolgt. Die Sittenstrengen im Kahlgrund vermuteten, der Hang zur freien Liebe habe die Aussteiger angetrieben, also konnte es sich dabei nur um Schweinereien handeln. Begriffe wie Selbstfindungsprozess oder Wahrheitssuche waren eher suspekt. Die Wahrheit musste nicht gesucht werden. Die gaben die Kirchen vor.

Irgendwann war Helga Klein wieder aufgetaucht und hatte begonnen, sich auf verschiedenen Reiterhöfen zu verdingen. Sie musste gut sein in ihrer Arbeit. Man nannte sie sogar die Pferdeflüsterin vom Kahlgrund. Von Pferden und von der Natur hatte sie schon immer viel verstanden. Aber seit heute war sie Störzlein erneut ein Rätsel. Wie sollte er sie zum Reden bringen?

NEUN

»Haben Sie schon einmal Beltane gefeiert?«, erkundigte sich Helga Klein, während die beiden Frauen langsam zum Hexentanzplatz hochstiegen.

»Beltane?« Andrea hatte dieses merkwürdige Wort heute zum ersten Mal im Leben gehört und schüttelte den Kopf.

»Beltane oder Walpurgisnacht, das ist die Nacht zum Ersten Mai. Beltane trifft es aber genauer, denn es handelt sich um ein Mondfest.« Sie warf einen prüfenden Blick auf Andrea Herbst. In den klugen, wachen Augen der jungen Ermittlerin war nicht einmal ein Anflug von Spott zu erkennen, eher freundliches Interesse.

Als überzeugte Feministin kam Helga Klein oft mit Frauen aller Schattierungen zusammen. Da waren einige Ekelpakete dabei, wie sie schlimmer nicht sein konnten. Gegen deren nabelzentrierte, aggressive oder weinerliche Weltsicht war kein Kraut gewachsen, nicht einmal in ihrem hochwertigen Kräutergarten.

Trotzdem war Vorsicht geboten. Polizisten waren eben Polizisten. Der Umgang mit ihnen verlief nicht immer reibungslos. Sie wollte nur preisgeben, was sowieso schon augenfällig war.

»Beltane ist ein Fest der Erwartung, wir feiern die Ankunft des Sommers. Es ist aber auch ein Initiationsfest zum Erwachsenwerden. Deshalb ist das Fest bei jungen Leuten besonders beliebt. Ich persönlich identifiziere mich dabei mit dem Energiefluss in der Natur und finde und erneuere meine eigenen Energien. Dazu brauche ich keine Steinkreise oder Altäre. Ich habe meine eigenen Techniken.«

Einen richtigen Weg hinauf zum Hexentanzplatz schien es nicht zu geben. Helga Klein führte Andrea jedoch geschickt um jedes Dickicht herum. Nach den letzten Fichten wich der Wald einer kleinen Lichtung.

Andrea vergrub die Hände in den Hosentaschen und blickte sich um. Ein paar Steine. Eine Feuerstelle. Sie hatte schon schönere Orte gesehen. Wenig beeindruckt wandte sie sich ab und beobachtete ihre Begleiterin.

Mit nachdenklich gerunzelter Stirn umrundete Helga Klein den Platz. »Sehen Sie her: Diese Feuerstelle ist neu. Auch die großen Steine gehören nicht hierher, die wurden von irgendwo herbeigeschleppt. Selbst an den Grenzsteinen haben sie sich zu schaffen gemacht. So hat es letztes Jahr nicht ausgesehen.«

»Wer könnte das gemacht haben?«, fragte Andrea.

Helga Klein zuckte ratlos die Schultern. »Keine Ahnung. Ich weiß es wirklich nicht. Es verwundert mich selbst, zumal kaum jemand mehr diesen Platz kennt. Er ist in Vergessenheit geraten.«

Bei Andrea flammte Interesse auf. »Und was war hier los, bevor er in Vergessenheit geriet?«

»Das möchten Sie wirklich wissen? Dann passen Sie genau auf.« Mit einer weit ausholenden Geste zeigte Helga auf mehrere Steine.

»Diese Grenzsteine hier hatten schon immer eine magische Bedeutung. Sie bilden einen Kreis. In diesem Kreis können nun das Feuer und der Altar angelegt werden. Dabei muss der Altar innerhalb des Kreises im Osten stehen. Die Gerätschaften wie Kelch, Ritualdolch, Räuchergefäß, Kerzen und die Pentakelscheibe werden auf dem Altar bereitgestellt. Wichtig ist auch die Kleidung. Es muss kein Ritualgewand sein, aber die Kleidung muss aus Naturfasern bestehen, damit die Energie, die bei dieser Zeremonie entsteht, durch die Kleidung dringt. Viele feiern deshalb nackt.«

Für eine an Fakten orientierte Polizistin war das schwer verdaulich. Um Mitternacht wollte Andrea mit dieser abgedrehten Helga keinesfalls auf dieser einsamen Bergkuppe stehen.

»Seit alters her wird der Platz Hexentanzplatz genannt. Ich habe viel darüber nachgedacht, wieso ausgerechnet dieser Ort so bezeichnet wurde. Ein alter Lehrer gab mir dazu eine Erklärung, die mir sofort plausibel war. Möglicherweise lässt sich der Name auf die Hexenprozesse des frühen siebzehnten Jahrhunderts im Landgericht Krombach zurückführen. Einige Opfer dieser Prozesse sollen unter Folter ausgesagt haben, dass sie hier mit dem Teufel Unzucht getrieben hätten.« Helga verfolgte interessiert Andreas Mienenspiel. Misstrauen wechselte zu Ungläubigkeit und Ablehnung. »Gerade deshalb kamen wir hier an dem Steinkreis zusammen. An Beltane.«

»Auch 1953, als das mit Ihrer Freundin geschah?«

Helga Klein lachte auf.

»Das mit 1953 hat Ihnen sicher Störzlein ins Ohr gesetzt. Was hat der uns Jugendliche damals mit den absurdesten Fragen gelöchert! Dabei war gar nichts gewesen. Wir hatten hier oben ein Feuer angezündet und ein wenig Unsinn getrieben, wie es Vierzehnjährige eben so machen. Einer von uns, ich weiß nicht mehr, wer es gewesen war, hatte um Mitternacht Feuerwerkskörper ins Feuer geworfen. Das knallte wie verrückt und wir erschraken dermaßen darüber, dass wir in der stockdunklen Nacht entsetzt den Hang hinuntergestolpert sind. Dabei ist Gisela verunglückt.«

Mit festem Griff packte sie Andrea am Arm und drängte sie fast gewaltsam den Berg hinunter. Zurück zur Teufelsmühle.

Andrea verfing sich im Latschenkieferdickicht und stürzte. Mühsam rappelte sie sich wieder auf und klopfte sich die Kiefernnadeln von der Hose. Etwas Goldenes blitzte aus dem Unterholz, und sie bückte sich danach. Es war ein Büchlein. Auf dem schwarzen Ledereinband waren goldene, in sich verschlungene Zeichen eingeprägt. Ratlos drehte sie es in der Hand und zeigte es Helga Klein.

»Gehört das vielleicht Ihnen?«

Die warf nur einen kurzen Blick darauf und schüttelte abwehrend den Kopf. »Nein. Das ist doch Dreck. Mit solchen Machwerken gebe ich mich nicht ab.«

Die Seiten waren vom Tau leicht gewellt. Es hatte vor einer guten Woche zuletzt geregnet, deshalb war Andrea überzeugt, dass das Büchlein nur wenige Tage im Freien gelegen hatte. Sie rang einen Moment mit sich, ob sie es einfach in das Unterholz zurücklegen sollte. Doch dann entschloss sie sich, es mitzunehmen und Störzlein zu zeigen.

Schweigend legten die beiden Frauen den Rest des Weges zurück. Andrea Herbst überdachte dabei noch einmal, was sie am Hexentanzplatz von Helga Klein erfahren hatte. Viel und nichts. Ein harmlos dargestelltes Fest unter Jugendlichen, aber nicht ein Fitzelchen Information, das im Mordfall weiterhelfen könnte.

***

Wiesenberg sah seine Gäste wohl versorgt und schob sich zu Störzlein an den Tisch. Aufmerksam betrachtete er den alten Polizisten von der Seite. Wo war der bloß mit seinen Gedanken? Bei seinem alten Fall? Beim alten Teufelsmüller?

»Ja, ja, es könnte hier so schön sein, wenn das mit dem Mord nicht wäre«, begann er das Gespräch und fixierte dabei den wilden Wein, der sich in dicken Zöpfen um das Terrassengeländer schlang.

Nur mühsam schien Störzlein in die Gegenwart zurückzufinden. »Wiesenberg, ich hatte gerade die Teufelsmüllerin vor Augen, wie sie mit den einfachsten Mitteln ihre Gäste bewirtet und den Gastraum immer peinlich sauber gehalten hat.« Er wandte den Blick hinein zu der kleinen Wirtsstube. »Auf jedem der vier Tische standen frische Wiesenblumen. Alle sind sie gerne hierhergekommen, Bauern, Handwerker, Wanderer, manchmal auch zwielichtige Gestalten. Kannst du dich noch an den Krätzenseppi erinnern?«

»Krätzenseppi?« Wiesenbergs Gesicht war zunächst ein einziges Fragezeichen. Dann konnte er mit dem Namen etwas anfangen. »Der war aber nicht zwielichtig, der war doch ein ganz armes Schwein. Ich muss damals etwa acht Jahre alt gewesen sein. Mir hat es so gegraust, wie er da gehockt ist mit seiner Krätze. Von den Armen zu den Kniekehlen bis zum Gesicht, seine Hände waren nur am Scharren und Kratzen.«

Störzlein nickte beifällig. »Deshalb hatte er immer einen Platz für sich allein. Keiner wollte sich zu ihm setzen. Er gehörte zu den Einsamen. Aber die Teufelsmüllerin hörte ihm zu. Ihr konnte er alles von seinem kleinen, armseligen Leben erzählen. Nur ihr.«

Wiesenberg wand sich unbehaglich auf seinem Platz. »Wenn ich nur daran denke, fängt es bei mir schon überall zu jucken an. Bin ich froh, dass diese infektiöse Milbenerkrankung bei uns so gut wie ausgerottet ist. Einen mit so einem zerkratzten und zerschundenen Gesicht möchte ich nicht hier am Tisch haben.«

»Ich denke, das haben wir hinter uns. Das war typisch für die problematischen hygienischen Verhältnisse und für die beengten Wohnmöglichkeiten im Nachkriegsdeutschland. Möge der Krätzenseppi in Frieden ruhen.« Damit war für Störzlein das unappetitliche Thema beendet.

Wiesenberg stemmte sich von der Bank hoch und besann sich seiner Pflichten als Wirt. Auf der hinteren Terrasse wurde er mit großem Hallo empfangen. Die Gläser der Feierabendzecher wollten wieder gefüllt werden.

Störzlein dagegen musste weiter an die Teufelsmüllerin denken. Auf seinem Lieblingsplatz hier vor der Hütte hatte früher auch oft der Pfarrer gesessen. Dem hatte das Seelenheil der Teufelsmüllerin samt ihrer fünfköpfigen Kinderschar brennend am Herzen gelegen. Den Teufelsmüller dagegen hatte er weitgehend abgeschrieben. Der wollte sich partout nicht vom Teufel und anderen bösen Geistern trennen, da sie seiner Meinung nach genau hier hingehörten. Eine Teufelsmühle ohne Teufel überstieg rundweg seine Vorstellungskraft.

Deshalb verwandte der Pfarrer seine ganze Energie auf die seelische Läuterung der Teufelsmüllerin, die sich als wesentlich gottesfürchtiger als ihr Ehemann erwies. Bei jedem seiner Besuche wollte er von ihr wissen, wie sie es mit dem täglichen Gebet und dem sonntäglichen Kirchgang hielt.

Eine Begebenheit kam Störzlein in Erinnerung, und er nahm einen tiefen Schluck aus seinem Glas. An einem Sonntag packte die Teufelsmüllerin ihre Zwillingsmädchen fest an der Hand und machte sich auf zur Kirche nach Geiselbach. Nach dem Kirchgang erledigte sie ihre Einkäufe im Kramladen, beim Bäcker und Metzger. Auf dem Rückweg kam sie, schwer bepackt und mit den fünfjährigen Mädchen im Schlepptau, nur langsam voran. So machten sie zum Verschnaufen an einem Baum Rast.

Eines der Mädchen blickte den Stamm entlang nach oben.

»Da sind Schuhe.«

Ihr Zwilling folgte dem Blick der Schwester und reagierte echogleich mit Grabesstimme: »Da sind Schuhe.«

»Wo sind Schuhe?« Der Teufelsmüllerin war die sparsame Sprechweise ihrer Zwillinge wohl vertraut. Meist verständigten die sich mit Blicken und Gesten. »Also, wo sind die Schuhe?«, fragte sie deshalb nach.

Beide Mädchen hoben gleichzeitig den Arm und deuteten nach oben.

Nun schaute auch die Teufelsmüllerin den Baumstamm hinauf. Tatsächlich. Da waren Schuhe. Eine braune Cordhose, Hemd und Jacke. Ihre Augen weiteten sich. Da hing einer! Da hatte sich einer aufgehängt! So schnell es mit den kleinen Mädchen ging, lief sie zurück nach Geiselbach. Zur Polizei.

Wie heute konnte sich Störzlein an den Fall erinnern. Er hatte ihn damals als junger Polizist bearbeitet. Der junge Mann stammte von einem Bauernhof und sollte die Erbin eines Bauernhofs im Nachbarort heiraten, damit Hof zu Hof kam. Sein Herz gehörte aber einer anderen ohne Bauernhof, und die war von ihm schwanger. In seiner Verzweiflung sah er als einzigen Ausweg aus dieser verzwickten Situation den Selbstmord.

Nachdenklich schaute Störzlein zur Anhöhe auf der gegenüberliegenden Talseite hinüber. Im Teufelsgrund hatten sie mehrfach nach Selbstmördern gesucht. Hinter vorgehaltener Hand wurde geflüstert, der Teufelsgrund ziehe sie magisch an, die Selbstmörder.

Schritte waren zu hören. Kurz darauf erschienen Helga Klein und Andrea Herbst wieder auf der Terrasse.

Wiesenberg kam sogleich heran und erkundigte sich süffisant: »Na, habt ihr da oben eine schöne Hexenmesse gefeiert? Das ist doch ein netter Ort. Jetzt, wo sie die drei großen Fichten gefällt haben, können die Hexen den Platz direkt anfliegen.«

Mit dem Blick eines erfahrenen Metzgers, der die Schlachtreife eines Tieres überprüft, musterte Helga jedes einzelne Kilo an Wiesenbergs Leibesfülle.

»Du aber nicht. Für deine hundertachtzig Kilo gibt es keinen flugfähigen Besen. Vielleicht versuchst du es mal mit einer Kehrmaschine.«

Störzlein wollte jetzt unbedingt mit Andrea Herbst allein sprechen, deshalb gab er ziemlich unvermittelt das Zeichen zum Aufbruch.

Auch Helga Klein zückte die Geldbörse, um ihre Rechnung zu begleichen.

Dabei stach Andrea Helgas auffällige Handtasche ins Auge. Sie hatte die Form eines gelben Schulbusses, wie sie ihn aus den Micky-Maus-Heftchen kannte. Vor Jahren hatte sie so eine Tasche auf einem Flohmarkt entdeckt. Gerade als sie dafür ihr Geld zusammenkramte, wurde sie ihr vor der Nase weggekauft. Das hatte sie noch lange geärgert. Mit einem Anflug von Neid beobachtete sie, wie Helga Klein sich den langen Trageriemen quer über die Schulter legte und auf ihrem Pferd davonritt.

Kurz vor Dörnsteinbach bedeutete Störzlein Andrea, in einen schmalen Weg einzubiegen. Nach einer Weile tauchte in der Ferne ein großer Hof auf, vor dem er sie anhalten ließ.

»Das ist der Reiterhof, auf dem Helga Klein wohnt. Ich möchte gerne, dass Sie die Dame besuchen.«

Sofort wehrte Andrea Herbst ab. »Ich wüsste nicht, was ich Helga Klein noch fragen sollte.«

»An eine direkte Befragung habe ich auch gar nicht gedacht. Mir schwebt eher eine atmosphärische Auslotung vor. Zu gern möchte ich wissen, wie diese Frau tickt, wie sie lebt. Mir erzählt sie doch kein Wort. Für die bin ich schon seit mehr als fünfzig Jahren Feindesland.«

»Denken Sie etwa an emotional gefärbte Gespräche von Frau zu Frau? Wenn Sie sich da nicht täuschen. Diese Frau gibt nur das preis, was sie offenbaren will. Das ist mir oben am Hexentanzplatz aufgefallen. Sie erzählte von Hexenprozessen, Steinkreisen, Altären und Ritualgeräten. Und das in einer Ausführlichkeit, als wollte sie mich auf den Arm nehmen. Denn eigentlich machte sie mir den Eindruck, als ob sie nur kontrollieren wollte, ob sich in letzter Zeit dort oben jemand aufgehalten hatte. Da war auch tatsächlich jemand gewesen. Wir fanden eine frische Feuerstelle vor und ein paar Steine waren umgesetzt. Die Spurensicherung sollte das einmal überprüfen.«

Störzlein blies die Backen auf und ließ langsam die Luft entweichen. »Das sollten Sie Ihrem Chef lieber selbst verklickern. So wie ich Rieker kenne, hat er seine Schwierigkeiten mit Hexentanzplätzen und anderen magischen Orten.«

Den Eindruck hatte Andrea auch. Trotzdem würde sie Rieker darauf hinweisen. Es schien ihr wichtig. Um ein Haar hätte sie vergessen, Störzlein das Büchlein zu zeigen.

Vorsichtig fasste er es nur an einer Ecke an, um nicht, wie zuvor schon Andrea, markante Spuren darauf zu hinterlassen.

»Hm, hm, hm. Das sieht mir ganz nach einer esoterischen Schrift aus. Ein Beschwörungsbuch. Sehen Sie sich das an. Hier, auf dieser Seite wird Satan herbeigerufen. Das bringen Sie Rieker mit. Er wird vor Freude einen Luftsprung machen.«

Neugierig sah Andrea Störzlein über die Schulter.

Mit diesen Beschwörungen ließen sich auch alle möglichen Arten von Schutzgeistern herbeirufen. Das war ganz nach Riekers Geschmack. Sie sah ihn schon in aller Deutlichkeit vor sich, wie er vor Verdruss aus der Haut fuhr.

»Am Hexentanzplatz habe ich Helga Klein übrigens auf den Fall von 1953 angesprochen. Zunächst sagte sie kein einziges Wort und wirkte völlig abwesend. Dann tat sie diese Walpurgisnacht als ein harmloses Fest unter Jugendlichen ab, das leider mit einem unglücklichen Unfall endete. Aber gut, ich werde sie morgen aufsuchen. Viel verspreche ich mir jedoch nicht davon. Ich mache es nur Ihnen zuliebe.«

»Damit erweisen Sie mir wirklich einen großen Gefallen. Mehr noch. Mit Ihrem frischen, jungen Kopf sind Sie für mich ein Geschenk des Himmels. Sie sind von den alten Geschichten unbelastet und somit der ideale Türöffner bei den besonders kritischen Fällen. Dazu gehört unsere Helga Klein. Ein harter Brocken. Aber auch sie wird Ihrer freundlichen Art nicht widerstehen können. Sonst hätte die Sie erst gar nicht mit zum Hexentanzplatz hinaufgenommen.« Mit einem unbeholfenen Lächeln spielte Störzlein seinen altväterlichen Charme aus.

Montag – 5. Mai

ZEHN

Das Tötungswerkzeug, der Stein, mit dem Caroline Hurst erschlagen wurde, stammte aus dem Bachbett des Omersbachs. Vergleichsproben mit anderen Steinen aus dem Bach wiesen die gleiche Algenanhaftung auf. Zudem waren auf dem Stein neben Blut und Gewebematerial des Opfers auch Schweißspuren und Hautzellen sichergestellt worden, die von der genetischen Struktur der Getöteten abwichen.

Aufschlussreich waren auch die Fingerspuren auf den Würgemalen am Hals der Toten. Man hatte Jod mit anderen Chemikalien vermischt und zum Verdampfen gebracht. Der Dampf wurde dann über den Körper des Opfers geblasen, wo er mit den Rückständen der Fingerspur reagierte.

Zur Sicherheit hatte man auch den Anorak der Ermordeten untersucht. Er wurde in einen Behälter mit weniger als fünfzig Prozent Luftfeuchtigkeit eingeschlossen, der dann mit radioaktivem Joddampf gefüllt wurde. Die radioaktiven Teilchen verbanden sich mit den Ablagerungen der Fingerspur. Danach wurde der Stoff auf einen fotografischen Film gepresst.

Bernd Rieker legte die Laborberichte zur Seite und griff nachdenklich nach seiner Kaffeetasse. Die fremde DNA wurde in diesem Moment über das LKA zur Datenbank des BKA weitergeleitet. Vielleicht handelte es sich um einen Täter, der bereits auffällig geworden war.

Die Fingerspuren wurden in das AFIS eingescannt, das Automatisierte Fingerabdruckidentifizierungssystem. Eine Kopie davon würden sie später ebenfalls ans BKA losschicken.

Zuvor mussten aber noch Heinrich Wiesenbergs Spuren isoliert werden, der sich auf dem Anorak der Toten ebenfalls verewigt hatte, als er ihn der Leiche in christlicher Nächstenliebe zusammengefaltet unter den Kopf geschoben hatte. Doch dafür waren die Kollegen vom Erkennungsdienst und der Kriminaltechnik zuständig. Bernd Rieker lehnte sich in seinem Schreibtischstuhl zurück und überdachte noch einmal die Ergebnisse des Wochenendes. Caroline Hurst war Karolina Wald, die als Kind im Schlösschen gewohnt hatte. Die Aussage von Linda Endrich ließ vermuten, dass der ungeklärte Unfall vom Ersten Mai 1953 tatsächlich etwas mit dem Mord an Caroline Hurst zu tun haben könnte. Und das Buch der Hurst enthielt womöglich Informationen, die für die Ermittlungen wertvoll sein könnten. Er seufzte. Hoffentlich erwies sich das nicht als Sackgasse.

Andrea Herbst hatte sich dankenswerterweise bereit erklärt, in dem Buch nach Hinweisen zu suchen. Das ließ ihm Zeit, sich um die Untersuchung der Indizien vom Tatort und die Befragung der Kahlgrundbewohner zu kümmern. Außerdem hatte er jetzt noch die amerikanischen Behörden am Hals, die in dieser Sache ganz schön Druck machten.

Es klopfte, und Rieker blickte missmutig zur Tür. Gegen Störungen am frühen Morgen war er ausgesprochen allergisch. Zudem hatte er um neun Uhr eine Dienstbesprechung angesetzt, die er pünktlich und vor allem zügig durchziehen wollte.

Mit demütiger Miene humpelte Karl Störzlein herein und ließ sich mit einem tiefen Seufzer auf den Stuhl vor Riekers Schreibtisch fallen.

»Guten Morgen, Bernd. Ich bin gekommen, um dir weiterhin meine Unterstützung anzubieten. Es ist nicht richtig, dass du allein die Verantwortung in der Mordsache Teufelsmühle trägst und dadurch am heiligen Sonntag deine Familie vernachlässigst. Vom Gottesdienst, den du deshalb gestern natürlich auch nicht besucht hast, wie mir aus sicherer Quelle zugetragen wurde, ganz zu schweigen.«

Große Hilfsbereitschaft und milder Tadel klangen aus Störzleins Worten hervor. Er klemmte sich den Krückstock zwischen die Beine, faltete über dem Knauf seine Hände und warf Bernd Rieker einen priesterlichen Blick voll Besorgnis, Mitgefühl und Weihrauch zu.

Dieser Komödiant! Rieker biss sich auf die Lippen, um nicht laut loszulachen. Der Alte schreckte wirklich vor nichts zurück, um an Informationen zu gelangen.

»Karl, mach's kurz. Von Frau Endrich weiß ich bereits, dass das Opfer früher Karolina Wald hieß. Das wird zur Stunde überprüft.«

Nach einem ungeduldigen Blick auf seine Armbanduhr setzte er hinzu: »Unsere Dienstbesprechung fängt gleich an. Was willst du also hier?«

»Ich will alles über den Fall wissen. Immerhin gehörte das Opfer zu der Jugendgruppe, die in meinen alten Fall verwickelt war. Das hat dir Frau Herbst doch gesagt, oder?«

Bernd nickte, schob mit einem Seufzer die Laborberichte über den Tisch und holte für Störzlein aus der Teeküche eine Tasse Kaffee.

Als er zurückkam, nickte Karl Störzlein anerkennend.

»Teufel auch, was mittlerweile bei der Forensik und Kriminaltechnik alles möglich ist. Zu meiner Zeit gab es das alles nicht. Fingerspuren von Leichen und Stoffen zu nehmen. Nee, nee, nee. Man sollte doch meinen, damit lohnt sich kein Verbrechen mehr.«

»Solange du niemanden hast, zu dem die Spuren passen, nützen dir die schönsten Fingerspuren und genetischen Anhaftungen leider nichts.«

»Richtig.« In Störzleins graue Augen trat ein triumphierendes Funkeln. »Das bedeutet, dass ihr weiterhin die gleiche kleinteilige Ermittlungsarbeit machen müsst wie wir früher auch. Es bleibt euch nicht erspart, an sämtliche Haustüren zu klopfen und nachzufragen, wer das Opfer zuletzt gesehen hat. Ihr müsst euch über ein mögliches Motiv das Gehirn zermartern. Und ihr müsst herausfinden, ob es eine Täter-Opfer-Beziehung gab. Gerade die Arbeit der Viktimologen, die genau diese Beziehung untersuchen, hat mich schon immer fasziniert. In mehr als neunzig Prozent aller Tötungsdelikte gab es zwischen Opfer und Täter mehr oder weniger länger andauernde Beziehungen.«

Rieker nickte höflich, wie es eben seine Art war. Ihm musste man wahrlich nicht seine Arbeit erklären.

Wegen einer möglichen Täter-Opfer-Beziehung hatte er gestern bereits die hessischen Kollegen in Frankfurt um Amtshilfe gebeten. Sie sollten sich im Verlag noch einmal gründlich umhören, mit wem das Opfer in letzter Zeit Kontakt gehabt hatte. Zudem klapperten drei Einsatzteams den ganzen Kahlgrund ab, in der Hoffnung, auf jemanden zu stoßen, der vielleicht eine ungewöhnliche Beobachtung gemacht hatte.

»Alle Beziehungen, auch die, die auf den ersten Blick gar nicht mehr bestehen, sollte man nach Meinung der Viktimologen unter die Lupe nehmen.«

»Karl, die Frau war Amerikanerin. Natürlich haben wir auch ein Rechtshilfeersuchen an die US-amerikanischen Polizeibehörden in die Wege geleitet.«

Störzlein blinzelte irritiert. Manchmal dachte Rieker wirklich zu eindimensional. Er schluckte seine wachsende Ungeduld hinunter und sagte mit freundlicher Miene: »Sieh mal, Bernd. Seit gestern wissen wir doch, dass die Frau von Geburt an eine Deutsche war und ihre Jugend im Kahlgrund verbrachte. Und sie war in den Fall verwickelt, den ich 1953 untersuchte. Deshalb bin ich hier. Ich brauche die Adressen von diesen Personen.« Er holte aus seiner Jackentasche ein Stück Papier und schob es über den Schreibtisch.

Bernd Rieker griff nach dem Zettel.

»Dabei handelt es sich wohl um die drei Burschen, die in deinen damaligen Fall verwickelt waren.«

»Richtig.« Störzlein machte eine kurze Pause und setzte hinzu: »Als Dank für die kleine Gefälligkeit würde ich dir auch deine Umläuferin für eine Weile abnehmen. Es ist bestimmt lästig, für sie ständig eine sinnvolle Aufgabe zu suchen. Meine Methoden mögen zwar veraltet sein, aber ein bisschen kann sie auch von mir noch lernen.«

Rieker stützte den Kopf in die Hand und fixierte Störzlein mit schmalen Augen. »Eins sage ich dir, Karl. Wenn du bei deinen Nachforschungen die Kompetenzen überschreitest, bekommst du es mit mir persönlich zu tun.«

Er griff nach dem Telefon und gab Andrea Herbst die Namen von der Liste durch. Dann wandte er sich wieder Störzlein zu.

»Es läuft folgendermaßen: Jetzt, nachdem wir wissen, dass das Opfer tatsächlich als Jugendliche mit deinem alten Fall zu tun hatte, müssen wir auch dieser Spur nachgehen. Und ich finde es richtig, dass du das übernimmst. Du kennst dich dabei am besten aus. Andrea Herbst kann dich unterstützen. Mit mir wird aber alles abgesprochen, und sämtliche Informationen, die relevant sein könnten, landen unverzüglich auf meinem Schreibtisch. Und zwar in schriftlicher Form. Als ordentlicher Bericht. Wie es sich für Ermittler gehört. Verstanden?«

Karl Störzlein nickte gelassen. Er wusste schon, wer die lästigen

Berichte abzufassen hatte. Er jedenfalls nicht. Man musste die jungen Umläufer schließlich beizeiten an sauberes Berichteschreiben gewöhnen.

***

Die Tür öffnete sich. Andrea Herbst kam herein und reichte Rieker eine Plastiktüte mit dem Buch, das sie gestern in der Nähe des Hexentanzplatzes gefunden hatte. Zu dritt setzten sie sich an den Besprechungstisch.

Rieker zog sich ein Paar Latexhandschuhe an und blätterte eine Weile in dem Buch, ohne etwas Bestimmtes zu suchen. Außer den Initialen S.F. gab es keine Notizen oder besonderen Merkmale. Er legte es zurück in die Plastiktüte und verschränkte die Arme vor der Brust.

»Es gibt also eine frische Feuerstelle. Es wurden Steine umgesetzt. Nicht weit weg lag dieses Buch. Und das alles ziemlich nah am Tatort. Jemand muss sich dort kürzlich aufgehalten haben. Vielleicht sogar zur Tatzeit. Dem werden wir nachgehen müssen.«

Grübelnd fuhr Rieker mit dem Zeigefinger das goldene verschlungene Muster auf dem Bucheinband nach.

»Satanistenkult im Kahlgrund. Nun ja, warum eigentlich nicht. Auch der Kahlgrund ist keine Insel der Seligen. Hier geht es zu wie überall. Wenn eine derartige Gruppe sich zur fraglichen Zeit auf dem Hexentanzplatz aufgehalten hat, könnte irgendjemand davon tatsächlich eine Beobachtung gemacht haben. In der Walpurgisnacht.« Er wälzte das Wort wie einen Bissen verschimmelten Brotes im Mund herum.

»Über die Initialen S.F. müsste eigentlich der Besitzer zu ermitteln sein«, sagte Andrea.

Rieker nickte, und gemeinsam besprachen sie das weitere Vorgehen. Jens Habel sollte sich ausführlich in der Gothic-Szene im Kahlgrund umschauen. Er war Jugendpolizist und kannte sicherlich einige der Schwarzgewandeten von seinen Schulbesuchen und Kontrollgängen. Die Spurensicherung würde den Hexentanzplatz genau unter die Lupe nehmen. Da man dort offenbar Steine verrückt hatte, war es anzuraten, auch einen Feldgeschworenen hinzuzuziehen. Der wusste am besten, ob es sich dabei um Grenzsteine handelte. Außerdem konnte er dem Team den Weg zum Hexentanzplatz zeigen. Andrea Herbst sollte Störzlein bei der Befragung von Caroline Hursts Jugendfreunden unterstützen.

Rieker führte noch ein paar kurze Telefonate, dann sprang er eilig auf. Er wollte nicht allzu spät zur Dienstbesprechung kommen. Unter der Tür drehte er sich noch einmal um. »Karl, dein Versprechen habe ich. Alle Informationen von euch landen auf meinem Schreibtisch.«

Andrea lächelte Störzlein verschmitzt zu.

»Ab jetzt sind also Sie mein neuer Chef, Herr Störzlein.«

»Chef ist maßlos übertrieben. Das ist immer noch Hauptkommissar Rieker. Wir zwei bilden in seinem Ermittlungsteam lediglich ein kleines Unterteam, das sich mit der Vergangenheit des Opfers beschäftigt.«

Andrea holte einen Zettel aus ihrer Hosentasche und sagte: »Hier habe ich die Adressen der Männer, die wir befragen müssen. Peter Meinert lebt offenbar nicht mehr in der Gegend, die Kollegen bemühen sich gerade noch, seine aktuelle Adresse herauszubekommen. Horst Blank wohnt in Schöllkrippen. Fridolin Wagner in Alzenau. Mit wem fangen wir an?«

Peter, Horst, und Fridolin. Vor Störzleins Augen entfaltete sich wieder das Bild von den drei vierzehnjährigen Buben, die 1953 bei allen Vernehmungen beharrlich geschwiegen hatten.

Es war zum Haareausraufen gewesen. Nur der dicke Fridolin mit dem teigigen Gesicht ließ sich zumindest aus dem Gleichgewicht bringen und fing zu heulen an. Dicker Rotz lief aus seiner Nase, den er mit seinem Ärmel wegwischte. Der dicke, weinerliche Fridolin.

»Wir fangen mit Fridolin Wagner an. Der ist das schwächste Glied der Kette.«

Fridolin Wagner wohnte im letzten Haus der Häuserzeile am Ende einer Sackgasse. Die Haustür war nur angelehnt, aber Störzlein machte davon keinen Gebrauch und klingelte manierlich.

»Kommen Sie von der Klinik?«, fragte eine Stimme hinter ihrem Rücken.

Störzlein und Andrea drehten sich um und erblickten eine stämmige Frau mit rosigen Wangen und vom Wind zerzausten Haaren, die ein Körbchen mit Wäscheklammern in den Händen hielt.

»Nein. Wir sind von der Polizei. Könnten wir bitte mit Herrn Wagner sprechen?«

Störzlein stellte sich als Hauptkommissar vor und murmelte dabei das »außer Dienst« so undeutlich, dass es nicht einmal Andrea, die er als seine Kollegin präsentierte, verstehen konnte.

»Polizei! Was hat mein Mann jetzt schon wieder angestellt? Langt es denn nicht, dass er erneut aus der Klinik abgehauen ist? Gehen Sie nur hinein. Er hockt in der Küche. Ich muss noch schnell die Wäsche fertig aufhängen und komme gleich nach.«

Die Küchentür ging von dem kurzen Hausflur rechts ab und stand offen. Sie betraten eine geräumige Wohnküche mit einer gemütlichen Eckbank hinter dem Tisch.

Auf der Bank saß Fridolin Wagner und schlug mit dem Stiel eines hölzernen Kochlöffels die Seiten der Zeitung um, die vor ihm lag. Erstaunt blickte er auf. »Wer sind Sie? Sind Sie etwa von der Klinik? Ich sag es Ihnen gleich: Da gehe ich nicht mehr hin. Diese Ärztin hat mich mit ihren fürchterlichen Methoden den ganzen Tag terrorisiert! Wenn ich nur daran denke, bekomme ich wieder Herzrasen.«

»Ich bin der Karl, Karl Störzlein. Erinnern Sie sich nicht mehr an mich, Fridolin? Ich darf doch Fridolin sagen, wie früher, oder?«

»Störzlein, Störzlein. Etwa der Polizist Störzlein aus Geiselbach? Mensch Meier, Störzlein, sind Sie aber alt geworden. Unglaublich. Sie hätte ich längst nicht mehr unter den Lebenden vermutet.«

Das war nicht ganz das, was Störzlein gern hören wollte. Er ertrug es aber mit unbewegter Miene und dachte lieber an die Mission, die er hier zu erfüllen hatte. Je länger er den Mann vor sich betrachtete, umso deutlicher trat wieder das schwammige Mondgesicht des damals Vierzehnjährigen hervor, der bei der Vernehmung Rotz und Wasser geheult hatte.

Inzwischen war aus dem dicken Vierzehnjährigen ein übergewichtiger alter Mann von siebzig Jahren geworden. Wie sollte er das Gespräch am besten anfangen? Störzlein wusste es nicht und entschloss sich deshalb für den schnurgeraden Weg ohne Takt und Feingefühl.

»Erklären Sie mir doch einmal, Fridolin, warum Sie die Zeitung mit dem Kochlöffel lesen.«

Fridolin schlug stumm die Augen zu Boden und errötete.

Doch seine Frau, die in diesem Moment zur Tür hereinkam, brach das Schweigen, das sich nach Störzleins Frage in der Küche ausbreitete.

»Aus Angst. Er hat Angst, mit seinen Fingern Keime auf der Zeitung zu hinterlassen, die mir schaden könnten, wenn ich nach ihm die Zeitung lese. Daran sieht man doch, wie wichtig die Therapie in der Klinik für ihn gewesen wäre.«

Mit einer Mischung aus Verzweiflung, Angst und Wut im Gesicht stierte Fridolin zu seiner Frau hinüber. »Halt den Mund, Marga! Halt endlich den Mund und verschwinde. Nimm die Polizistin mit und lass mich mit Störzlein allein.«

Marga Wagner machte wortlos auf dem Absatz kehrt und verließ die Küche. Auf Störzleins Wink hin folgte Andrea ihr. Zunächst ging es in die Waschküche. Als die Waschmaschine ins Laufen kam, verließen die zwei Frauen das Haus und setzten sich in die Gartenstühle auf der Terrasse.

Behutsam hob Marga einen Marienkäfer von der Stuhllehne und ließ ihn bis zur Spitze ihres Zeigefingers krabbeln. Dort breitete er seine Flügel aus und schwirrte davon. Sie beobachtete seinen anmutigen Flug einen kurzen Moment und wandte sich dann mit Tränen in den Augen Andrea zu.

»Das ist jetzt schon die dritte Therapie, die mein Mann vorzeitig abgebrochen hat. Dabei werden seine Ängste und Zwangshandlungen immer schlimmer. Langsam weiß ich mir keinen Rat mehr.«

»Was macht ihm denn Angst?«

»Alles. Das ganze Leben. Dabei ängstigt er sich nicht um sich, sondern um andere. Früher als Kind sorgte er sich um seine Familie, um seine Schwester, seine Mutter und um seinen Vater in der Kriegsgefangenschaft. Er redete sich ein, wenn er alles fünfmal macht, passiert ihnen nichts. Ich denke manchmal, der Krieg hat ihn zerbrochen. Er hat sich als Bub selbst die Verantwortung für die ganze Familie aufgebürdet. Als sein Vater aus der Gefangenschaft nach Hause kam, war für eine Weile alles gut. Fridolin fühlte sich wie von einer Last befreit und blühte auf.«

Marga Wagner wischte sich eine Träne aus dem Augenwinkel.

»Entschuldigen Sie, aber mich nimmt diese traurige Geschichte immer wieder mit. Dann passierte nämlich das Unglück, bei dem sein Vater starb. Die beiden besserten gemeinsam das Dach des Elternhauses aus. Als der Vater einen Hammer holte, den er im Hof vergessen hatte, geriet ein Packen Dachziegel ins Rutschen und erschlug ihn. Meiner Ansicht nach hatte Fridolin überhaupt keine Chance, die Ziegel zu halten, aber trotzdem gibt er sich bis heute die Schuld am Tod des Vaters. Seitdem macht er wieder alle Sachen fünfmal, um von anderen Unheil abzuwenden.«

Andrea spürte, wie ihr eine Gänsehaut den Rücken hinunterlief, und fragte: »War das nicht ein Problem im Beruf?«

»Nun, er arbeitete als Sachbearbeiter in der Verwaltung des Landratsamtes in Aschaffenburg ohne Publikumsverkehr. Dort fiel es lange nicht auf, dass er alle Vorgänge mindestens fünfmal kontrollierte. Man bewunderte ihn sogar für seinen Fleiß und die unzähligen Überstunden. Ich auch. Ich war sehr stolz auf ihn. Bis er vor gut zehn Jahren vorzeitig in den Ruhestand versetzt wurde. Seitdem haben wir bei uns zu Hause die Hölle. Er kontrolliert und kontrolliert, wäscht die Hände fünfmal hintereinander, meint, sich verzählt zu haben, und wäscht sie wieder. Sein Leben besteht mittlerweile nur noch aus kontrollieren, waschen, zählen und der Angst, seine Mitmenschen mit Keimen zu verseuchen. Gegen diese Angst sollte die Therapie helfen.«

Seufzend senkte Marga den Kopf.

Den Anblick, den Fridolin geboten hatte, als sie in die Klinik kam, um ihn zu besuchen, würde sie so schnell nicht vergessen. Er kauerte schwitzend vor Angst in einer Ecke auf dem Boden und hyperventilierte. Die Ärztin, die ihn behandelte, war ratlos. Sie hatte von ihm verlangt, mit den Fingern über die Toilettenschüssel zu fahren und sich danach den ganzen Tag nicht die Hände zu waschen. Er sollte selbst sehen, dass er niemandem mit den Keimen einen ernsthaften Schaden zufügte.

In der Küche schilderte Fridolin Wagner dem alten Störzlein das therapeutische Vorgehen der Ärztin in allen ekelhaften Einzelheiten und fuchtelte dabei aufgeregt mit dem Kochlöffel herum.

»Mit diesen Dreckfingern hätte ich dann Gott und der Welt

auch noch die Hand geben sollen. Störzlein, das schwör ich Ihnen. Mit solchen Therapiemaßnahmen bringen wir es noch fertig, dass bei uns in Deutschland wieder Pest und Cholera ausbrechen. Das ist verantwortungslos und widerlich. Eine Riesenschweinerei. Pfui Teufel! Deshalb bin ich auch aus der Klinik weg.«

»Wann?«

»Am gleichen Tag, an dem die Schnepfe von Ärztin diese Sauerei von mir verlangte. Das war letzten Montag. Warum fragen Sie?«

»Nur so. Karolina Wald wurde am Mittwoch ermordet. Erinnern Sie sich noch an sie?«

»Aber klar. Ich denke, keiner unserer damaligen Gruppe hat sie je vergessen. Wurde sie wirklich ermordet?«

Als Störzlein von Caroline Hurst erzählte, die als Kind Karolina Wald hieß, und am vergangenen Mittwoch im Teufelsgrund umgebracht worden war, zeichnete sich große Bestürzung auf Fridolins Gesicht ab. Er legte den Kochlöffel zur Seite und fragte mit belegter Stimme: »Wie ist es passiert?«

»Sie wurde erschlagen. Das stand auch in der Zeitung. Haben Sie das nicht gelesen?«

Statt einer Antwort schüttelte Fridolin nur den Kopf.

»Wo waren Sie am Mittwoch?«

»Hier, zu Hause. Ich bin immer zu Hause. Meine Frau kann das bestätigen.«

Mit einem Seufzer stützte Fridolin die Arme auf den Tisch und barg sein Gesicht in den Händen. Die starke, unbesiegbare Karolina, die sich vor nichts und niemandem fürchtete, war tot. War das für ihn ein Anlass zur Trauer? Er hatte sie bewundert. Karolina hatte damals schon alles gewusst, auch über die Dinge, die zwischen Mann und Frau passierten, und alle Jungen aus der Gruppe waren deshalb auf sie scharf gewesen. Er auch.

Er ließ die Hände sinken und schaute Störzlein in die Augen.

»Ich kann mich noch gut daran erinnern, wie Sie uns Jugendliche damals verhört haben. Knallhart. Zum Fürchten. 1953 war das. Dieses Jahr werde ich nie vergessen. Mensch Meier, habe ich vor Ihnen eine Angst gehabt.«

»So? Geredet habt ihr aber nicht. Sie auch nicht.«

»Das war mir peinlich. Wissen Sie, ich wollte Karolina damals imponieren. Und ich wollte sie endlich auch einmal schwach sehen.

Sie, die stets Furchtlose, sollte sich fürchten und erschrecken. Ich wollte beweisen, dass ich auch mutig und stark sein konnte. Deswegen habe ich in der Walpurgisnacht auf dem Hexentanzplatz heimlich Feuerwerkskörper ins Walpurgisfeuer geworfen. In dem panischen Durcheinander, das daraufhin ausbrach, kam Gisela ums Leben. Und ich bin schuld an ihrem Tod. Hätte sie sich nicht so erschreckt, wäre sie nicht gestürzt und mit dem Kopf auf den Stein gefallen.«

Trübselig starrte er vor sich hin.

Trotz Störzleins Gegenwart konnte er den Drang, sich die Hände zu waschen, nicht länger unterdrücken. Er sprang auf und hastete zum Spülbecken. Und wusch. Einmal, zweimal, dreimal, viermal, fünfmal.

Erschüttert sah ihm Störzlein dabei zu. Was war nur aus dem Vierzehnjährigen von einst geworden? Ein Sklave seiner Ängste und Zwangshandlungen. Unentrinnbar eingesponnen in seine Zwänge wie eine Raupe in ihrem Kokon. Auch so konnte eine Hölle aussehen.

Mit Erleichterung vernahm er Andrea Herbsts Stimme, die mit Frau Wagner wieder ins Haus zurückkehrte, und ging ihr entgegen.

»Frau Wagner, ich wollte von Ihrem Mann wissen, wo er am Mittwoch gewesen ist. Warum ich das gefragt habe, kann er Ihnen selbst sagen. Also, wo war er am Mittwoch?«

»Soviel ich weiß, zu Hause. Ich hab vor lauter Arbeit keine Zeit, ständig nachzuschauen, wo er ist. Aber worum geht es denn?«

»Das wird er Ihnen selbst sagen. Aber es geht ihm wirklich nicht gut. Sie müssen unbedingt dafür sorgen, dass er sich einer weiteren Therapie unterzieht.«

»Danke für den wertvollen Hinweis. Wenn Sie mir nun auch noch sagen, wie ich das bewerkstelligen soll, bin ich rundum zufrieden.« Marga Wagner lachte bitter auf und ließ sie zur Haustür hinaus.

Bevor Störzlein zu Andrea ins Auto kletterte, schaute er noch einmal zu dem stillen Haus hinüber, in dem die Zwänge regierten und über das Leben zweier Menschen mehr und mehr Oberhand gewannen.

Aber eines war schon interessant. Am Montag war Wagner aus

der Klinik ausgerissen. Am Mittwoch hatte man Caroline Hurst, die frühere Karolina Wald, ermordet. Fridolin Wagner hätte die Gelegenheit dazu gehabt, denn das Alibi, das ihm seine Frau gab, klang keineswegs hieb- und stichfest. Aber hatte er auch ein Motiv?

ELF

Nach dem deprimierenden Besuch im Hause Wagner brachte Andrea Herbst Störzlein zur Alzenauer Polizeidienststelle zurück. Dort hatte er sein eigenes Auto abgestellt. In den nächsten Stunden würden sie getrennte Wege gehen. Andrea fuhr zu Helga Klein, und Störzlein hatte beschlossen, sein Glück bei Horst Blank in Schöllkrippen zu versuchen.

Zuvor wollte er sich vergewissern, ob dieser überhaupt zu Hause war. Mit einem Handy belastete er sich in seinem Alter nicht mehr. Die winzigen Tasten waren viel zu mühselig für ihn. Außerdem legte er keinen Wert darauf, ständig erreichbar zu sein. Deshalb reichte er Andrea den Zettel mit Blanks Telefonnummer, damit sie für ihn anrief. Andrea tippte die Nummer ein und gab ihm ihr Handy.

Eine Frauenstimme meldete sich. Störzlein erfuhr von ihr, dass Horst Blank mit seinem Enkel einen Ausflug machte. Zur Teufelsmühle.

Was war zu tun? Natürlich könnte er morgen noch einmal versuchen, Blank zu Hause anzutreffen. Störzlein verwarf diesen Gedanken und entschloss sich kurzerhand, auch in die Teufelsmühle zu fahren. Er teilte Andrea seine Entscheidung mit und war einverstanden, als sie vorschlug, sich dort am späten Nachmittag zu treffen.

Kurz hinter Dörnsteinbach bog Andrea Herbst in den schmalen Weg ein und stand bald darauf vor dem großen Dreiseithof. Rings herum erstreckten sich weite Koppeln, auf denen Pferde grasten. Ein junger Mann in Reitkleidung führte gerade ein Pferd aus dem Stall. Andrea erkundigte sich bei ihm nach der Wohnung von Helga Klein.

»Dort hinten, die blaue Tür.« Der junge Mann deutete auf ein kleines Häuschen, das sich an den rechten Flügel des Gutshofes schmiegte.

Es sah aus wie nachträglich angeklebt. Ganz weiß, mit blauen Fensterrahmen und einer blauen Tür, wirkte es wie ein Fremdkörper an dem behäbigen, großräumigen Bauernhof. Ein wohlbestückter und gepflegter Kräutergarten zog sich an der linken Hauswand entlang. Vergeblich suchte Andrea nach einem Namensschild oder einer Klingel. Kurzentschlossen klopfte sie und trat einen Schritt zurück. Dabei blieben ihre Augen an dem befremdlich gestalteten Türsturz hängen. Braunrote Zeichen waren hier eingeschnitzt, die entfernt eine Ähnlichkeit mit einem P, einem N und einem M hatten.

»Das sind Runen.« Die Stimme mit samtig dunklem Timbre ließ Andrea zusammenfahren, und sie drehte sich um.

Da stand Helga Klein, diesmal ganz in ultramarinblau gekleidet. Auch ihr Haar hatte sie mit einem blauen Tuch turbanähnlich umwickelt. Im Arm trug sie einen Korb voll frischer Kräuter.

»Sieh an, die junge Kommissarin. Sie sind ja eine von den ganz Schnellen. Kaum kennengelernt, schon da.« Suchend blickte sie sich um. »Und wo versteckt sich Störzlein? Oder hat er Sie als Vorhut geschickt? Bei dem alten Fuchs weiß man nie, wie man dran ist. Na, dann kommen Sie mal rein in die Hexenküche.«

Andrea wurde kräftig am Oberarm gepackt und ziemlich derb ins Haus geschoben. Rein körperlich kann es diese Frau leicht mit einem Mann aufnehmen, schoss es ihr durch den Kopf. Für einen Mord durch Erschlagen hätte sie jedenfalls die physische Kraft.

Von wegen dumpfe, rauchige Hexenküche. Andrea stand in einem lichtdurchfluteten, peinlich sauberen und aufgeräumten Wohnzimmer. Ungewöhnlich waren allerdings die Bilder mit den süßlichen Naturdarstellungen, verschlungenen Zeichen und Pentagrammen. Ein angenehmer Kräuterduft lag in der Luft. Auf einem Seitentisch, der mit einer weißen Decke und einem Leuchter ein wenig an einen Altar erinnerte, stand eine flache Schale, gefüllt mit unterschiedlichen Halbedelsteinen.

Aha, da haben wir sie also, die Anhängerin des Walpurgisnachttreibens, die hext wohl sonst auch ein bisschen herum. Damit kann der extrem faktenbezogene Störzlein natürlich nichts anfangen. Bei diesem Gedanken musste Andrea unwillkürlich lächeln.

Eigentlich fand sie Helga ganz sympathisch. Aber Tatverdächtige durfte sie nicht nett finden. Wie sollte sie vorgehen, um an Informationen zu kommen? Beobachten, zuhören und beiläufig fragen, das war wohl der beste Weg. Sie setzte eine harmlose Miene auf.

»Die Runen am Türstock. Was hat es denn damit auf sich?«

»Möchten Sie das wirklich wissen, oder geht es nicht eher darum, sich mein Vertrauen zu erschleichen?«

Andrea fühlte sich ertappt. Die Frau war wirklich ein steinharter Brocken und von einer Direktheit, die schon an Unhöflichkeit grenzte.

»Tut mir leid, wenn es so auf Sie gewirkt hat. Das Wort Runen kenne ich nur von Kreuzworträtseln oder von Naziemblemen bei den Rechtsradikalen. Aber damit haben Sie doch sicher nichts zu tun, oder?«

»Und wenn es so wäre?« Ein lauerndes Lächeln glitt über das faltige Schamanengesicht. Doch dann schüttelte Helga Klein energisch den Kopf. »Nein. Natürlich nicht. Runen sind nordische oder altgermanische Schriftzeichen. Das Wort bedeutet Geheimnis, Raunen, Flüstern. Sie verstehen: Raunen – Runen. Das waren früher geheime Schriftzeichen. Nicht jeder durfte sie nutzen.«

Andrea ließ Helgas Worte in sich nachhallen. »Wie schön das klingt. Doch heute verwendet sogar der allerdümmste Neonazi Runen.«

»Mag sein. Aber die können nichts damit anstellen. Deren Aura ist viel zu negativ. Damit können sie keine Schutzgeister herbeirufen. Aber setzen Sie sich doch.«

Schutzgeister? Langsam, aber sicher benötigte Andrea selbst einen Schutzgeist. Voll von widersprüchlichen Empfindungen nahm sie in dem blauen Sessel Platz. Dabei ließ sie ihr Gegenüber nicht aus den Augen.

Helga Klein registrierte ihre skeptische Miene, setzte sich aber unbekümmert darüber hinweg. »Die Runen, die für magische Zwecke genutzt wurden, ritzte man in Stäbe aus Buchenholz. Daher kommt auch die Wortzusammensetzung für Buchstabe – Buche und Stab. Anschließend wurden die Runen magisch aufgeladen, indem man sie mit Blut, Ocker oder Zinnober einrieb. In der heutigen Zeit tut es auch eine rote Farbe.«

»Ich kann doch davon ausgehen, dass die Runen auf Ihrem Türsturz gute Wünsche sind, oder?«, erkundigte sich Andrea interessiert.

»Das Zeichen, das Ihnen wie ein M vorkommt, heißt Uruz. Es wirkt belebend, stärkend und heilend auf den Körper und auf den

Geist. Sie anerkennen damit das Gesetz von Ursache und Wirkung und können Ihr Schicksal bewerten. Das Zeichen, das einem P ähnelt, heißt Wunjo, es ist die Rune der Freude und auch der Versöhnung. Sie verbessert das Leben durch Freude, Zufriedenheit und innere Harmonie. Hagalaz ist eine besonders starke Rune. Sie sieht wie ein N aus und ist eine Schutzrune. Mit ihr kann man mystisches Wissen erlangen.«

Andrea Herbst hörte den Erklärungen gebannt zu. Helga Klein sah sie prüfend an, und ein warmes Lächeln huschte über ihr Gesicht.

»Jeder Mensch hat eine helle und eine dunkle Seite. Sie auch. Die helle Seite richtet sich nach außen und die dunkle nach innen. Ja, ich kann es ganz genau spüren. Jetzt nutzen Sie die Kräfte der hellen Seite, die intellektuellen Kräfte. Die sind wichtig in Ihrem Beruf. Das ist gut so. Aber Ihre andere Seite, die aus Wissen erst Weisheit macht, die lassen Sie oftmals verhungern.«

Weit geöffnet und zwingend waren die alten steingrauen Augen auf Andrea gerichtet. Die tiefe Stimme senkte sich zu einem raunenden Flüstern, das Andrea mehr und mehr in seinen Bann zog. Sie fühlte sich so leicht, so unbeschwert, ewig hätte sie dem Raunen lauschen mögen.

Urplötzlich lachte Helga Klein auf, und der hypnotische Bann war gebrochen. »Ich denke, Sie verstehen jetzt, was ich meine.« Ihre Hand schoss vor, packte Andreas rechte Hand und legte etwas hinein.

Es war ein glatt geschliffener heller Stein. Auf ihm war deutlich eine Rune zu erkennen. Sie ähnelte einem F.

Lächelnd lehnte sich Helga im Stuhl zurück. »Diesen Runenstein schenke ich Ihnen, denn den haben Sie dringend nötig. Die Rune heißt Ansuz. Sie vermittelt Ihnen Inspiration und Überzeugungskraft. Damit können Sie Ihre Redegewandtheit steigern und andere überzeugen. Sie werden Wissen ansammeln und Fakten abwägen können. Das sind Fähigkeiten, die Sie für Ihren Beruf brauchen. Tragen Sie ihn in Ihrer Hosentasche stets mit sich. Er will gewärmt sein. Und nehmen Sie ihn oft in die Hand.«

Folgsam versenkte Andrea den Stein in der Hosentasche.

Helga erhob sich. »Was halten Sie nun von einem schönen Espresso oder einem heilkräftigen Tee? Ich habe alles da. Kommen

Sie, ich zeige Ihnen meinen sündteuren Kaffeevollautomaten. Er ist das Herzstück in meiner Küche.«

Andrea ließ sich in eine helle kleine Küche führen, die vor Sauberkeit nur so blitzte. Runensteine und Kaffeevollautomat. Der Gegensatz hätte nicht größer sein können, und Andrea kam sich wie auf den Mond geschossen vor.

Mit ihren Espressotassen in der Hand, kehrten die beiden Frauen wieder zu den blauen Sesseln zurück.

Über ihre Tasse hinweg sah Helga Klein Andrea neugierig an. Ihre Augen waren zu schmalen Schlitzen zusammengezogen, umrahmt von einem Meer aus Falten. Ein altes Gesicht. Ein schönes Gesicht.

»Nun fangen Sie schon an. Sie möchten doch einiges von mir wissen. Vielleicht hat Ihnen Störzlein sogar einen Fragenkatalog mitgegeben mit dem Auftrag: Quetsch sie nur richtig aus. Sie hat das Zeug zu einer Mörderin, die Alte. Hat er das?«

»Nein, natürlich nicht.« Unwillkürlich schlossen sich Andreas Finger fest um den Runenstein in der Hosentasche.

»Ja, nutzen Sie nur Ihren Runenstein, Sie werden ihn heute noch gut brauchen können.«

Dieser Frau schien nichts zu entgehen. Andrea verschränkte die Arme und erwiderte unverwandt Helgas Blick. »Warum sind Sie eigentlich so, wie Sie sind?«

»Ach, und wie bin ich denn? Eine abgedrehte Alte, die sich mit Esoterikkram wichtig macht? Die Gutgläubigen mit ihrem Hokuspokus das Geld aus der Tasche zieht? Die immer halb an der Legalität entlangschrammt? Meinen Sie das?«

Es hätten Andreas eigene Worte sein können.

»Ja. Vielleicht.«

»Kommen Sie schon, fragen Sie einfach.« Da war sie wieder, die weiche, raunende Stimme. Die Rattenfängerstimme. Die einlullende Wohlfühlstimme.

Andrea lächelte. Sie war auf Fragen trainiert. Das gehörte zu ihrer Ausbildung. Je offener man eine Frage stellte, desto mehr Informationen erhielt man. Freundlich bat sie: »Erzählen Sie mir einfach von Ihrem Leben im Kahlgrund.«

Zunächst widerstrebte es Helga, dieser Bitte nachzukommen. Sie war es nicht gewohnt, über sich zu sprechen. Wer hatte sich schon jemals für ihr Leben interessiert? Alle, die zu ihr kamen, schütteten bei ihr ihr Herz aus. Doch dann gab sie sich einen Ruck und begann, mit ihrer weichen, tiefen Stimme zu erzählen.

In Mensengesäß war sie aufgewachsen. Ein winziger Fliegenschiss auf der Landkarte. Ein kleines Nest, das heute zu Mömbris gehört. Damals waren alle arm in der Gegend, der Kahlgrund galt als Notstandsgebiet. Deshalb waren die kleinen Zigarrenfabriken im Großraum Mömbris ein Segen für die Bevölkerung. Helgas Mutter arbeitete seit dem Zweiten Weltkrieg in der Zigarrenfabrik von Karl Grün auf der Hanfwiese in Mensengesäß.

Die Familie bewohnte ein kleines Häuschen am Ortsrand. Zusammen mit den Großeltern teilten sie sich drei Räume. Es war eng. Der Vater ging in den Krieg und kam nie mehr heim. Im Grunde hatte ihn Helga gar nicht gekannt. Sie war zu klein, als er damals ins Feld musste.

Ihr Ein und Alles war die Großmutter. Von ihr lernte sie alles, was im Leben wichtig war. Im Lauf der Jahre wurde Helga ihrer Großmutter immer ähnlicher. Um das Häuschen zogen sich ein Kräutergarten und eine Streuobstwiese.

Der Garten war Großmutters Heiligtum. Dort pflanzte sie ihre Heilkräuter, die sie zu Salben, Tees und Tinkturen verarbeitete. In der ganzen Umgebung nannte man sie die Kräuterlies. Von ihr erlernte Helga ihr Handwerk, und zwar gründlich. Die Wirksamkeit der Kräuter konnte sie laufend am lebenden Objekt studieren. Alle kamen sie nämlich mit ihren kleinen Wehwehchen. Sogar Brüche, die sich die Männer bei gefährlichen Waldarbeiten zugezogen hatten, behandelte die Großmutter fachmännisch. Fast allen konnte sie helfen. Bezahlt wurde, wenn überhaupt, mit Naturalien. Das war der Familie ganz recht. So hatten sie immer Butter, Eier und Speck im Haus.

Für alle war es eine ausgemachte Sache, dass Helga ebenso wie ihre Mutter nach der Schule in der Zigarrenfabrik arbeiten würde. Als Zigarrenwicklerin. Schon mit zwölf Jahren übte sie das Wickeln mit kleinen Reisigstückchen, um die sie Papier wickelte. Das machten alle Mädchen so, die Wicklerin werden wollten.

Die Zigarrenmacher mussten eine bestimmte Menge getrockneter und fermentierter Tabakblätter in ein aufgefaltetes Blattstück legen. Der entstandene Rohling, der Wickel, wurde mit einem sichelförmigen Deckblatt versehen, gerollt und mittels einer Form gepresst. Eine geschickte Zigarrenmacherin, und dazu gehörte auch Helgas Mutter, konnte täglich tausend Wickel fertigen. Für jeweils hundert Wickel erhielt sie ungefähr sechzig Pfennige. Zusammen mit dem, was der Garten hergab, und den Erlösen aus den Tagelöhnerarbeiten des Großvaters kam die Familie ganz gut über die Runden. Neid gab es nicht, es ging keinem besser.

Die Arbeiten in der Zigarrenproduktion hatten zudem eine soziale Funktion. Es wurde geredet, gelacht und gesungen bei der Wickelei. Die Frauen tauschten Neuigkeiten aus, gaben Tipps weiter oder trösteten einander, wenn es sein musste. Helgas Mutter kam immer mit Neuigkeiten heim, das machte dieses Berufsziel für Helga so erstrebenswert. Allerdings war der Traum dann 1953, gerade als Helga mit der Schule fertig wurde, endgültig ausgeträumt. Die Zigarrenproduktion wurde nämlich wegen Absatzschwierigkeiten allmählich eingestellt.

Helga Klein unterbrach ihren Bericht, um noch einmal Espresso zuzubereiten.

Als sie mit den Tassen zurückkam, fragte Andrea: »Wären Sie nicht lieber noch weiter zur Schule gegangen?«

»Eigentlich schon. Ich bin immer gerne zur Schule gegangen.

Das Lernen fiel mir leicht. Oft langweilte ich mich in der Schule, weil es so quälend langsam voranging. Der Lehrer empfahl meiner Mutter, mich auf das Gymnasium zu schicken. Seiner Meinung nach hätte ich Lehrerin werden sollen.

Doch niemand aus der Familie ermunterte mich dazu. Ein Mädchen sollte heiraten. Somit wäre das Geld für eine langwierige Schulbildung nur zum Fenster hinausgeschmissen. Das war eine gängige Einstellung in den fünfziger Jahren. Nur Mädchen aus Akademiker-Familien wurden auf höhere Schulen geschickt.«

Helga Klein erwies sich als aufmerksame Gastgeberin. Sie versorgte Andrea und sich mit Fruchtsaft und stellte sogar noch einen Teller Kekse hin.

»Greifen Sie zu. Die Plätzchen sind selbst gebacken. Ich habe schon immer gern gekocht und gebacken. Das habe ich auch von meiner Großmutter gelernt. Deshalb wollte ich Köchin werden. In Niedersteinbach fand ich tatsächlich einen Ausbildungsplatz.

Was heißt Ausbildung! So genau nahm man das damals nicht. Zuerst erledigte ich einfache Zuarbeiten. Aber bald durfte ich richtig kochen. Ich stellte mich sehr geschickt an. In so kleinen Wirtshäusern waren von jeher Alleskönner gefragt. Wenn Not am Mann war, kochte ich und übernahm auch die Bedienung. Und dann wurde Mitte der fünfziger Jahre im Gasthaus eine Musikbox aufgestellt.«

Helga Klein erzählte Andrea mit leuchtenden Augen, wie sie zum ersten Mal die zwanzig Pfennige einwarf und ein Lied auswählte. Fasziniert beobachtete sie, wie sich die Trommel mit den Schallplatten drehte, ein Arm zugriff und die gewünschte Platte auflegte. Von da ab kannte sie jeden neuen Schlager. Zu Hause wollte sie immer die neuen Schlager vorsingen. Aber das mochte ihre Großmutter gar nicht, weil die meisten Schlager von Liebe, Herzschmerz und Heimweh handelten. Besonders die Liebeslieder kamen ihr unpassend vor.

Andrea konnte nichts Verwerfliches an den Herzschmerz-Schlagern finden und warf stirnrunzelnd ein: »Das waren aber arg sittenstrenge Zeiten.«

Helga nickte. »Das können Sie laut sagen. Deutschland konnte die halbe Welt in einen infamen Krieg stürzen, der Schwarzmarkt blühte, die Ruinen mussten beseitigt werden, aber die Moral, die wurde hochgehalten. Besonders die Moral der Mädchen. Es war zum Haareausraufen spießig zu dieser Zeit.«

Andrea sah sie belustigt an. »Sie und spießig? Das kann ich mir gar nicht vorstellen.«

Helga wandte sich um und holte aus einem Regal einen dicken Packen Schallplatten.

»Die habe ich mir von meinem Köchinnen-Gehalt gekauft und mich damit immer wieder aus der Spießigkeit hinausgeträumt.«

Da lagen sie, die Hits der fünfziger Jahre: Stapelweise Platten von Freddy Quinn, der vornehmlich das Fernweh besungen hatte in Liedern wie »Heimatlos«, »Unter fremden Sternen«, »Die Gitarre und das Meer«. Gerade Freddys Lieder fanden im Rahmen der langsam einsetzenden Reisewelle so großen Anklang, dass sogar die Soziologen darauf aufmerksam wurden und diesem Liedgut einen würdigen Namen verpassten. Es wurde den eskapistischen Themen zugeordnet.

Leise begann Helga nun mit ihrer tiefen Stimme zu singen: »Blaue Nacht, o blaue Nacht am Hafen, in der Ferne singen Meer und Wind ...«

Mit einem bedauernden Lächeln brach sie ab. »Vor fünfzig Jahren hatte ich eine schönere Stimme. Das Lied hat Lale Andersen gesungen. Es war mein Lieblingslied. Ich habe es immer beim Kochen vor mich hin geträllert. Andersen war übrigens ein Künstlername. Ursprünglich hieß sie Liese-Lotte Helene Berta Bunnenberg. Mit diesem Bandwurmnamen hätte sie jedoch nirgends auftreten können. 1941 sang sie »Lili Marleen«. Das brachte ihr prompt für eine Weile ein Auftrittsverbot ein. Das Lied wurde als wehrkraftzersetzend eingestuft.«

Nacheinander legte Helga weitere Platten auf den Tisch.

Ein Lied von 1949 wurde zum Karnevalshit, der heute noch gesungen wird: »Wer soll das bezahlen, wer hat so viel Geld«. Das war die ironisch-musikalische Antwort auf die Währungsreform. Auch die Besatzerzeit hinterließ ihre Spuren. Der Swing, vertreten durch Benny Goodman, Duke Ellington und Count Basie, wurde in Deutschland gerne gehört. Mit Elvis Presley und Peter Kraus brachte der Rock'n' Roll Schwung in die Tanzpaläste.

»Ich war von Elvis rundum fasziniert.« Sogar jetzt, beim Erzählen, bekam Helga strahlende Augen. »Für die Elvis-Sammelbilder hätte ich mein Seelenheil verkaufen können. Er ist schuld daran, dass ich ganz schnell Englisch lernte. Ich wollte nämlich seine Texte verstehen.«

Deshalb nutzte sie jede Gelegenheit, bedienen zu dürfen, wenn amerikanische GIs die Gaststube betraten. Einer, ein unscheinbarer Blonder, hatte sich offenbar in Helga verliebt. Jedenfalls wurde er Stammgast, und sie fragte ihm Löcher in den Bauch. Bald konnte sie sich ganz gut mit ihm auf Englisch unterhalten.

Erinnerungsselig legte Helga eine Elvis-Platte auf. »Rock around the clock« erfüllte den Raum. Etwas kratzig zwar, aber mitreißend schwungvoll.

»Es ist doch seltsam. Die Musik, die man in der Jugend liebte, mag man sein ganzes Leben lang. Das wird Ihnen sicher einmal ebenso gehen.«

»Was war dann mit Ihrem blonden GI, wurde daraus die erste Liebe?«, hakte Andrea interessiert nach.

»Nein. Man versetzte ihn ein Jahr später nach Heidelberg. Das war es schon.«

Nicht ein Funken von Bedauern lag in Helgas Augen. »Aber ich hatte danach richtig Glück. Als ich im Gasthaus einen Colonel bediente, fielen dem meine guten Englischkenntnisse auf. Er gab mir den Tipp, mich in Gelnhausen beim amerikanischen Stützpunkt zu bewerben. Dort brauchten sie dringend jemanden, der gut Englisch sprach und mit Lebensmitteln umgehen konnte.

Ab da ging alles ganz schnell. Ich bekam die Stelle, und der Colonel ließ mich mit meiner ganzen Habe nach Gelnhausen bringen. Das war 1958. Damit begann für mich ein neues Leben. Ich verdiente ordentlich und wurde unabhängig. Wegen mir hätten die Amis ewig in Deutschland bleiben können. Ich kam immer gut mit ihnen aus und empfand sie nicht wie andere damals als lästige Besatzer. Im Gegenteil. Sie brachten ein neues, optimistisches Lebensgefühl ins Land. Auf den Straßen kurvten plötzlich chromblitzende Straßenkreuzer herum. Autos mit diesen Ausmaßen waren in Deutschland damals ungewöhnlich und wurden entsprechend begafft.«

Andrea lehnte sich zurück. Das war zwar ein wechselvoller Lebenslauf, aber alles hörte sich schlüssig und lückenlos an.

Eine Sache lag ihr jedoch nach wie vor am Herzen, und sie wagte erneut einen Vorstoß: »Die Walpurgisnacht von 1953. Dazu sind Sie mir gestern auf dem Hexentanzplatz eine Antwort schuldig geblieben.«

»Schon wieder die unglückliche Beltane-Nacht.« Helga seufzte tief. »Die Sache mit den idiotischen Knallkörpern habe ich Ihnen doch ausführlich erzählt. Daraufhin passierte in dem ganzen Durcheinander die schreckliche Sache mit Gisela. Mehr gibt es dazu nicht zu sagen.« Helgas Gesicht verschloss sich wieder zu einer undurchdringlichen Maske.

Diesen Ausdruck kannte Andrea bereits und wusste ihn zu deuten. Der Alten waren heute keine Informationen mehr zu entlocken, die sie in dem Fall weiterbringen könnten. Also verabschiedete sie sich. Ihr blieb noch genügend Zeit, sich mit Störzlein in der Teufelsmühle zu treffen und sich mit ihm zu beraten, wie sie mit Helga Klein weiter verfahren solle.

ZWÖLF

Auf dem Weg zur Teufelsmühle dachte Karl Störzlein darüber nach, was er von Horst Blank noch in Erinnerung hatte.

In dem verhängnisvollen Jahr 1953, in dem die vierzehnjährige Gisela aus Niedersteinbach zu Tode kam, lebte Horst zusammen mit seiner Mutter und seiner kleinen Schwester in Dörnsteinbach.

Doch Karl Störzlein kannte den Jungen schon länger. Acht Jahre war er alt gewesen, als er 1947 zusammen mit seiner Mutter und der vierjährigen Schwester mit einem Sammeltransport in den Kahlgrund gekommen war. Bei der alten Käthe am Dorfrand von Dörnsteinbach fanden die drei Unterschlupf. Der Vater galt als an der Ostfront vermisst.

Die kleine Flüchtlingsfamilie war für die alte Käthe ein Glücksfall. Zwei ihrer Söhne waren im Krieg gefallen, einer war vermisst und ihr Mann im letzten Winter an einer Lungenentzündung gestorben. Das Häuschen, das mitten in einem Obstgarten stand, war zwar klein, aber für einen einzelnen, mit der Zeit einsam gewordenen Menschen wie Käthe dann doch zu groß.

Die beiden Frauen, Horsts Mutter und die alte Käthe, taten sich gegenseitig gut, denn jede verstand das Leid der anderen so genau, als ob sie es am eigenen Leib erfahren hätte.

Oft hatte Horsts Mutter ihm damals erzählt, wie sie mit ihren Kindern im Februar 1945 schweren Herzens aus dem bereits furchtbar zerstörten Königsberg geflohen war. Im letzten Augenblick, als es den deutschen Truppen noch einmal gelungen war, den russischen Kessel zu durchbrechen. Zu Fuß schleppten sich die drei über das Frische Haff zum Ostseehafen Pillau. Die schrecklichen Bilder von den erschöpften Menschen, den ins Eis einbrechenden Pferdefuhrwerken, den vom Schnee zugewehten Toten, den Tieffliegerangriffen und Bombenabwürfen hatten sich unauslöschlich bei ihr eingebrannt. In dem von verwundeten Soldaten und Flüchtlingen überfüllten Pillau hatten sie das große Glück gehabt, von einem Minensuchboot nach Westen mitgenommen zu werden. In dem Glauben, der mit der Zeit zunehmend sank, in die Heimat zurückkehren zu können, blieben sie noch zwei Jahre in

Schleswig-Holstein. Dann machten sie sich im Frühjahr 1947 auf den Weg zum zentralen Durchgangslager Uelzen-Bohldamm. Zwei Monate blieben sie im Lager. Danach wurden sie in den Kahlgrund gebracht und kamen bei der alten Käthe endlich zur Ruhe. Für die Mutter war das ein Segen, denn sie hatte sich durch die Anstrengungen der Flucht einen schweren Herzschaden zugezogen.

Horst dagegen hatte bis dahin schon Dinge gesehen, gehört und auch am eigenen Leib erfahren, die ein Kind in seinem Alter niemals hätte miterleben dürfen. Gerade die Sammellager waren Brutstätten für alle nur erdenklichen Schlechtigkeiten. Hier wurden hochanständige Menschen mit dem allerletzten Bodensatz, den eine Gesellschaft aufzubieten hatte, auf engstem Raum zusammengepfercht.

Unter den skandalösen Bedingungen litt vor allem Horsts Mutter, und ihre Herzprobleme verschlimmerten sich. Immer öfter gab es Tage, an denen es ihr nicht möglich war, sich vom notdürftigen Lager zu erheben und nach den Kindern zu sehen. Dem kleinen Horst blieb somit nichts anderes übrig, als Zug um Zug mehr Verantwortung zu übernehmen. Zunächst nur für die kleine Schwester, dann aber auch für die Mutter.

Störzlein hatte ihn erstmals zu Gesicht bekommen, als die alte Käthe gerade dabei war, die Köpfe der beiden Kinder mit einer scharf riechenden Tinktur, die sie selbst angesetzt hatte, zu entlausen.

Um Horsts Kopf war bereits ein Tuch wie ein Turban geschlungen. Darunter schaute ein blasses Gesicht mit angestrengten Falten um den Mund und auf der Stirn hervor. Sein Blick schoss ruhelos hin und her, als ob er ständig nach einem Fluchtweg Ausschau hielt. Es sollte noch eine geraume Zeit vergehen, bis dieses Gesicht sich endlich entspannte und wieder so glatt wurde, wie es sich für ein Kind in dem Alter gehörte.

Aber eine andere Sache hatte Störzlein mit der Zeit mehr und mehr Sorgen bereitet. Der Junge gewöhnte sich zwar gut ein, zeigte jedoch immer wieder Verhaltensweisen, die in seinem Alter nicht angebracht waren. Zuerst fiel er mit einer vorzeitig sexualisierten Sprache auf und warf mit Sprüchen um sich, die auch weniger zart besaiteten Erwachsenen die Schamröte ins Gesicht trieben. Als er dann als Dreizehnjähriger anfing, herumzustreunen und Mädchen zu begrapschen, musste Störzlein ihn sich immer wieder zur Brust nehmen. Der Junge verlegte sich bei den Zurechtweisungen auf stummes Drohstarren und ließ jeden wohlmeinenden Rat äußerlich ungerührt an sich abprallen. Diese unterschwellige Aggressivität war gepaart mit einem ausgeprägten Hang zur Dominanz. Im Umgang mit seiner Mutter und der alten Käthe war davon nichts zu spüren. Beide Frauen liebte er gleichermaßen und trug sie, bildlich gesprochen, auf Händen. Anders sah es schon mit seiner jüngeren Schwester aus. Wenn die ihm nicht aufs Wort gehorchte, konnte er richtig grob werden.

Störzlein hatte der Mutter damals öfter ins Gewissen geredet, doch da war es schon zu spät. Horsts Mutter hatte längst die Kontrolle über ihren Sohn verloren. Sie meinte, das habe mit dem Sammellager zu tun. Dort habe es nur so gestrotzt von schlechten Beispielen.

Insgesamt hatte sie auf ihn einen ungeheuer lethargischen Eindruck gemacht, der nur dann von ihr gewichen war, wenn aus dem Radio die markanten Töne erklangen, mit denen die Suchmeldungen eingeleitet wurden. Horsts Mutter lebte nämlich in der ständigen Furcht, ihr Mann würde seine Familie nicht finden, wenn er aus der Gefangenschaft freikam. Deshalb organisierte sie ihren gesamten Tagesablauf um die Suchmeldungen herum, die täglich zu festgesetzter Stunde im Radio ausgestrahlt wurden. Mit ihrer Hilfe sollten Angehörige wieder zusammengeführt werden, die durch die Kriegswirren oft in alle Winde verstreut waren.

Als es 1949 zur Gründung der Bundesrepublik Deutschland kam, schöpfte Horsts Mutter daraus die große Hoffnung, dass ihr Ehemann nun endlich aus der Gefangenschaft frei kommen würde. Gespannt verfolgte sie die Wahlen, die Konrad Adenauer zum ersten Bundeskanzler und Theodor Heuss zum ersten Bundespräsidenten machten. Es dauerte jedoch noch bis Weihnachten 1952, bis Horsts Vater heimkam und ebenfalls bei der alten Käthe Unterschlupf fand.

Bei seiner Rückkehr war Blank ein in seinen Grundfesten erschütterter, gebrochener Mann, der in der ersten Zeit nahezu wortlos und geisterbleich durch das Häuschen huschte und sich kaum ins Dorf wagte. Das änderte sich jedoch, als er auf Gleichgesinnte traf, die ein ähnliches Schicksal wie er zu teilen hatten. Bald war er ein häufiger Gast in den Dorfwirtshäusern, wo sich auch die Kriegsheimkehrer trafen. Er trank immer öfter zu viel. Im betrunkenen Zustand begann er dann, Frau und Kinder zu traktieren.

Horst gab die Schläge weiter. Aber nicht etwa an Schwächere. Das wäre unter seiner Würde gewesen. Die beschützte er sogar, wenn es darauf ankam. Ziel seiner Prügeleien waren die echt schweren Brocken. An ihnen maß er seine Kräfte und arbeitete seine aufgestauten Aggressionen ab.

Einmal schlug er dabei weit über die Stränge.

Die Schulanfänger schrieben damals noch mit dem Griffel auf Schiefertafeln, und einem der älteren Schüler machte es einen Heidenspaß, ihnen mit dem Schwämmchen, das an der Tafel hing, heimlich die Hausaufgaben wegzuwischen. Über den Ärger, den sie deshalb mit dem Lehrer bekamen, freute er sich diebisch.

Er selbst gehörte schon zu den Großen, die mit Federhalter und Tinte schreiben durften. Es verging kein Schultag, an dem er nicht einen seiner Mitschüler mit der spitzen Feder in den Allerwertesten stach und dabei mit so unschuldigen Augen um sich blickte, als ob er der Allerletzte sei, der dafür als Täter in Frage käme. Oder er tauchte die Feder in das Tintenfässchen, das in der Schülerbank eingelassen war, und spritzte wie aus Versehen seinem Nachbarn einen dicken Klecks ins Heft.

Horst griff eines Tages ein und verprügelte den Übeltäter nach Strich und Faden vor der ganzen Klasse und in Anwesenheit des Lehrers. Selbst der bekam eins auf die Nase, als er versuchte, die Kampfhähne zu trennen.

Mit einem blutunterlaufenen Auge und monströs geschwollener Nase kam der Lehrer, der in der einklassigen Volksschule an die sechzig Kinder von der ersten bis zur achten Klasse gleichzeitig unter einen Hut bringen musste, damals zu Störzlein. Er beklagte sich bitter über Horst. Nicht über dessen Leistungen. Horst war ein hervorragender Schüler. Die Aggressivität des Jungen machte ihm Sorgen, ebenso wie sein übersteigerter Gerechtigkeitssinn, der sich mehr und mehr zur Rechthaberei auswuchs.

Das Verhalten des Jungen änderte sich eklatant, als der Vater auf tragische Weise ums Leben kam.

Wie gewohnt hatte sich Horsts Vater am Abend mit seinem Motorrad vom Holzlager, in dem er arbeitete, auf den Heimweg gemacht. Er kam aber nicht zu Hause an. Waldarbeiter fanden ihn am nächsten Morgen tot auf einem Hohlweg im Wald. Ein Draht, der über den Weg gespannt war, hatte ihm die Kehle durchschnitten. Diese heimtückische Tat konnte nie aufgeklärt werden.

Störzlein sinnierte lange über diesen Todesfall nach. Der alte Blank hatte die ganzen Kriegsgräuel und die Kriegsgefangenschaft überlebt, und doch war ihm letztendlich nicht einmal ein halbes Jahr in Freiheit vergönnt gewesen. Ein hinterhältig zwischen zwei Bäume gespannter Draht wurde ihm zum Verhängnis. Wer machte so etwas? Welches Motiv stand dahinter?

Horst Blank war nach dem Tod seines Vaters wie umgewandelt und nicht mehr wiederzuerkennen. Still und in sich gekehrt hielt er sich meist im Garten der alten Käthe auf oder strich einsam durch den Wald. Störzlein verlor ihn danach aus den Augen. Er glaubte aber, sich erinnern zu können, dass der Junge bald darauf den Kahlgrund verließ und irgendwo eine Lehre begann.

DREIZEHN

Die dichte Fichtenschonung lichtete sich, und Störzlein erblickte die in helles Sonnenlicht getauchte Teufelsmühle. Nur Heinrich Wiesenbergs weißer Geländewagen stand davor. Offenbar hatte Horst Blank sein Ausflugsprogramm geändert.

Enttäuscht schob sich Störzlein aus dem Wagen und humpelte bereits in Richtung Blockhaus, als eine helle Kinderstimme an sein Ohr drang. Er machte kehrt und ging dem Klang nach.

Auf der Steinbank neben dem Omersbach saß ein kahlköpfiger Mann, der mit einem Messer an einem Stück Holz herumschnitzte. Störzlein trat näher und beobachtete, wie ein kleiner blondlockiger Junge neben dem Mann nach dem Holzstück griff und darauf zu blasen versuchte. Wie bei einem Posaunenengel blähten sich die Backen auf, doch es kam kein Ton heraus.

Der Mann lachte und nahm das Stück wieder an sich. Er hob es an die Augen und überprüfte, woran es hakte. Dann bearbeitete er es erneut mit dem Messer. Probehalber setzte er es nun an die Lippen und blies. Ein heller Ton war zu hören, und das Kind kreischte vor Freude. Doch der Mann war mit dem Werk noch nicht zufrieden. Bedachtsam bohrte er mit der Messerspitze zwei weitere Löcher, entfernte die Späne und blies. Seine Finger tanzten virtuos über die Schalllöcher, und ein Triller wie aus einer Vogelkehle ertönte.

»Ich auch, Opa!« Begeistert grapschte der Kleine nach der Flöte und entlockte ihr ein paar schrille Töne, die Störzlein durch Mark und Bein fuhren.

Sein Großvater hielt sich die Ohren zu und verdrehte verzweifelt die Augen. Zu Störzlein gewandt meinte er: »Damit habe ich wohl was Dummes angerichtet. Mit der beschaulichen Ruhe im Teufelsgrund ist es jetzt vorbei.«

Doch Störzlein lachte nur gutmütig und setzte sich zu den zweien auf die Bank. Er ließ sich von dem Kind die Flöte geben und musterte sie fachmännisch von allen Seiten. Dann nickte er anerkennend. »Perfekt gemacht. Das Holz ist sauber aus der Rinde entfernt. Dafür braucht man viel Geduld und eine ruhige Hand. So ruhig war

Ihre Hand aber offenbar nicht immer, Sie haben sich ganz schön verletzt.«

Der Mann warf einen kurzen Blick auf die Blessuren auf seinem Handrücken und winkte ab. »Ach das. Die paar Kratzer habe ich mir beim Holzmachen zugezogen.«

Störzlein nickte verständnisvoll und betrachtete den Mann nachdenklich. Unter der Stirn sprang groß und gebogen die Nase hervor, und auf seinem kahlen Kopf spiegelten sich die Sonnenstrahlen. Konnte das tatsächlich Horst Blank mit seinem Enkel sein? Mit dem Vierzehnjährigen von einst hatte er nicht die geringste Ähnlichkeit.

Er gab dem kleinen Jungen die Flöte zurück und redete gegen das ohrenbetäubende Pfeifen an, das unverzüglich einsetzte.

»Ich habe geglaubt, den Blanks Horst aus Schöllkrippen hier zu finden. Der müsste eigentlich ...«

»Gefunden. Der Blanks Horst bin ich. Und Sie?«

»Störzlein. Der Polizist Karl Störzlein, der Ihnen, als Sie noch ein Kind waren, die Ohren lang gezogen hat, wenn Sie nicht pariert haben.«

»Mach Sachen. Der Störzlein?« Horst Blank versetzte Störzlein einen so kräftigen Rippenstoß, dass der fast von der Bank fiel, und schüttelte ein ums andere Mal den Kopf. »Mensch, Störzlein, dass wir uns noch einmal sehen, grenzt an ein Wunder. Ich habe gedacht, Sie seien längst tot.«

Langsam, aber sicher hatte Störzlein es satt, sich ständig anhören zu müssen, wie verwundert man darüber sei, dass er sich noch unter den Lebenden befand. Missmutig drehte er seinen Krückstock in den Händen und war froh, dass der kleine Junge inzwischen das lästige Pfeifen sein ließ. Er sah ihm zu, wie er auf der Wiese herumtollte, und überlegte dabei, wie er mit Horst Blank weiter verfahren sollte.

»Störzlein, der Kahlgrundsheriff! Sie waren damals ein ganz scharfer Hund, wissen Sie das? Wir hatten alle einen Heidenrespekt vor Ihnen.«

Das waren Sätze, die ihm schon besser gefielen! Sie legten sich wie Balsam über Störzleins verwundete Seele und stimmten ihn freundlicher. Trotzdem knurrte er: »Davon habe ich aber nichts gemerkt bei euch frechen Hundsbuben. Am liebsten hätte ich euch alle miteinander in einen Sack gesteckt und mit einem Knüppel daraufgeschlagen. Garantiert hätte ich dabei immer den Richtigen erwischt, denn jeder von euch hatte genügend Dreck am Stecken.«

»Wohl wahr. Aber schlechter als die Jugend von heute waren wir auch nicht. Was wollen Sie denn eigentlich von mir nach all den Jahren?« Neugierig musterte Horst Blank Störzlein von der Seite.

»Karolina Wald wurde letzte Woche hier im Teufelsgrund umgebracht. Am Mittwoch. Mit einem Stein erschlagen. Stand auch in der Zeitung.«

»Karolina Wald? Die Karolina aus unserer Jugendgruppe? Allmächtiger, Störzlein. Und ausgerechnet hier im Teufelsgrund?« In Blanks Gesicht spiegelte sich zunächst eine Mischung aus Entsetzen, Erstaunen und Neugier. Doch dann kniff er misstrauisch die Augen zusammen. »Aber was hat das mit mir zu tun? Haben Sie mich etwa gesucht, um mir das mitzuteilen?«

»Das auch. Vor allem möchte ich aber wissen, wo Sie vergangenen Mittwoch zwischen fünfzehn Uhr und Mitternacht gewesen sind. Es wäre gut, wenn Sie dafür Zeugen nennen könnten.«

Wie von einer Tarantel gestochen sprang Horst Blank auf und vergrub wütend die Hände in den Hosentaschen. »Kann es sein, dass Sie mich verdächtigen und ich nun ein Alibi beibringen soll?«

»Ich verdächtige Sie keineswegs. Sagen Sie mir einfach, wo Sie gewesen sind, damit wir Sie von vornherein als Täter ausschließen können. Alle, die Karolina Wald gekannt haben, werden das gefragt.«

»Aber ich habe sie doch seit ewigen Zeiten nicht mehr gesehen! Ist sie nicht zusammen mit ihrer Mutter aus Deutschland weg? Ihre Mutter war doch die Amihure hier im Kahlgrund, die hatte damals was mit einem schwarzen GI.«

Als Störzlein nickte, setzte Horst Blank eine bekümmerte Miene auf. »Das waren damals nach dem Krieg schon schlimme Zeiten. Überall fehlte es an Männern, sodass die deutschen Frauen sogar mit Amerikanern vorlieb nehmen mussten.«

»Viele fuhren gar nicht schlecht damit. Ihnen blieb auf diese Weise das größte Elend der Nachkriegsjahre erspart. Aber sagen Sie mir jetzt bitte, wo Sie sich am Mittwoch aufgehalten haben. Hier unten im Teufelsgrund?«

»Im Teufelsgrund bin ich zwar häufig, aber am letzten Mittwoch nicht. Da war ich woanders. Aber wo? Genau. Da war ich mit meinem Enkel am Hahnenkamm.«

»Warst du nicht, Opa«, schrie der Kleine von der Wiese her. »Am Hahnenkamm waren wir an meinem Geburtstag. Und der war am Montag.«

Kinder und Narren sagen stets die Wahrheit. So lautete zumindest ein Sprichwort, das Störzlein schon von Kindesbeinen an kannte. Deshalb zweifelte er auch nicht an der Aussage des Jungen. Er warf Blank einen scharfen Blick zu und fragte: »Wo waren Sie dann?«

»Was weiß ich? Ich mache täglich stundenlange Spaziergänge, um mich fit zu halten. Auf keinen Fall möchte ich später so wie Sie an einem Stock herumhatschen müssen. Wahrscheinlich bin ich von Schöllkrippen aus über die Felder gegangen. Das mach ich oft. Und am Abend? Vereinssitzung war keine, also bin ich wie immer vor dem Fernseher gesessen.« Er schaute Störzlein fest in die Augen. »Das schwöre ich Ihnen. Die Karolina habe ich, seitdem sie von Deutschland weggegangen ist, nicht mehr gesehen.«

Störzlein beschloss, es zunächst dabei zu belassen. Es würde sich schon noch ein geeigneter Moment ergeben, die Rede auf die Walpurgisnacht zu bringen. Er warf Blank einen beiläufigen Blick zu und fragte: »Wie ist es Ihnen eigentlich damals ergangen? Sie haben den Kahlgrund doch wenig später nach Karolina ebenfalls verlassen, nicht wahr?«

Horst Blank nickte. »Nach dem Tod meines Vater hatte ich nur noch einen Gedanken gehabt: weg vom Kahlgrund. Weg von den Menschen, für die ich, der Flüchtlingsjunge, stets als Sündenbock herhalten musste. Ich ging als Lehrling zu Opel nach Rüsselsheim.«

Er machte nachdenklich eine Pause. »Stellen Sie sich vor, Störzlein, erst ab da wurde mir richtig bewusst, dass es mir und meiner Familie im Vergleich zu anderen Flüchtlingen gut gegangen war. Ich kam nämlich mit Lehrlingen zusammen, die zu Hause in unwürdigsten Verhältnissen wohnten. Die alte Käthe hatte uns dagegen in Dörnsteinbach mit offenen Armen aufgenommen und war für meine Schwester und mich die beste Großmutter, die man sich wünschen konnte.« Er griff nach dem Schnitzmesser und fuhr mit dem Daumen über die Klinge, als ob er deren Schärfe prüfen wollte. Dann wandte er sich um und deutete mit der Messerspitze bachaufwärts auf den dicht bewaldeten Berghang.

»Störzlein, Sie kennen doch die Jägerhütte da oben mitten im Wald. Dort war eine Familie mit vier Kindern einquartiert. Unsere Jugendgruppe hatte sich mit den Kindern angefreundet. Deshalb wussten wir, wie es in der Hütte aussah. Sie bestand aus nur einem einzigen Raum, zum Bersten voll mit Bettgestellen und modrig feuchter Luft. Das Wasser musste aus dem Bach weit unten geholt worden. Auf einer Feuerstelle vor der Hütte wurde gekocht, und das Plumpsklo stand ein Stück entfernt in einer Himbeerhecke. Erinnern Sie sich noch an die Familie?«

»Selbstverständlich. Besonders die Mutter werde ich nie vergessen. Sie fror ständig und hatte immer eiskalte Hände. Kein Wunder. In diesen dichten Wald drang doch nie ein Sonnenstrahl.«

Störzlein erinnerte sich mit Schauder an die bedrückenden Wohnverhältnisse zu jener Zeit. Nicht selten mussten fünf oder sechs Personen mit einem einzigen Raum vorliebnehmen. Abgesehen von den hygienischen Mängeln fehlte jegliche Privatsphäre, da auch völlig fremde Personen in einem Raum zusammengepfercht wurden, den man notdürftig mit Decken abteilte.

Dazu kam das Problem mit den Einheimischen. Nicht alle zeigten sich willig, Flüchtlinge aufzunehmen. So manche verächtliche Bemerkung war ihm damals zu Ohren gekommen über das verlauste Arme-Leute-Pack, das plötzlich im Kahlgrund auftauchte. Menschen mit ein paar Habseligkeiten im Koffer oder in einem Persilkarton und den wenigen Kleidungsstücken, die sie am Leib trugen. Alles war im Laufe der Flucht schon bis zur Fadenscheinigkeit abgetragen. Zu dem armseligen Äußeren kam oftmals noch der ungewohnte Dialekt, den die Flüchtlinge und Vertriebenen sprachen. Als Zug um Zug die Familienangehörigen der Kahlgrundbewohner aus der Kriegsgefangenschaft wieder zurückkehrten, spitzte sich die Situation noch weiter zu. Der ganze Eingliederungsprozess war wirklich für niemanden einfach gewesen, weder für die Einheimischen noch für die Neubürger.

Störzlein trennte sich von diesen Gedanken und betrachtete Horst Blank neugierig von der Seite. »So, so. Nach Rüsselsheim hatte es Sie also verschlagen.«

»Ja. Der Onkel eines Klassenkameraden arbeitete bei Opel und vermittelte mir dort eine Lehrstelle als Kfz-Schlosser. Ich konnte im Lehrlingsheim wohnen und legte nach drei Jahren meine Gesellenprüfung ab. Übrigens als Bester des ganzen Jahrgangs, wenn Sie das interessiert. Danach ging es Schlag auf Schlag. Ich machte die Meisterprüfung und wurde Gruppenleiter der Motorenfertigung. Danach ließen sie mich zum Werksingenieur ausbilden.«

Störzlein registrierte sehr wohl den Stolz, der in Blanks Stimme mitschwang, und fand das in Ordnung. Nach den schwierigen Kinder- und Jugendjahren hatte es das Schicksal mit Blank gut gemeint.

»Können Sie sich noch an die neue Generation des Opel Kapitän erinnern, die 1955 auf den Markt kam?«, fragte Horst Blank. »Daran durfte ich schon als Lehrling mit Hand anlegen. Das Auto blitzte nur so vor Chrom. Für mich war es das schönste Auto, das ich je gesehen hatte.«

Störzlein pflichtete ihm aus vollem Herzen bei. »Das war ein Traumauto, dieses Flaggschiff des aufkeimenden Wirtschaftswunders. Wie geschaffen für Reisen an die sonnigen Strände Italiens. Leider konnte ich mir den Kapitän nicht leisten.«

»Ich schon, und zwar mit Weißwandreifen.«

Horst Blank dachte daran, wie ihn die erste Fahrt mit dem blinkenden und blitzenden Auto in den Kahlgrund geführt hatte. Mit heruntergelassener Scheibe und lässig heraushängendem Arm hatte er das Gasthaus angesteuert, in dem sich seit jeher die Dorfbewohner trafen. Ihre neidvollen Blicke hatten ihm einen Freudenschauer über den Rücken rieseln lassen.

Abschätzend musterte er Störzlein von der Seite. »Lassen Sie mich raten, welches Auto Sie zu jener Zeit fuhren. Ich tippe auf eines von diesen minimalistischen Leichtgewichten. Den Goggo vielleicht. Na ja, immerhin bekam der 1957 einen zweiten Scheibenwischer und Fenster zum Kurbeln statt der Schiebefenster.«

»Mein Polizistengehalt reichte damals schon für die Isetta von BMW.«

»Die Isetta, das Schlaglochsuchgerät!« Horst Blank bog sich vor Lachen. »Originell sah dieser kugelförmige Zweisitzer mit den unterschiedlichen Radabständen ja aus, aber unter einem Auto verstand ich damals schon etwas anderes.«

Störzlein stimmte gutmütig in das Lachen mit ein. Dann schlich sich in seine Augen ein listiges Funkeln. »Die Isetta hatte mit ihrer durchgehenden Sitzbank aber auch Vorteile. Als ich meine spätere Frau kennenlernte und zur ersten Autofahrt einlud, brauchte ich die Kurven nur ein klein wenig anzuschneiden, und schon rutschte sie mir in den Arm. Deshalb hieß sie auch Knutschkugel. Wir fuhren mit ihr sogar nach Italien.«

»Mach Sachen, Störzlein, damit haben Sie sich tatsächlich über den Brenner gewagt?«, hakte Horst Blank ungläubig nach. »Aber wenn wir schon über Minimalautos reden, dann dürfen wir den Messerschmitt Kabinenroller nicht vergessen. Von Weitem sah man schon, aus welcher Produktionsstätte der kam. Mit seiner zigarrenförmigen Karosserie erinnerte er an die Kabine eines Kleinflugzeugs, dem man die Flügel abmontiert hatte.«

Störzlein winkte ab. »Hören Sie mir bloß mit dem auf. Der war gerade mal so breit wie ein Polstersessel. Fahrer und Fahrgast saßen wie in einem zweisitzigen Flugzeug hintereinander. Allein schon durch die seltsame Sitzweise war der zum Anbandeln und Schmusen gänzlich ungeeignet.«

»Na, Sie waren mir vielleicht ein Casanova. Das hätte ich von Ihnen echt nicht gedacht«, erstaunte sich Horst Blank.

»Casanova ist übertrieben«, wehrte Störzlein bescheiden ab. »Eher ein stiller Genießer. Aber zu dem Kabinenroller fällt mir noch was ein. Die Alzenauer Polizei hatte damit einmal richtig Ärger. Vier Schüler des Alzenauer Gymnasiums hatten nämlich aus Wut über ihren Mathematiklehrer dessen Kabinenroller vom Parkplatz weggetragen und in einer Scheune versteckt. Es dauerte Tage, bis wir das Auto wiederfanden.«

Horst Blank legte das Schnitzmesser zur Seite und grinste hämisch. »Mit einem schweren Kapitän wäre das dem Herrn Lehrer nicht passiert, aber dafür hatte sein Gehalt wohl nicht gereicht.«

Voll Genugtuung erinnerte er sich daran, dass er, der sich damals einen Opel Kapitän leisten konnte, eigentlich zu den Reichen gehört hatte. Da Geld schon immer erotisch machte, wurde er auch von den Mädchen gebührend angehimmelt. An jedem Finger hätte er mindestens zehn haben können, aber er war wählerisch gewesen. Gedankenverloren drehte er seine Baseballkappe in den Händen und stülpte sie sich schließlich über den kahlen Schädel.

Störzlein hatte inzwischen nach Blanks Messer gegriffen und

schnitzte aus den Resten des Haselnusssteckens, der von der Flöte übrig geblieben war, für den kleinen Florian ein Wasserrad. Sorgfältig kerbte er die Enden der Hölzchen ein und klemmte als Antriebsschaufeln Rindenstücke hinein. Hin und wieder warf er einen prüfenden Blick auf den Mann an seiner Seite. Was mochte wohl in ihm vorgehen? Konnte er ihm glauben, dass er Karolina seit damals nicht mehr gesehen hatte?

Der kleine Junge, den er damit beauftragt hatte, im Wald nach zwei schönen Astgabeln zu suchen, kam mit einem Arm voll Holzstücken zurück. Störzlein wählte zwei Astgabeln aus und kürzte sie auf die gleiche Länge. Dann versetzte er Horst Blank mit dem Ellbogen einen Rippenstoß.

»Steigen Sie mal mit Ihrem Enkel in den Bach und bringen Sie das Wasserrad zum Laufen. Ich kann das nicht mehr mit meinem steifen Bein.«

Folgsam wie ein Schuljunge kam Blank Störzleins Wunsch nach. Mit einem Stein schlug er die Astgabeln ins Bachbett und setzte die Mittelnabe des Holzrädchens darauf. Als die erste Rindenschaufel ins Wasser tauchte, begann das Rad sich zu drehen. Der kleine Florian brach in ein ohrenbetäubendes Freudengeheul aus und spritzte wie ein Wilder mit dem Wasser herum.

Die beiden alten Herren sahen ihm eine Weile beim Spielen zu. Dabei hing jeder seinen Gedanken nach.

Störzlein ging nach wie vor mit sich zurate, ob er Blanks Schwur für bare Münze nehmen sollte. Denn eines war klar: Für den Tattag hatte der bis jetzt noch kein hinreichendes Alibi vorgewiesen. Und wie sah es mit dem Tatmotiv aus? Vielleicht reichte das doch zurück bis 1953. Er räusperte sich und fragte: »Was ist damals wirklich passiert, 1953 in der Walpurgisnacht, Herr Blank?«

Erstaunt wandte Blank sich zu ihm um.

»Was wollen Sie auf einmal wieder mit dieser alten Geschichte, Störzlein? Die ist doch schon lange geklärt. Um Mitternacht, als wir um das Feuer saßen, hat einer aus der Gruppe Feuerwerkskörper in die Flammen geworfen. Darüber sind wir so erschrocken, dass wir kopflos den Hang hinuntergelaufen sind. Dabei muss Gisela so unglücklich gestürzt sein, dass sie starb. Das wissen Sie alles längst.«

»Wer hatte die Feuerwerkskörper geworfen?«

»Keine Ahnung. Es war stockfinster. Jeder von uns hätte es tun können. Auch die Mädchen.«

»Sie hätten also ebenfalls die Knallkörper werfen können«, schob Störzlein nach.

Belustigt lachte Blank auf. »Ich? Störzlein, ich habe immer gedacht, gerade Sie hätten mich gut gekannt. So einen kindischen Unsinn hätte ich auch als Vierzehnjähriger nicht gemacht.«

Nachdenklich nickte Störzlein. Kindisch war Blank nie gewesen, das stimmte. Und 1953 hatte er das Geschehen während der Walpurgisnacht in den Vernehmungen genauso beschrieben wie heute. Damals hatte Störzlein ihm jede Gewalttat zugetraut. Und jetzt? Jetzt saß der aggressive Junge von einst neben ihm und entpuppte sich auf einmal als liebevoller Großvater. War das zu glauben?

VIERZEHN

Heinrich Wiesenberg kam mit einem Korb voll Tannen- und Kiefernzapfen aus dem Wald herausgestapft. Dem Geschrei nach, das bis zu ihm in den Wald gellte, hatte er im Teufelsgrund eine ganze Kinderhorde vermutet. Beim Anblick der zwei alten Männer und des kleinen Jungen schüttelte er nun verwundert den Kopf. Wie konnte das sein, dass ein einziges Kind so einen Höllenspektakel veranstaltete?

Griesgrämig knurrte er: »Zumindest einer von euch müsste doch imstande sein, dem Brüllaffen Mores beizubringen. Was bist du nur für ein verantwortungsloser Großvater, Horst? Oder du, Störzlein. Als Polizist muss man da doch eingreifen.«

Beide Herren wiesen Heinrichs Ansinnen gleichermaßen weit von sich.

Horst Blank erklärte, Erziehung sei von jeher Aufgabe der Eltern. Er verwöhne lieber. Darin sehe er seine wichtigste Rolle als Großvater.

Auch Störzlein winkte energisch ab. Er habe in seinem gesamten Berufsleben laufend für Ordnung sorgen müssen. Damit sei es nun genug. Er sei jetzt Rentner mit Leib und Seele, mit Herz und Verstand. Nicht mehr und nicht weniger.

»Dann sorge eben ich auf meine Weise für Ruhe. Bringt mir mal den Schreihals zur Terrasse.«

Wiesenberg ging mit seinem Korb voran, Störzlein folgte ihm in der begründeten Hoffnung auf ein Glas Apfelwein.

Horst Blank dagegen mühte sich noch eine Weile ab, seinen Enkel vom Wasserrad loszureißen. Als sie sich schließlich zu ihnen an den Tisch vor der Hütte setzten, übernahm Wiesenberg den Kleinen. Er stellte ihm eine Flasche Limonade hin und legte eine Tafel Schokolade daneben.

Von einer Sekunde zur anderen kehrte Ruhe ein, und Wiesenberg grinste verschmitzt. »So geht das, du Großvater. Wer etwas im Mund hat, kann nicht schreien. Sonst fällt es nämlich heraus. Das ist uralte Großvaterweisheit.«

Nach einer Weile verdrückte sich der Kleine mit der Limonade und der Schokolade zum Wasserrad, und Wiesenberg registrierte befriedigt, dass es auch weiterhin ruhig blieb. Er war durchaus kinderlieb. Je ruhiger sie waren, desto mehr liebte er sie.

Neugierig wandte er sich nun an die beiden Männer. »Was wollt ihr heute überhaupt hier? Das ist doch sonst nicht euer Tag.«

»Also ich für meinen Teil habe meinem Enkel auf dem Weg von Omersbach in den Teufelsgrund ein Stück Heimatgeschichte erzählt. In diesen ungewissen Zeiten der Globalisierung müssen die Kinder über ihre Heimat Bescheid wissen. Sie sollen erfahren, wo sie herkommen, wo ihre Wurzeln sind. Sonst wachsen sie als ortlose Menschen auf. Ich hatte leider keinen Großvater, der mir von der Heimat erzählte. Von meiner Mutter erfuhr ich zwar einiges über Königsberg, aber trotzdem weist meine Kindheitsgeschichte viele Lücken auf. Darum will ich Florian die alten Geschichten vom Kahlgrund nahebringen, die der Teufelsmüller früher erzählt hat.«

Störzlein und Wiesenberg nickten zustimmend. An die Geschichten konnten sie sich selbst noch gut erinnern.

»Heute habe ich Florian erklärt, wo einstmals die drei Mühlen im Teufelsgrund standen. Genauso, wie es der Teufelsmüller früher mit uns Kindern machte.«

»Warte! Bevor du weiterredest, hol ich uns einen Äppelwoi.«

Bald darauf kam Wiesenberg mit einem vollen Bembel und einem Schnellhefter unter dem Arm zurück. Er schenkte drei Gläser voll und schob sich neben Horst Blank auf die Bank. Dann schlug er den Schnellhefter auf und zog die Kopie einer alten Landkarte hervor.

»Seht mal, aus dieser alten Karte des Landgerichts Krombach von 1782 geht der genaue Standort der drei Mühlen im Teufelsgrund hervor.«

Die drei Männer steckten über der Karte die Köpfe zusammen und fanden mit der Zeit heraus, wo dereinst die obere, die mittlere und die untere Teufelsmühle standen.

Wiesenberg blätterte in seinem Schnellhefter und fand bald, wonach er suchte. »Hier steht es: Ende des neunzehnten Jahrhunderts verschwanden alle drei Mühlen aus dem Mühlenverzeichnis, erst die obere, dann die untere und zum Schluss die mittlere. Aus Wassermangel hatten sie sich wohl nicht mehr rentiert und wurden abgerissen.« Er griff nach einem vergilbten Blatt und hielt es in die

Höhe. Darauf war ein kleines, spitzgiebliges Häuschen mit einem Mühlrad abgebildet. »So hat die mittlere Teufelsmühle früher ausgesehen. Und auf ihren Mauerresten begann 1904 der Hofmanns Kilian, der Vater des Teufelsmüllers, dieses Blockhaus hier zu errichten.«

»In den fünfziger Jahren waren übrigens die Mauerreste der beiden anderen Mühlen noch gut zu sehen«, sagte Horst Blank. »Meinem Enkel konnte ich heute zumindest noch zeigen, wo sie gestanden haben. Als Buben haben wir in den Überbleibseln der oberen Mühle herumgestochert. Dabei fanden wir Keramikreste und Glasscherben.«

Wiesenberg maß ihn mit einem inquisitorischen Blick. »Was habt ihr damit gemacht, etwa eingesteckt?«

»Selbstverständlich.«

»Kein Wunder, dass von den alten Mühlen nichts mehr übrig geblieben ist. Die einen haben die Steine und Balken in ihre Häuser verbaut, und die anderen dekorieren mit den historischen Fundstücken ihre Wohnzimmer.« Wiesenberg gab ein wütendes Schnauben von sich und griff wieder nach dem Schnellhefter. »In den historischen Quellen zu den drei Mühlen steht, dass im Laufe der Zeit immer wieder die Besitzer gewechselt haben. Ein Omersbacher soll sogar seinen Hof und seine gesamten Güter gegen die mittlere Teufelsmühle eingetauscht haben. Und aus dieser Abschrift des Geiselbacher Gerichtsbuchs geht hervor, dass für die untere Mühle auch einer sein ganzes Hab und Gut drangegeben hat.«

Störzlein, der bis jetzt stumm daneben saß, wackelte verwundert mit dem Kopf. »Unglaublich. Das ist schon der Zweite, der für eine Mühle weitab vom nächsten Dorf und mitten in der Waldeinsamkeit alles hergegeben hat, was er besaß. Nie im Leben hätte ich das gemacht. Das müssen ausgesprochene Sonderlinge gewesen sein.«

»Davon steht im Gerichtsbuch nichts.« Wiesenberg trank einen Schluck vom Apfelwein und setzte bedauernd hinzu: »Schade, dass niemand die Geschichten des Teufelsmüllers aufgeschrieben hat. Er wusste alles über die Mühlen und kannte sämtliche Sagen, die sich um den Teufelsgrund ranken. Könnt ihr euch noch an seine Erklärung erinnern, wie es zu der Entstehung des Namens Teufelsmühle gekommen sein könnte?«

Blank nickte wissend, er glaubte, sich dunkel entsinnen zu können. Störzlein schüttelte dagegen entschieden den Kopf. Er hatte keine Ahnung.

Unwissende Menschen mochte Heinrich Wiesenberg besonders gern. Sie erwiesen sich meist als ausgesprochen dankbare Zuhörer. Er füllte noch einmal sein Glas und trank es mit einem Zug aus.

»Ich erzähle es euch so, wie ich es noch im Gedächtnis habe. Nagelt mich also nicht auf jedes einzelne Wort fest. Das war nämlich so: Als sich im Kahlgrund nach und nach der christliche Glaube auszubreiten begann, war das einsame Nebental noch kaum besiedelt. Nur ein paar Müller betrieben dort das Müllerhandwerk. Das waren durch und durch raue Gesellen, die den neuen Glauben einfach nicht annehmen wollten. Und gerade diese Halsstarrigkeit, mit der sie sich dem Glauben widersetzten, gab Anlass zu der Meinung, sie ständen mit dem Teufel im Bunde. Aus diesem Grunde wurden sie Teufelsmüller genannt und ihre Mühlen als Teufelsmühlen bezeichnet. Mit der Zeit bürgerte es sich ein, dem ganzen Tal den Namen Teufelsgrund zu geben.«

»Na sauber. So ist es recht. Da können wir alle miteinander, wie wir hier sitzen, auf ziemlich unchristliche Vorfahren zurückblicken.« Auf diese niederschmetternde Botschaft hin stürzte auch Störzlein in einem Zug seinen Apfelwein hinunter.

Doch Blank legte lautstark Protest ein: »Ich komme aus Königsberg. Meine Vorfahren sind das nicht. Dieses unchristliche Gesocks müsst ihr schon unter euch zweien aufteilen.«

Wiesenberg stutzte einen Augenblick, dann zuckte er die Achseln. »Auch gut. Dann schultern eben Störzlein und ich allein die ganze gottlose Last. Es kommt aber noch schlimmer. Wartet. Gleich bin ich wieder da.«

Er kam mit einer Ausgabe des Kahlgrund-Heimatjahrbuchs aus der Hütte zurück und schlug eine Seite auf, die mit einem Eselsohr markiert war. Mit dem Zeigefinger fuhr er die Zeilen entlang und hielt inne. »Da steht es.«

Blank und Wiesenberg rückten eng zusammen, damit sie besser lesen konnten. Störzlein wollte dies seinen Augen jedoch nicht zumuten. Er schaute lieber geruhsam ins Tal hinunter und hörte zu, was die zwei abwechselnd vorlasen.

Der Text handelte von den großen Übeln, die damals weite Teile

Deutschlands ab dem frühen sechzehnten bis ins achtzehnte Jahrhundert hinein überzogen hatten. Sie machten vor dem Kahlgrund keineswegs halt und führten zu schmerzlichen Bevölkerungsverlusten: Dreißigjähriger Krieg, Inquisition, Hexenwahn und Pest.

Wie vielen anderen ging es auch den Menschen im Kahlgrund und Umgebung während des Dreißigjährigen Kriegs mordsmäßig an den Kragen. Die Schweden fielen ein, brandschatzten und plünderten. Als sie abzogen, kamen 1635 die Kaiserlichen und machten es ebenso. Viele Menschen, die das alles lebend überstanden hatten, wurden von der Pest dahingerafft. Zahlreiche Bauernhöfe verwaisten. Deshalb siedelte man in diesem nahezu entvölkerten Gebiet Fremde an. Die Neusiedler kamen aus dem heutigen Frankreich, Tirol, Belgien und Holland. An manchen Nachnamen lässt sich bis heute noch ablesen, wo die Vorfahren einst herstammten.

Der Abschnitt über den Dreißigjährigen Krieg erinnerte Karl Störzlein an das Buch »Simplicissimus«, das er vor vielen Jahren gelesen hatte. Es stammte von Johann Jacob Christoffel von Grimmelshausen, der 1622 in Gelnhausen, also gar nicht weit weg von hier, zur Welt kam. Mit tief bewegenden, aber auch drastischen Worten beschrieb er in seinem Buch die Gräuel des Dreißigjährigen Kriegs und das unermessliche Leid der Menschen seiner Heimat. Dabei konnte man ganz vergessen, dass Gelnhausen, die hübsche Stadt an der Kinzig, einst zu den Machtzentren Europas gehört hatte. Kaiser Friedrich I., besser als Kaiser Barbarossa bekannt, ließ in Gelnhausen eine Pfalz errichten, und 1170 wurde dort erstmals ein Reichstag abgehalten. Störzlein besuchte immer wieder gern die Überreste dieser Pfalz, weil ihm die reiche ornamentale Ausgestaltung und die besondere Lage auf der Flussinsel so gut gefielen.

Er trennte sich in seinen Gedanken von Gelnhausen, als Wiesenberg damit begann, eine ganz außergewöhnliche Information über die Geiselbacher vorzutragen.

Die Bewohner von Geiselbach fielen nämlich in den historischen Quellen erstaunlich häufig durch widerspenstiges Verhalten auf: Sie parierten einfach nicht. Sie begehrten gegen die Lehnsabgaben auf, wollten keinen Frondienst leisten und hatten sich als Wilddiebe einen großen Namen gemacht. Einem Mitglied des Klosterkonvents Seligenstadt, zu dem Geiselbach als Lehen gehörte, platzte schließlich der Kragen, und er verfasste im achtzehnten Jahrhundert eine Schrift, in der er ein für allemal und schwarz auf weiß darlegte, was er von den Geiselbachern hielt.

Unter anderem beschrieb er sie als Untertanen mit kalter Natur und hitzigem Geblüt. Es seien alles Bettelleute, aber trotzig und ohne ein gutes Wort. Sie seien groß von Statur, aber langsam, redeten nicht viel, und was sie sagten, sei selten wahr. In den Wissenschaften und freien Künsten seien sie ungeschickt, zudem generell arglistig und auf den Eigennutz bedacht. Sie nähmen gern, würden jedoch nichts hergeben wollen …

Störzlein lauschte mit wachsendem Interesse und klatschte laut Beifall.

»Donnerkeil, diese Geiselbacher! Die haben es ihren Lehnsherren aber ordentlich eingetränkt. So viel Wut, wie aus der Schrift herausklingt, muss man sich erst einmal verdient haben. Respekt. Auf solche Vorfahren wäre ich stolz. Vielleicht gehörte der eine oder andere Müller, der seine Mühle im Teufelsgrund betrieb, sogar dazu. Denn die waren auf alle Fälle ausgemachte Sonderlinge, denen ich auch eine gehörige Portion an Renitenz zugetraut hätte.«

»Gut möglich, steht aber nirgends.« Wiesenberg schlug das Jahrbuch zu und dachte nach. »Der Teufelsmüller führte übrigens noch eine andere Sage an, die den Namen Teufelsmühle begründen sollte. Zumindest die müsstet ihr aber mit Sicherheit noch kennen.«

Störzlein musste erneut passen, was Heinrich wiederum mit stiller Freude erfüllte. Ein einziger Ignorant war allemal besser als gar keiner.

»Der Müller von der unteren Mühle brannte von seinem Mahlgut auch Kornschnaps. Mit der Zeit kamen alle Bauern aus der Umgebung zu ihm und tranken den Schnaps. Einmal hatten die Bauern bei dem Müller bis in die späten Abendstunden besonders ausgiebig gezecht und torkelten um Mitternacht mit schwerer Schlagseite nach Hause. Auf dem Heimweg verfehlten sie den richtigen Weg. Sie gerieten in ein Dornengestrüpp, zerkratzten sich Hände und Gesicht, zerrissen sich die Kleider und blieben schließlich im Gestrüpp liegen. Am nächsten Morgen, als sie ihren Rausch ausgeschlafen hatten, schlichen sie kleinlaut nach Hause. Zu Hause mussten sie bei ihren Ehefrauen hochnotpeinlich Rechenschaft über ihr nächtliches Fernbleiben abgeben. Als Entschuldigung brachten sie vor, sie wären da unten im Tal bei dem Müller gewesen. Auf dem Heimweg sei es dann passiert: Der Teufel habe sie überfallen. Er habe sie vom rechten Weg abgebracht und so zugerichtet.«

Zutiefst misstrauisch beäugte Blank Wiesenberg. »Mach Sachen, Heinrich. Das sollen wir jetzt glauben?«

»Warum nicht? Die Zeit der Inquisition und Hexenverfolgung lag damals noch nicht so lange zurück. In Deutschland wurde 1782 die letzte Hexe verbrannt, in Würzburg, also gar nicht einmal so weit weg vom Kahlgrund und der Teufelsmühle. Die Menschen glaubten noch fest an Hexen und Teufel. Hexen standen von alters her mit dem Teufel im Bunde. Und der Teufel, der in der Rangordnung noch über den Hexen stand, war eben das Teuflischste, was man aufbieten konnte. Einem solch schlagkräftigen Argument hatte zu jener Zeit selbst die misstrauischste Ehefrau nichts entgegenzusetzen. Der Name Teufelsmühle könnte deshalb tatsächlich von so einer windelweichen Ausrede sturzbetrunkener Ehemänner herrühren. Bei meiner Frau funktioniert das leider nicht. Sie ist durch und durch ein Kind der Aufklärung. Schade!«

Wiesenberg linste in den leeren Bembel und machte sich erneut auf den Weg in den Keller.

Blank wartete, bis er wieder zurückkam, und gab dann eine dritte Variante zum Besten: »Also ich hab dem Florian eine viel schönere Geschichte erzählt, die auch vom Teufelsmüller stammt. Die geht so: Der Müller der mittleren Mühle hatte großen Ärger mit der Stützmauer, die er für sein Mühlenrad brauchte. Die Mauer hielt einfach nicht und stürzte immer wieder ein. Wenn das so weiterging, war er finanziell bald ruiniert. Eines Abends, als er wieder verzweifelt darüber nachdachte, was er mit seiner Mauer tun könnte, erschien ein einsamer Wanderer mit grünem Jägerhütchen auf dem Kopf. Der Müller war ein gastfreundlicher Mensch und bot dem Wanderer Essen und Trinken und ein Lager an. Während der Gast das Mahl verzehrte, erzählte er ihm sein Problem. Der Fremde bot ihm an, die Mauer zu bauen. Als Lohn wollte er aber die Seele des Müllers. Beim ersten Hahnenschrei sollte der Pakt gelten. In seiner Verzweiflung schlug der Müller ein. Der Fremde machte sich an die Arbeit, und die Mauer wuchs. Es fehlten bald nur noch ein paar Steine. Da schlich die Müllerin, die das Gespräch belauscht hatte, in den Hühnerstall, fing den Gockel ein und hielt ihm den

Schnabel zu. Dann krähte sie selbst laut Kikeriki, bevor der letzte Stein gesetzt war. Damit war der Pakt ungültig, und der Teufel gründlich übers Ohr gehauen. Der fuhr vor Verdruss durch die Mauer direkt in die Hölle hinab. Der Teufelsmüller hat uns Kindern den Riss in der Mauer genau gezeigt und auch den gelben Schwefel, den der Teufel bei seiner Höllenfahrt hinterlassen hatte. Der hat vielleicht gestunken. Wie faule Eier.«

Störzlein lachte. »Ja, ja, solche Sagen, in denen der Teufel übertölpelt wird, sind vielerorts verbreitet. Ausgesprochen pfiffig fand ich vom Teufelsmüller dagegen die Wendung mit dem Schwefel. Ich hab ihn sogar einmal dabei erwischt, wie er wieder Schwefel in den Riss gestreut hat, weil der Regen ihn weggewaschen hatte.«

Er wurde wieder ernst und warf einen triumphierenden Blick in die Runde. »Mir hat der Teufelsmüller unter dem Siegel der Verschwiegenheit einmal etwas ganz anderes erzählt: Der Name Teufelsmühle hat nämlich gar nichts mit dem Teufel zu tun. Er leitet sich von dem Wort ›Teufe‹ ab, was Tiefe bedeutet. Die Mühle im Teufelsgrund ist eigentlich die Mühle im tiefen Grund.«

Fassungslos starrte Wiesenberg Störzlein an. »Das soll dir der alte Teufelsmüller erzählt haben? So ein Verrat. Die Teufelsmühle ohne Teufel, das gibt es nicht. Darüber lass ich nicht mit mir reden. Punkt!«

***

Dem kleinen Florian war es am Wasserrad langweilig geworden, und er kletterte aus dem Bach heraus. Auf der Wiese breitete er seine Arme wie Windmühlenflügel aus und wirbelte um die eigene Achse. Dazu stieß er wilde Jubelschreie aus, die nur noch vom Kreischen einer Kreissäge zu überbieten waren.

Den drei Herren wurde allein schon vom Zuschauen schwindlig, und das Gekreische fuhr ihnen durch Mark und Bein.

Drohend blickte Heinrich Wiesenberg zu Horst Blank hinüber: »Tu was, Großvater. Sonst greife ich ein.«

Mit ratloser Miene machte Horst Blank Anstalten, sich zu erheben, da kam ihm unvermutet ein Auto zu Hilfe, das in diesem Augenblick das Tal herabfuhr und vor dem Blockhaus hielt. Eine junge Frau stieg aus.

Florian unterbrach sein mörderisches Gekreische und beäugte neugierig den Neuankömmling. Zaghaft tastete er sich zunächst ein paar Schritte vor, doch dann fasste er sich ein Herz und lief zu ihr hin. »Wer bist du?«

»Ich bin die Andrea. Und du?«

»Florian. Spielst du mit mir? Ich hab ein Wasserrad und eine Flöte.«

»Vielleicht später. Magst du einen Kaugummi?«

»Ja.« Florian steckte den Kaugummi in den Mund und stapfte zum Bach zurück. Zum Wasserrad.

Andrea Herbst wurde von den Herren auf der Terrasse mit großem Wohlwollen in Empfang genommen. Besonders Wiesenberg konnte seiner Freude gar nicht genug Ausdruck verleihen. Menschen, denen es durch ihr bloßes Erscheinen gelang, einen Schreihals zur Ruhe zu bringen, verdienten größten Respekt. Beflissen holte er Andrea ein Glas und schenkte Apfelwein ein: »Für Sie geht das aufs Haus.«

Andrea freute sich und trank Wiesenberg zuliebe einen kräftigen Schluck. Dann gab sie Karl Störzlein mit einem Wink zu verstehen, dass sie gern mit ihm allein sprechen würde.

Störzlein verstand und rappelte sich umständlich von der Bank auf. »Heinrich, ich muss mir mal die Füße vertreten.«

Sogleich stand auch Andrea auf, und er hakte sich mit hinfälliger Miene bei ihr unter. »Schön, dass Sie mir Stütze und Halt geben. In meinem Alter gerät man allzu leicht ins Straucheln.«

Wie ein altvertrautes Ehepaar wanderten sie Arm in Arm das Tal hinunter in Richtung des Geiselbachs. Störzlein fühlte geradezu körperlich, wie ihnen die Blicke und schmutzigen Gedanken von Heinrich Wiesenberg und Horst Blank folgten. Gelb vor Neid würden sie sein. Und das wärmte ihm das Herz. In seinem ganzen Leben hatte er kein Mitleid gewollt. Das bekam man meist geschenkt. Mit Neid sah das schon anders aus. Den musste man sich verdienen.

Frohgemut drückte er Andreas Arm und fragte: »Wie erging es Ihnen denn mit unserer Helga?«

»Was sie erzählt hat, klang eigentlich recht schlüssig. Mir kam sie sogar ziemlich offen vor.« Andrea berichtete Störzlein in knapper Form, wie sie das Gespräch mit Helga erlebt hatte.

»Die ist ein ganz harter Brocken«, urteilte sie abschließend. »Ich sage nur ein Wort: Runen. Ich bekam nämlich eine umfassende Lektion in Sachen Runen. Und jetzt besitze ich sogar einen eigenen Runenstein. Da. Schauen Sie mal.« Andrea hielt ihm den Stein hin. »Vielleicht bekommen Sie auch einen, wenn Sie freundlich und nett zu ihr sind.«

Doch Störzlein wehrte heftig ab. »Ach, geh fort mit dem Zeug. So was kann ich nicht leiden. Wie lebt sie denn, die alte Hexe? Wahrscheinlich ist alles recht verludert. Das ist doch bei den Leuten so.«

Andrea schüttelte den Kopf. »Da täuschen Sie sich gewaltig. Das Häuschen ist blitzsauber und gemütlich eingerichtet. Genau das ist auch Teil meines Problems. Diese Frau steckt voller Widersprüche.«

Andrea grübelte vor sich hin. »Vielleicht hat diese Widersprüchlichkeit mit ihrer Vergangenheit zu tun. Auch sie ist ein vaterloses Kind, wie Fridolin Wagner und Karolina Wald. All diesen Kindern hat der Krieg die Väter geraubt.«

»Moment mal.« Störzlein stützte sich schwer auf seinen Stock und trommelte nachdenklich mit der Fußspitze auf den Boden. »Nein. Das kann nicht sein. Der Klein kam aus dem Krieg zurück, und zwar ziemlich bald nach Kriegsende. Wenn mich nicht alles täuscht, war er bereits im Herbst 1945 wieder hier. Soweit ich mich erinnere, schaffte er auch beim Grüns Karl in der Zigarrenfabrik. Aber da war was. Helgas Großmutter, die Kräuterlies, wollte ihn partout nicht im Haus haben. Sie mochte ihn nicht. Deshalb gab es auch viel Streit. Ein paarmal musste ich sogar eingreifen. Die Nachbarn hatten sich nämlich immer wieder über den Radau beschwert. Aber dann war es von einem Tag zum anderen still. Der Klein war verschwunden. Über Nacht. Keiner hatte ihn seither mehr gesehen.«

Die Großmutter hatte das Verschwinden damals erstaunlich ungerührt zur Kenntnis genommen. Zu Störzlein sagte sie, bei einem, der so viel säuft und am liebsten von seinem eigenen Schwarzgebrannten, sei das doch zu erwarten gewesen. Einer mit so einer schwarzen Seele suche sich die passenden Kameraden aus und stecke seine Finger vornehmlich in Schwarzes, angefangen vom Schwarzmarkt über Schwarzschlachtung bis hin zur Schwarzbrennerei. Irgendeinem sei er wohl mit seinen Machenschaften im Weg gewesen.

Von Seiten der Kräuterlies kam jedenfalls kein Wort der Trauer.

Aber hatte die Kräuterlies nicht auch Andeutungen gemacht, die in der damaligen Zeit niemand hören wollte? Der Klein soll sich an seine eigene kleine Tochter herangemacht haben. Störzlein hatte dazu auch die Mutter befragt, doch die stritt alles ab. Zu solchen Abscheulichkeiten wäre ihr Mann nie im Leben fähig. Das seien nur unbegründete Verleumdungen ihrer Mutter, die ihren Schwiegersohn noch nie hatte leiden können.

Jetzt, nach so vielen Jahren, befielen Störzlein Zweifel. Möglicherweise hatte die Kräuterlies doch recht gehabt. Damals wurden sexuelle Übergriffe auf Kinder oft unter den Teppich gekehrt. Niemand wollte mit so einer Schande leben und sich dem Gerede der Leute aussetzen. Auch die Polizei hatte damit ihre Schwierigkeiten. Es gab dafür keine eigens ausgebildeten Beamten. Die meisten, die damals mit so einem Delikt konfrontiert wurden, standen hilflos davor. Die Kinder, die Opfer, mussten selbst zusehen, wie sie damit in ihrem Leben zurechtkamen.

Andrea fühlte sich zutiefst getäuscht. Worüber war sie noch belogen worden? Vielleicht hatte sie es bei Helga Klein mit einer äußerst versierten Lügnerin zu tun, die ihr einen riesengroßen Bären aufgebunden hatte.

Der alte Störzlein sah Andrea die Enttäuschung und Zweifel an und klopfte ihr aufmunternd auf die Schulter.

»Nehmen Sie sich die ganze Sache bloß nicht allzu sehr zu Herzen. Das Befragen von Zeugen gehört zu unseren tückischsten und schwierigsten Aufgaben, für die man viel Routine braucht. Im Übrigen ging es mir mit Horst Blank kaum besser. Ich werde aus ihm auch nicht richtig schlau.«

Ausführlich beratschlagten Störzlein und Andrea miteinander, was sie von Helga Klein, Horst Blank und Fridolin Wagner zu halten hatten, bis in der Stille des Tales auf einmal von Ferne Hufgetrappel zu vernehmen war.

Störzlein schien es nicht zu hören. Seine Gedanken kreisten unvermindert um die drei Personen, die sich für ihn mehr und mehr zu einem unlösbaren Rätsel auswuchsen. Dabei starrte er sinnend über den Geiselbach hinweg zum anderen Ufer.

Andrea dagegen drehte sich um und sah, wie Helga Klein gemächlich aus dem Hohlweg herausgeritten kam. Sie machte Störzlein darauf aufmerksam, und beide kehrten zum Blockhaus zurück.

Wiesenberg beobachtete von der Terrasse aus mit tiefer Befriedigung, wie das Pferd ausgiebig äpfelte, als Helga abstieg und es festband. Sobald er Zeit fand, würde er mit einer Schaufel die Pferdeäpfel aufsammeln und zu seinem Biotop tragen. Seiner Ansicht nach sollten die Produkte nach Gebrauch dem Kreislauf der Natur wieder zugeführt werden. Zunächst kümmerte er sich aber um die Erwärmung des Apfelweins für den Neuankömmling.

Helga Klein zog ihre Reitkappe vom Kopf und lockerte das Haar auf. Geduldig wartete sie, bis Störzlein an Andreas Arm herangehumpelt war, und kramte aus ihrer Micky-Maus-Tasche ein Salbendöschen hervor. »Hier, Störzlein. Für Ihr Bein. Bei den Gäulen hat sie Wunder gewirkt. Jetzt springen sie wieder übermütig wie die Fohlen über die Koppel.«

Pferdesalbe. Er sollte sich Pferdesalbe ans Bein schmieren. Argwöhnisch musterte Karl Störzlein die Dose. Wer weiß, was das für ein Hexenzeug war.

Belustigt verzog Helga Klein ihren Mund zu einem ironischen Grinsen. »Das war nur ein Scherz. Ich habe sie speziell für Sie zusammengemischt. Das ist nämlich nicht mehr mit anzuschauen, wie Sie sich mit dem Bein abquälen. Wenn Sie möchten, mache ich Ihnen gleich damit einen Umschlag. Alles dafür Nötige habe ich bei mir.« Sie klopfte auf ihre gelbe Tasche und lächelte Störzlein aufmunternd zu.

Die Vorstellung – er in Unterhose auf der Terrasse sitzend, die einen Umschlag wickelnde Helga vor ihm kniend – verursachte bei Störzlein Herzrasen. Und das alles in Gegenwart der jungen Umläuferin! Zudem machte ihm der Zustand seiner Unterhose Sorgen. Sie war zwar sauber, aber nicht gerade die neueste.

Und überhaupt. Wer wusste schon, wie hoch hinauf so ein Umschlag zu wickeln war? In seinem Alter saß die Schamgrenze tief, die Demarkationslinie verlief knapp oberhalb des Knies. Peinlich berührt lehnte Störzlein deshalb Helgas hochherziges Ansinnen ab.

Er nahm aber das Döschen an sich und bedankte sich artig. Dabei bemühte er sich, seine wahren Gefühle hinter einer griesgrämigen Miene zu verbergen. Es rührte ihn nämlich, dass Helga für ihn die Salbe gemischt hatte und extra hergeritten kam, um sie ihm zu geben.

»Dafür will ich aber eine kleine Gegenleistung. Zeigen Sie mir doch bitte die Stelle, wo Karolina Wald umkam.«

Als hätte er es gewusst. Im Leben gab es nichts umsonst. Höchstens Mitleid. Störzlein konnte Helga in diesem Fall jedoch nicht weiterhelfen, da er den Tatort zwar besichtigt hatte, jedoch erst nachdem die Leiche bereits abtransportiert war.

Andrea Herbst dagegen kannte die genaue Lage und führte Helga Klein bereitwillig hin. Am Tatort angekommen, wies sie kommentarlos auf die Stelle.

Ohne auf die Brennnesseln zu achten, kniete Helga sich nieder und bat: »Lassen Sie mich bitte einen Moment allein bei meinem Gedenken an Karolina.«

Andrea gesellte sich wieder zu Störzlein, und gemeinsam stiegen sie die Treppe zur Terrasse hinauf. Die Bank vor der Blockhütte stand verwaist in den letzten Strahlen der Abendsonne. Weder Wiesenberg noch Blank waren zu sehen. Sie traten ans Terrassengeländer und verfolgten aus der Ferne Helgas Tun.

Wie im Gebet bewegten sich ihre Lippen, mit ihren Händen machte sie geheimnisvolle Zeichen. Dann vergrub sie einen kleinen Gegenstand. Er war so winzig, dass man ihn nicht sehen konnte. Dass sie grub, war aber gut zu beobachten. Anschließend wischte sie sich die Hände sauber und kam aus den Brennnesseln wieder heraus.

In Störzleins und Andreas Rücken waren Schritte zu vernehmen. Sie drehten sich um und sahen, wie Heinrich Wiesenberg Hausmacherwurst und einen Korb mit Wecken zum Tisch trug. Horst Blank brachte frische Gläser und hatte den kleinen Florian im Schlepptau, der bereits an einem Weck kaute. Alle rückten am Tisch zusammen.

Kurz danach erschien Helga. Obwohl sie Stiefel trug, hatte keiner ihre Schritte gehört. Majestätisch aufgerichtet stand sie vor ihnen und ließ ihren durchdringenden Blick über jedes einzelne Gesicht wandern.

Bei Horst Blank verharrte sie. Nachdenklich? Grübelnd? Ihre unbewegte Miene deutete auf kein Wiedererkennen hin. Horst starrte mit der gleichen Intensität zurück. Zwei Ebenbürtige. Gegner oder Freunde? Wie vor einem Gewitter schien sich die Atmosphäre auf einmal mit Elektrizität aufzuladen und zu erhitzen. Unwillkürlich hielt Andrea die Luft an. Nach einem kurzen Seitenblick auf Störzlein wurde ihr klar, dass er die Situation ähnlich empfand. Mit halb geschlossenen Augen belauerte er jede Regung der beiden.

Auf Horsts Stirn bildeten sich winzige Schweißtröpfchen, und seine Augen begannen zu brennen. Trotzdem hielt er Helgas Blick stand. Helga, die Eule. Die Zeremonienmeisterin. So nah wie jetzt war er ihr seit der Walpurgisnacht von 1953 nicht mehr gewesen. Diese verdammte Walpurgisnacht. Nebelschleier schienen aufzureißen, und er sah alles wieder deutlich vor sich.

Sie saßen um das flackernde Feuer. Helga hantierte mit irgendwelchen Gerätschaften herum und murmelte dazu endlose Litaneien von Zaubersprüchen, oder was immer das war. Peter, der Fuchs, hörte ihr mit offenem Mund zu. Ausgerechnet er, der klügste von allen, der deshalb den Namen Fuchs trug und als Einziger von ihnen aufs Gymnasium gehen konnte, war Helgas Zeremonien mit Haut und Haar verfallen. Er glaubte jedes einzelne Wort davon.

Karolina, die Elster – den Namen hatte sie sich selbst gegeben –, lehnte neben Peter an einem Baumstumpf und verfolgte das Geschehen mit der gleichen arroganten Miene, mit der sie ihn, den Anführer der Gruppe, stets abwies. Die Nutte. Dabei hatte sie es damals schon getrieben. Davon war er überzeugt. An seiner Seite hockte Gisela, das Reh. Das scheue Reh. Dumme Pute hätte besser zu ihr gepasst. Sie hatte den Mund nie halten können.

Und dann, als die Zeremonie auf den Höhepunkt zusteuerte, warf der dämliche Fridolin Feuerwerkskörper in die Flammen und hüpfte in Satansverkleidung wie ein Irrer herum. Danach war alles kaputt. Seine Gruppe, sein Rudel, das ihm Halt gab, wenn sein Vater es mit dem Prügeln zu weit getrieben hatte, zerbrach und zerstreute sich in alle Winde.

Helga schien ihn nicht wiederzuerkennen. Er hatte dagegen sofort gewusst, wen er vor sich hatte. Als vor zwei Jahren seine Frau gestorben war, hatte er Rüsselsheim den Rücken gekehrt und war zu seinem Sohn nach Schöllkrippen gezogen. Es hatte gar nicht lange gedauert, bis Helgas Ruf als Pferdeheilerin zu ihm durchgedrungen war. Ein paar kleine Nachforschungen genügten, und er wusste, wer sie war.

Seitdem verfolgte er ihr Tun. Aber nur aus der Ferne. Er vermied jeden näheren Kontakt. Wozu sollte er auch gut sein nach all den Jahren? Worüber könnten sie reden? Über die Walpurgisnacht etwa? Niemals. Über Gisela? Gott bewahre. Über Karolina? Nein. Oder über die anderen der Gruppe? Dazu hatte er keine Veranlassung.

Helgas verwittertes Schamanenantlitz blieb reglos, während sie jedes Detail in dem Gesicht des Mannes studierte. Sie griff Einzelheit für Einzelheit auf, wischte die Patina von über fünfzig Jahren weg und fügte die Stücke wieder zusammen.

Die braunen Augen wiesen noch die gleichen gelben Einsprengsel auf, und die Nase sprang ebenso gebogen und groß hervor wie damals bei dem Vierzehnjährigen. Nur die Haut darüber war mit den Jahren großporiger geworden. Jetzt senkten sich seine Mundwinkel grämlich nach unten, und das gab ihr die letzte Gewissheit. Horst, der Wolf.

Seine Stimmung war immer sofort umgeschlagen, wenn nicht alle nach seiner Pfeife tanzten. Die Gruppe war seine Familie, sein Rudel. Und er war der Rudelführer. Deshalb bekam er den Gruppennamen Wolf. Ob ihm jemals klar geworden war, wie oft er ihnen mit seinem dominanten Verhalten, das kaum eine andere Meinung gelten ließ, die Laune vermiest hatte? Horst, der Wolf. Das Alphatier.

Das andere Alphatier der Gruppe war Karolina gewesen. Ihr war es immer wichtig gewesen, sich niemandem zu unterwerfen, auch Horst nicht. Deshalb ging sie auch keinem Schlagabtausch mit ihm aus dem Weg.

Sie selbst hätte ebenfalls das Zeug zur Leitfigur gehabt. Ihre Stärke lag vor allem in ihrer missionarischen Überzeugungskraft. Gisela, Peter und Fridolin hingen geradezu an ihren Lippen und saugten jedes ihrer Worte wie eine Offenbarung in sich auf. Das war jedoch nicht ihr Bestreben. Ihr ging es hauptsächlich um Harmonie. Jeder sollte sich in der Gruppe wohlfühlen und seinen Platz finden.

Rau und dunkel wie schwarzer Basalt perlte plötzlich ein Lachen aus ihrer Kehle. »Natürlich. Du bist es. Horst, der Wolf.«

Der Bann war gebrochen. Die Temperatur kühlte ab. Laut vernehmbar ließ Andrea die angehaltene Luft entweichen. Was waren die beiden nun, Freund oder Feind? Genossen oder Gegner?

Helga ließ sich am Tisch nieder und warf ihr graues Haar in den Nacken. Dabei richtete sie erneut den Blick auf Horst. »Nimm doch mal die Kappe ab, damit ich sehen kann, was die Jahre mit deinen Haaren gemacht haben. Ich kann mich noch gut an die schönen Wellen in deinem dunkelbraunen Haar erinnern, das du für die damalige Zeit immer viel zu lang trugst. Nicht hinten und an den Seiten abrasiert und am Oberkopf länger, wie es die anderen Jungen hatten. Du hast damals schon wie ein Halbstarker ausgesehen.«

Widerstrebend kam Horst Blank dem Wunsch nach. Er fürchtete ihr Urteil, denn Helga war von jeher scharfzüngig gewesen.

»Oh, oh. Totaler Kahlschlag. Ein haarloser Wolf. Wer hätte das gedacht? Wenn du beizeiten zu mir gekommen wärst, hätte ich noch ein Mittelchen dagegen gehabt. Aber jetzt ist es dafür leider zu spät.«

Wiesenberg war die elektrisch aufgeladene Stimmung vollkommen entgangen, da er für den kleinen Florian ein Brötchen nach dem anderen zurechtgemacht hatte. Der Kleine aß alles auf, rollte sich auf der Bank zusammen und schlief von einer Sekunde zur anderen ein. Wiesenberg trug ihn ins Haus, damit er ja nicht geweckt wurde, und sie ihre Ruhe vor dem Schreihals hatten. Dann besann er sich wieder auf seine Pflicht als Wirt und brachte Helga ihr opalisierendes Weinkrüglein.

Diesmal warf Helga nichts Energetisches hinein. Sie saß nur stumm und in sich gekehrt davor. Andrea verwunderte das. Wie viele unterschiedliche Facetten wies die Alte noch auf?

In der Stille, die sich nun über die Anwesenden senkte, klang Störzleins Frage überlaut.

»Horst, der Wolf. Was hat es denn damit auf sich?«

In Helgas Stimme mischte sich gutmütiger Tadel. »Ich habe gedacht, Störzlein, Sie werden nie danach fragen. Schon 1953 haben Sie nicht gefragt, obwohl ich darauf gewartet habe. Damals haben

Sie Fridolin Wagner in die Mangel genommen. Der hat Rotz und Wasser geflennt und Ihnen erzählt, Helga, die Eule, sei die Letzte gewesen, die vom Hexentanzplatz herunterkam.«

»Ja, und?«

»Die Eule. Nun, alle aus der Gruppe hatten Tiernamen. Damit stärkten wir das Wir-Gefühl. Die kleine, schüchterne Gisela war das Reh, der kluge Peter der Fuchs, der große Fridolin der Bär, Karolina die Elster und ich die Eule. Horst war der Wolf. Er war unser Anführer, unser Leitwolf.«

Über Horsts Gesicht huschte für den Bruchteil einer Sekunde ein Ausdruck von unermesslicher Wut, der sofort in ein geschmeicheltes Lächeln überging.

Andrea registrierte sowohl das eine als auch das andere. Überdies nistete sich in ihrem Gedächtnis ein schwerwiegender Satz ein: Helga, die Eule, war die Letzte, die vom Hexentanzplatz herunterkam.

Faser für Faser spann Andrea den Faden weiter. Ihre Gedanken überschlugen sich fast. Helga verließ also den Hexentanzplatz später als die anderen. Was hatte sie so lange gemacht? War sie auf Gisela getroffen? Hatte es Streit gegeben? Vierzehnjährige waren schon immer Pulverköpfe. Da knallte es schnell. Helga griff zum Nächstbesten, in diesem Fall war es ein Stein, und schlug zu.

Aber vielleicht war sie auch als Letzte zurückgekehrt, weil sie etwas beobachtet hatte. Womöglich kannte sie den wahren Umstand von Giselas Tod, wollte jemanden schützen. Beides war möglich.

Und wie brachte man Karolina ins Spiel? Immerhin bestand nach Störzleins Ansicht zwischen dem Tod von Gisela und der Ermordung von Caroline Hurst ein Zusammenhang. Karolina hat Helga also beobachtet. Aber sie war früher vom Hexentanzplatz zurückgekehrt. War es andersrum? Hatte Helga Karolina beobachtet? Dann wäre das Opfer von heute der Täter von damals.

Ein kühler Wind kam auf, und Karl Störzlein begann zu frösteln. Er bezahlte bei Wiesenberg seine Zeche und übernahm auch die von Andrea. Dann rappelte er mühsam seine steifen Knochen zusammen und klopfte mit den Fingerknöcheln auf den Tisch. »Ich pack es. Bevor ich hier zu einem Eiszapfen erstarre, fahre ich lieber heim und krieche in mein warmes Bett.«

Andrea verabschiedete sich ebenfalls und folgte ihm. Auf dem Weg zu den Autos unterbreitete sie ihm, welche Gedanken ihr gerade gekommen waren und dass sie sich von dem Roman weitere Informationen erhoffte.

Das Lesen von Romanen gehörte nicht zu den bevorzugten Arbeitsmethoden der Kripo. Störzlein wollte Andrea jedoch nicht mit einer kritischen Bemerkung vor den Kopf stoßen. Deshalb tätschelte er ihr aufmunternd die Hand.

»Tun Sie das, Frau Herbst. Lesen Sie und markieren Sie die für uns interessanten Stellen, damit Sie mir davon vorlesen können. Über Horst Blank und Helga Klein reden wir morgen ausführlich. Ich muss dazu erst meine Gedanken ordnen.«

Helga Klein legte ein paar Münzen für den Apfelwein auf den Tisch und verabschiedete sich mit einem knappen »Man sieht sich« von Heinrich Wiesenberg und Horst Blank. Sie stülpte sich ihre Kappe auf den Kopf und band ihr Pferd los. Dabei sah sie nachdenklich den Autos der Polizisten hinterher. Als sie in der Fichtenschonung verschwanden, schwang sie sich aufs Pferd und schaute sich noch einmal um zum Blockhaus. Am Terrassengeländer lehnte Horst und machte ein finsteres Gesicht. Zu gern hätte sie jetzt seine Gedanken gelesen.

FÜNFZEHN

Andrea fuhr langsam durch die menschenleeren Straßen von Omersbach. Auch auf der Landstraße nach Dörnsteinbach herrschte kaum Verkehr. Sie bog in den mittlerweile vertrauten Weg zum Reiterhof ab und parkte das Auto hinter einem Gebüsch. Sie hatte Zeit. Es würde eine Weile dauern, bis Helga Klein hier war, obwohl sie mit ihrem Pferd sicher die Abkürzung durch den Wald genommen hatte.

Wieder kreisten ihre Gedanken um die seltsam aufgeladene Situation in der Teufelsmühle. Was hatte sie da erlebt, ein wortloses Duell zwischen zwei Ebenbürtigen? Horst Blank und Helga Klein. Beide hatten zu den damaligen Vorgängen auf dem Hexentanzplatz nur belanglose Informationshäppchen preisgegeben. Helga hatte sie zudem belogen. Das Gefühl, dass die zwei mehr wussten über den Mord an Caroline Hurst, wurde in ihr immer stärker.

Andrea war so in ihre Gedanken verstrickt, dass sie um ein Haar das Hufgetrappel überhört hätte. Sie stieg aus dem Auto und lehnte die Tür nur an, damit sie keinen Lärm machte. Helga Klein ritt in einiger Entfernung an ihr vorbei auf den Stall zu. Als sie absprang und das Pferd am Zügel in den Stall führte, schlich Andrea hinterher. Vorsichtig spähte sie durch die Stalltür. Von dem Mittelgang gingen links und rechts Pferdeboxen ab. Am Ende des Ganges stand Helga Klein und sattelte ihr Pferd ab. Andrea drückte sich in den dunklen Winkel hinter der Tür und verfolgte das Tun der Frau.

Da ertönte auf einmal die raunende Wohlfühlstimme: »Kommen Sie doch näher, Frau Herbst. Ich habe bereits auf Sie gewartet.«

Andrea fühlte sich ertappt. Helga Klein schien über einen sechsten Sinn zu verfügen. Zögernd schob sie sich aus dem schützenden Winkel heraus. Aber dann straffte sie die Schultern und ging mit festen Schritten auf die Frau zu.

»Sie haben mich also erwartet. Warum?«

»Weil Sie jemand sind, der nicht ruht, bis er die Wahrheit kennt. Das wurde mir heute Nachmittag erst richtig klar. Aber da waren Sie schon weg.«

Andrea wertete das als Friedensangebot. »Gut. Dann rücken Sie eben jetzt mit der Wahrheit heraus. Das mit Ihrem Vater weiß ich inzwischen von Herrn Störzlein. Warum haben Sie behauptet, er sei nie aus dem Krieg heimgekehrt?«

»Weil ich mir gewünscht habe, es wäre so gewesen. Bei Gelegenheit werde ich Störzlein sagen, dass ich ihm heute noch nachtrage, dass er und seine Kollegen damals nicht energisch genug gegen den Dreckskerl, der mein Vater war, vorgegangen sind. Bittere Jahre musste ich seine Übergriffe aushalten, bis er von der Bildfläche verschwand.«

»Er hat Sie missbraucht?«, fragte Andrea bestürzt. Ihr ganzer Ärger war mit einem Mal verflogen.

»Meiner Großmutter gelang es schließlich mit viel Mühe, ihn fortzujagen. Gegen den Widerstand meiner Mutter und ohne Unterstützung der Polizei. Sagen Sie das Störzlein. Ich habe meinen Vater aus dem Gedächtnis ausradiert, als ich zwölf Jahre alt war.«

Helga hatte während des Sprechens kräftig das Pferd gestriegelt. Nun legte sie den Striegel weg und hob die rechte Hinterhand des Pferdes. »Ich habe das Gefühl, Brutus hat sich was eingetreten. Leuchten Sie mir mal mit der Taschenlampe. Sie ist in meiner Tasche.«

Andrea griff nach Helgas Micky-Maus-Tasche und kramte zwischen Salbendosen, Fläschchen und Tütchen mit geheimnisvollem Inhalt die Lampe hervor. Sie richtete den Lichtstrahl auf den Pferdehuf und fragte: »Was haben Sie mir noch verschwiegen?«

Helga stocherte vorsichtig in dem Huf herum. Ein Steinchen fiel heraus. Sie ließ den Huf sinken und richtete sich aus ihrer gebeugten Haltung auf. »Der arme Brutus. Der Stein muss ihn bei jedem Schritt gedrückt haben. Gedulden Sie sich noch einen Augenblick, Frau Herbst. Ich muss ihm noch ein wenig Futter geben.«

Andrea steckte die Lampe wieder in die Tasche zurück und sah zu, wie Helga dem Pferd Futter gab. Sie kraulte seine Nüstern und flüsterte ihm ins Ohr. Brutus antwortete mit einem zärtlichen Wiehern, und Helga lachte. Zum Abschied gab sie ihm einen Klaps auf die Hinterbacke und drehte sich zu Andrea um. »Wir gehen besser hinaus, damit die Pferde zur Ruhe kommen.«

Die beiden Frauen verließen den Stall und setzten sich auf die roh gezimmerte Holzbank an der Stallwand.

Andrea nahm sich vor, sich von Helga nicht weiter mit Nebensächlichkeiten abspeisen zu lassen. »Also noch einmal: Was haben Sie mir noch verschwiegen?«

»Ich habe Karolina in Amerika getroffen.«

Ohne Andrea eine Gelegenheit zu geben, darauf zu reagieren, fuhr sie fort: »Ich erzähle Ihnen gern, wie es dazu kam. Ich hoffe, Sie haben ein wenig Zeit.«

Befriedigt nahm sie Andreas zustimmendes Kopfnicken zur Kenntnis und brachte sich in eine bequemere Sitzposition.

»Sie müssen sich Deutschland nach dem Zweiten Weltkrieg einmal bildhaft vor Augen führen. Der Krieg hatte dem Land seine Männer geraubt. Fast sechzig Prozent der Bevölkerung war weiblich. In Abwesenheit der Männer hatten die Frauen im zerbombten Land das Überleben organisiert. Sie schafften Schutt weg und Essen heran. Sie hatten all die Arbeit verrichtet, die getan werden musste, auch Männerarbeit. Sie hatten Ziegel aufgeschichtet, Kräne gelenkt und Lkws und Straßenbahnen gefahren. Trotz Trauer und Verzweiflung waren sie auch stolz auf ihre Selbstständigkeit. Als aber die Männer nach und nach aus der Gefangenschaft zurückkehrten, mussten viele Frauen den Arbeitsplatz wieder räumen. Das bürgerlich-patriarchalisch geprägte Gesellschaftsbild der Vorkriegszeit griff wieder um sich. Ein Teil der Frauen war damals wirklich erleichtert, der erschöpfenden Doppelbelastung von Familie und Beruf entrinnen zu können. Das darf man nicht vergessen. Es gab aber auch viele Frauen, die Freude an ihrer Arbeit hatten und gerne Beruf und Kinder in Einklang gebracht hätten. Dagegen stand jedoch das wiederbelebte Ideal vom Mann als Alleinverdiener mit tüchtiger Hausfrau an seiner Seite. Ich kann mich noch gut daran erinnern, wie die Männer sich damit brüsteten, dass ihre Frauen es gar nicht nötig hätten, zu arbeiten. Das hat den eigenen Status gehoben. Gleichzeitig habe ich aber auch noch im Ohr, wie viele Frauen sich darüber beklagten, weil sie zu Hause über jeden Groschen Rechenschaft ablegen mussten. Liebend gern wären sie einer Arbeit nachgegangen, die ihnen ein wenig eigenes Geld eingebracht hätte.«

Mit einem ironischen Lächeln fügte sie hinzu: »Bei dieser gesellschaftlichen Großwetterlage war es nicht verwunderlich, dass es insgesamt drei Anläufe gebraucht hatte, um 1956 die Gleichberechtigung von Mann und Frau endlich im Grundgesetz zu verankern. Im Klartext bedeutete dies, dass bis 1956 Frauen ohne die Einwilligung des Ehemanns weder ein Bankkonto führen noch gegen dessen Willen berufstätig sein durften.«

Helga legte eine kurze Pause ein, um ihre Gedanken zu ordnen.

Andrea lehnte sich zurück. »Es sieht so aus, als ob jede Frauengeneration ihre eigenen Emanzipationsprobleme zu bewältigen hat. Meine Generation kämpft vor allem für die gerechte Entlohnung. Gleicher Lohn für gleiche Arbeit. Aber wie kam es denn nun zu dem Treffen mit Karolina in Amerika?«

»Haben Sie etwas Geduld. Was mich damals besonders gefuchst hat: Neben der permanenten Herabwürdigung der Frauenarbeit entstand eine Fülle von Ratgeberliteratur für Hausfrauen. Darin wurde den Frauen genau erklärt, was sie zu tun hatten, damit der Ehemann sich am Ende eines harten Arbeitstages wohlfühlte: Gutes Essen kochen, hübsches Kleid anziehen, quengelnde Kinder aus den Augen des Gatten schaffen, Pantoffeln bereitstellen und vor allen Dingen immer freundlich lächeln und Verständnis zeigen, das waren einige der wichtigen Botschaften an die perfekte Hausfrau.«

»Dagegen hätten sich die Frauen zur Wehr setzen sollen. Sie waren doch in der Überzahl«, warf Andrea ein.

»Manche taten das auch, doch es bekam ihnen meist nicht gut. Sie mussten Beleidigungen und Anfeindungen über sich ergehen lassen, auch von Frauen. Weibliches Selbstbewusstsein war damals verpönt. Frauen hatten den Vorstellungen der Männer zu entsprechen, alles andere wurde ausgeblendet. Zu all dem passte ein Sachverhalt, den ich nie vergessen werde: die Binden für die Monatshygiene. Verpackt in einem blauen Karton. An einer der Schmalseiten war ein Kärtchen eingestanzt. Wenn man Nachschub brauchte, trennte man das Kärtchen heraus. Ich sehe sie noch vor mir, die Frauen. Wortlos reichten sie das Kärtchen über den Ladentisch und bekamen genauso wortlos den gewünschten Karton ausgehändigt. Er war in Zeitungspapier eingewickelt, damit keine Peinlichkeit aufkam. Ich machte das nicht, sondern sagte laut und deutlich, was ich wollte, und verzichtete ausdrücklich auf das Zeitungspapier.«

»In der heutigen Zeit wäre das unvorstellbar.« Andrea schüttelte den Kopf.

»Für mich war das damals schon jenseits des normalen Denkens. Die ganze Miefigkeit, Frauenfeindlichkeit und Scheinheiligkeit ging mir dermaßen gegen den Strich, dass ich mein ganzes Geld für eine Reise nach Amerika sparte. Das war für mich das Land der unbegrenzten Möglichkeiten. Dort wollte ich unbedingt hin. Ich war vierundzwanzig, als ich zumindest die Reisekosten zusammen hatte. Bei dem blonden GI, von dem ich Ihnen heute Nachmittag erzählt habe, konnte ich unterkommen.«

»So, so. Und mir haben Sie erzählt, dass Sie ihn nicht wiedergesehen haben. Warum lügen Sie bei so einer belanglosen Sache?«

Helga Klein gelang es tatsächlich, eine durch und durch zerknirschte Miene zu machen. »Dinge, die mir nicht gefallen, tilge ich einfach aus meinem Gedächtnis. Damit will ich mich nicht belasten. Unser Wiedersehen hat sich nämlich als ein totaler Reinfall entpuppt. Auf seine rührenden Briefe hin bin ich zu ihm nach Rapid City gefahren. Aber dort habe ich es nur ein paar Tage ausgehalten. Und wissen Sie, warum? Ich traf auf haargenau die gleiche Miefigkeit und Spießigkeit. Der junge Mann war ja ganz nett, er umwarb mich heftig und hatte für uns beide schon ganz konkrete Pläne, wie er sich unser gemeinsames Leben vorstellte. Seine Familie dagegen mochte mich gar nicht. Für die war ich die Nazihure. Ausgerechnet ich, bei Kriegsende ein Kind von sechs Jahren, soll eine Nazihure gewesen sein. Das konnte ich mir nicht bieten lassen – ich ergriff die Flucht.«

»Was hatten Sie erwartet?«

Helga überlegte kurz. »Ich habe damals geglaubt, Amerika sei das Gegenteil von Deutschland. Liberales Denken, die große Freiheit eben. Doch das war ein Irrtum. Amerika war ebenso spießig. Und wissen Sie was, Frau Herbst? Dort wimmelte es von der gleichen frauenfeindlichen Ratgeberliteratur. Bebildert, damit auch Analphabeten in den Genuss der Ratschläge kamen.«

Es verwunderte Andrea, dass selbst Anfang der sechziger Jahre die ganze Welt noch so engstirnig gedacht hatte. Sie fragte: »Wie ging es denn bei all den Schwierigkeiten für Sie weiter in Amerika?«

»Nach dem Tiefschlag mit dem GI suchte ich mir auf einer Farm in der Nähe von Rapid City Arbeit. Dort arbeitete auch ein Indianer. Von ihm erlernte ich das Reiten und erfuhr viel über Pferde.

Hin und wieder nahm er mich auch mit in sein Reservat und machte mich mit indianischen Heilmethoden vertraut. Davon zehre ich heute noch.«

»Na gut. Aber wie kam es nun zu dem Treffen mit Karolina?«, warf Andrea ungeduldig dazwischen.

»Wenn es mir auf der Farm zu eng wurde, gondelte ich mit einem Greyhoundbus durchs Land. Auf einem dieser Ausflüge sah ich im Fernsehen eine Diskussionsrunde mit Caroline Hurst.« Helga Klein lächelte warm. »Im ersten Augenblick habe ich geglaubt, Angela Wald, Karolinas Mutter, auf dem Bildschirm zu sehen. Mit den langen blonden Locken, dem hübschen Gesicht und der schlanken Figur war Karolina ihrer Mutter zum Verwechseln ähnlich.«

Mit einem freudigen Strahlen im Gesicht wandte sie sich Andrea zu. »Ich setzte mich mit ihr in Verbindung, und wir trafen uns. Nach zehn Jahren trafen wir uns endlich wieder. Frau Herbst, Sie können sich keinen Begriff davon machen, wie groß unsere Wiedersehensfreude war. Ich war unglaublich stolz auf meine alte Freundin. Sie hatte es weit gebracht mit ihrem Jurastudium.«

»Das kann man wohl sagen«, pflichtete Andrea bei. »Bei der Tochter einer Hure ist das nicht selbstverständlich.«

»Ja, nicht wahr? Aber Karolina hat sich schon immer über Konventionen hinweggesetzt. Als Kind einer Hure hatte sie wohl keine große Wahl. Entweder duckte sie sich und ließ sich alles gefallen, oder sie wuchs daran. Karolina wuchs und ließ sich durch nichts verletzen oder beeindrucken. Das Imponiergehabe der Jungs zog sie damals schon radikal ins Lächerliche. Das war auch kein Wunder, sie hatte schon von früher Jugend an Männer in allen Lebenslagen gesehen. Stark oder schwach. Nüchtern oder betrunken. Nackt oder angezogen. Es überraschte mich also nicht, dass auch Karolina unverheiratet blieb. Wer wollte schon eine so unabhängige Frau?«

Helga sann einen Augenblick vor sich hin und setzte hinzu: »Aber natürlich fühlten sich manche Männer genau davon herausgefordert. Horst Blank zum Beispiel schien ihr bei ihrem Wiedersehen ziemlich den Hof gemacht zu haben.«

»Wie bitte? Wiederholen Sie das noch einmal.«

»Auch Horst Blank hatte Karolina in Amerika getroffen. Im selben Jahr wie ich. Vielleicht zwei Monate vor mir. Karolina hatte es mir erzählt. Das Treffen hat sie sogar in ihrem Roman ›Kind der Hure‹ beschrieben.«

»Ach, Sie kennen den Roman?«

»Natürlich. Sie etwa nicht? Das würde mich aber sehr enttäuschen. Mehr noch: Es würde mich an der Qualität Ihrer Ermittlungen ernsthaft zweifeln lassen.«

»Standen Sie die ganzen Jahre miteinander in Kontakt? Haben Sie sich mit Karolina vor ihrer Ermordung hier in Deutschland getroffen? Ich will eine ehrliche Antwort, Frau Klein.«

»Weder das eine noch das andere. Ich schreibe keine Briefe und telefoniere nur widerwillig. Karolina war ähnlich in diesen Dingen. Dass sie sich in Deutschland aufhielt, wusste ich nur von dem Plakat, auf dem ihre Lesung angekündigt war. Sie hätte sich aber bestimmt noch bei mir gemeldet. Doch dann wurde sie ermordet.«

Helga Klein zog ihre Jacke enger um die Schultern und fügte hinzu: »Mich fröstelt, und ich hätte jetzt gern meine Ruhe.«

»In Ordnung. Sie sollten morgen bei unserer Dienststelle vorbeischauen. Das, was Sie mir eben mitgeteilt haben, muss zu Protokoll genommen werden.«

»Nur zu. Aber nach Alzenau fahre ich nicht. Da müssen Sie sich schon eine andere Lösung einfallen lassen.«

»Wir werden sehen.«

Andrea verabschiedete sich und ging zurück zum Auto. Ihr schwirrte der Kopf. Sie brauchte dringend jemanden, mit dem sie das Gespräch analysieren konnte. Am besten war es, Störzlein anzurufen. Sie setzte sich ins Auto, holte das Handy hervor und wählte seine Nummer. Es klingelte endlos, dann sprang der Anrufbeantworter an, und Andrea legte auf. Störzlein schien tatsächlich schon zu Bett gegangen zu sein.

Also probierte sie es bei Rieker und hatte Glück. Sie schilderte ihm ausführlich die Befragung von Helga Klein am Nachmittag, auch die Ungereimtheiten, die durch die Unterhaltung mit Störzlein ans Licht gekommen waren. Sogar von den verwirrenden Gefühlen erzählte sie, die sie empfunden hatte, als Helga Klein und Horst Blank aufeinandergetroffen waren. Und zum Schluss gab sie das Gespräch wieder, das sie gerade mit Helga Klein geführt hatte.

Rieker hörte die meiste Zeit schweigend zu. Nur hin und wieder stellte er eine knappe Nachfrage. Aus den langen Pausen, die sich daran anschlossen, folgerte sie, dass er sich Notizen machte. Als sie mit ihrem Bericht zum Ende kam, meinte er: »Danke für die schnelle Information. Ich denke, damit hast du unsere Ermittlungen ein gutes Stück vorwärts gebracht. Morgen analysieren wir bei der Besprechung alles noch einmal im Einzelnen.« Damit legte er auf.

Zufrieden schaltete Andrea das Handy ab und machte sich beschwingt auf den Heimweg nach Alzenau. Der Chef hatte sie gelobt. Gleich heute Abend würde sie sich erneut Caroline Hursts Buch vornehmen. Vielleicht fand sie darin die entscheidenden Informationen zur Lösung des Falls. Helga Kleins Andeutungen hatten sie alarmiert.

Wenig später machte Andrea es sich in ihrem kleinen Appartement gemütlich. Sie kochte sich einen Ingwertee, kuschelte sich mit dem Buch in einen Sessel und las. Gebannt schlug sie Seite für Seite um. Dann atmete sie tief durch und griff nach ihrem Tee.

Wahnsinn. Dieses Amerika. Das sollte das Land der unbegrenzten Möglichkeiten sein? In den fünfziger Jahren war es das für die schwarze Bevölkerung auf alle Fälle nicht gewesen. Andrea konnte gar nicht glauben, was sie soeben gelesen hatte.

Jim Hurst hatte nach der Hochzeit mit Angela Wald seine kleine Familie nach Amerika gebracht. Bereits im Gebäude der Einwanderungsbehörde erlebten Karolina und ihre Mutter die erste große Ernüchterung. Sie hatten aus Unwissenheit die falsche Toilette benutzt. Nicht etwa die für Herren. Nein. Darüber hätte man noch hinwegsehen können. Die für die Schwarzen. Eine kaum wiedergutzumachende Todsünde im Amerika der fünfziger Jahre.

Zuerst wohnte die junge Familie bei den Eltern von Jim in Jackson, im Staat Mississippi. Das heruntergekommene Häuschen stand in einem Viertel, in dem nur Schwarze wohnten. Im Staat Mississippi nahm man es damals mit der Einteilung von Schwarz und Weiß so ernst wie mit den zehn Geboten. Angela schien vom Regen in die Traufe gekommen zu sein. Bei den Weißen war sie die Niggerhure, und die Schwarzen begegneten ihr mit allumfassendem Misstrauen. Jim scherte die Diskriminierung nicht, damit war er groß geworden. Er setzte seine Musikerkarriere fort, die er wegen des Militärdienstes hatte unterbrechen müssen. Wenn ein Neger gute Musik machte, konnte er sogar in dem Amerika der fünfziger Jahre Karriere machen. Und Jim war gut.

Andrea trank noch einen Schluck von ihrem Tee und kniff die Augen zu schmalen Schlitzen zusammen. Jim und Angela – die ganz große Liebe – das schwarz-weiße Paar. Sie mussten sich wirklich sehr geliebt haben, sonst hätten sie diese Schikanen gar nicht ausgehalten. Nicht einmal im gleichen Bus durften sie fahren. An den Veranstaltungsorten musste Jim für seine eigenen Auftritte den Hintereingang benutzen. Auf seinen Schallplattenhüllen erschien lange kein Bild von ihm, denn Platten, auf denen schwarze Künstler abgebildet waren, ließen sich damals schwer verkaufen.

Andrea schüttelte den Kopf und las weiter. Bald blieb sie an einem anderen Absatz hängen. In ihm beschrieb Caroline Hurst, wie die Familie später in den Bundesstaat Tennessee, nach Memphis, umzog. In den Sun-Studios lernte sie auch Elvis Presley kennen, nachdem der von seinem Militärdienst in Deutschland zurückgekehrt war. Ganz persönlich für sie, für Caroline, hatte Elvis das legendäre Lied »Muss i denn zum Städtele hinaus« gesungen.

Erneut griff Andrea zum Tee und grübelte über das Gelesene nach. Doch, über die Familie Hurst hatte sie eine Menge erfahren. Dem Buch war aber auch zu entnehmen, dass Angela für ihre Tochter eine ganz andere Zukunft geplant hatte. Sie schickte Caroline in ein Klosterinternat. Caroline hatte dies widerspruchslos über sich ergehen lassen. Doch jeder Besuch bei ihren Eltern hatte ihre Sinne geschärft, und nach dem letzten Highschool-Jahr kannte sie ihr Ziel: Sie studierte Jura und kämpfte mit allen Kräften gegen die Rassendiskriminierung.

Andrea legte das Buch weg. Morgen würde sie einige Kapitel überblättern und gezielt nach Textstellen suchen, die vom Kahlgrund handelten.

Dienstag – 6. Mai

SECHZEHN

Es war acht Uhr morgens, Bernd Riekers liebste Arbeitszeit. So früh wurde er von niemandem gestört. Konzentriert studierte er die Spurenblätter der letzten Tage.

Doch die Ruhe wurde jäh unterbrochen. Es rumpelte vor der Tür, ein Gegenstand fiel krachend zu Boden, und eine Stimme hallte durch den Flur: »Himmelherrgottkreuzdonnerwetter! Welcher dämliche Affe hat hier seinen angefressenen Hamburger weggeworfen?«

Rieker schoss hinter seinem Schreibtisch hervor und wollte seine Bürotür aufreißen, um nachzuschauen, wer den Krach verursachte. Das ging aber nicht. Mühsam und nur zentimeterweise brachte er die Tür endlich so weit auf, dass er wenigstens einen Blick hinauswerfen konnte.

Störzlein hing wie ein Sack Mehl am äußeren Türgriff und ließ nicht los. Sein Krückstock lag am Boden, und er klammerte sich an den Griff, damit er nicht auch noch hinfiel. Unter Aufbietung sämtlicher Kräfte zog Rieker ihn mit der Tür so weit in den Raum, dass er ihm unter die Arme greifen und ihn zu einem Stuhl geleiten konnte. Dann hob er den Stock vom Boden auf.

Karl Störzlein nahm seinen Stock dankbar entgegen, stellte ihn zwischen die Knie und hielt sich mit beiden Händen daran fest. Er brummte: »Es ist doch immer das gleiche Ungeziefer, das sich bei der Polizei die Tür in die Hand gibt. Zu meiner Zeit haben sie Apfelbutzen durch die Gegend geschmissen.«

Bernd Rieker nickte zerstreut, denn Störzleins Besuch kam ihm ungelegen. Er musste noch ein paar dringende Arbeiten erledigen, bevor er sich auf den Weg in die Teufelsmühle machen konnte. Dort sollte ein Trupp der Spurensicherung das Gelände um den Hexentanzplatz herum durchkämmen. Allein der Gedanke an den Hexentanzplatz verursachte ihm so viel Unbehagen, wie er es seit dem Tag nicht mehr gespürt hatte, als er zum letzten Mal seinem jüngeren Sohn die Windeln wechselte.

Die Aschaffenburger und Alzenauer Polizei hatte oftmals mit Delikten zu tun, deren Fäden sich direkt ins Frankfurter Großkriminellenmilieu spannten. Darunter befanden sich Gewaltverbrechen wie Schutzgelderpressung, Zwangsprostitution, schwerer Raub und anderes mehr in ähnlicher Größenordnung. Die Beschäftigung mit einem Hexentanzplatz kam ihm deshalb wie ein Anachronismus vor.

Über den Rand seiner Lesebrille spähte Bernd nun missgelaunt zu Karl Störzlein hinüber. »Karl, du störst. Was willst du denn schon wieder hier?«

»Nun, es war ausgemacht, dass ich dich informiere. Und das tue ich hiermit.«

»Wir hatten einen schriftlichen Bericht vereinbart.«

»Den bekommst du von Frau Herbst. Ich liefere dir vorab die wichtigsten Informationen.« Umständlich zog Störzlein ein abgewetztes Notizbuch aus der Jackentasche und fasste für Rieker in knapper Form zusammen, was er von Fridolin Wagner, Helga Klein und Horst Blank erfahren hatte.

Rieker hörte aufmerksam zu. »Wenn ich dich richtig verstanden habe, hat keiner der drei ein stichhaltiges Alibi für die Tatzeit. Jeder von ihnen hätte Caroline Hurst ermorden können. Andrea Herbst hat gestern außerdem von Helga Klein erfahren, dass die sich mit Caroline Hurst in Amerika getroffen hat, und Horst Blank auch.«

Störzlein richtete sich kerzengerade auf.

»Das ist mir neu.« Ein bitteres Gefühl stieg in Störzlein hoch. Warum war er nicht vor Rieker darüber informiert worden? So hatte er sich die Zusammenarbeit mit Andrea Herbst nicht vorgestellt. Er schob den Gedanken schnell beiseite und konzentrierte sich wieder auf die Ermittlungen.

»Würde das nicht auch bedeuten, dass die zwei mit Caroline Hurst in Kontakt standen und somit wussten, dass sie nach Deutschland kommen würde?«

»Das muss nicht sein, das Treffen ist über vierzig Jahre her.«

»Richtig. Aber wenn die zwei in Amerika waren, wäre es doch möglich, dass Fridolin Wagner und Peter Meinert ebenfalls dort gewesen sind?«

»Dagegen spricht nichts, aber Peter Meinert kommt als Täter

überhaupt nicht in Frage. Unsere Nachforschungen haben ergeben, dass er vor einem halben Jahr verstorben ist. Herzinfarkt.«

»Ach was, Peter Meinert ist tot? Dann werde ich mir heute noch einmal den Fridolin Wagner vorknöpfen. Vielleicht hat er auch was verschwiegen. Er wäre nicht der erste Zwangsneurotiker, der auf Reisen geht.«

Rieker nickte das Vorhaben ab und fügte hinzu: »Unsere Verdächtigen vor Ort beschränken sich übrigens tatsächlich auf die Jugendlichen von damals. Sonst lebt keiner mehr, den Karolina Wald kannte. Das Rechtshilfeersuchen nach Washington ist auf den Weg gebracht. Da Caroline Hurst seit Kurzem zum Beraterstab von Barack Obama gehörte, ist die amerikanische Polizei ausgesprochen kooperativ. Die denken da drüben aber eher an ein politisch gefärbtes Motiv, da es früher bereits Anschläge gegeben haben soll. Das Opfer war in ganz Amerika bekannt und bei einigen gefürchtet. Die amerikanischen Ermittler können sich also gut vorstellen, dass ihr jemand nach Deutschland nachgereist ist. Die hessischen Kollegen überprüfen am Frankfurter Flughafen gerade die Ankunftsflüge aus Amerika, speziell die der letzten zwei Wochen. Es gibt eine Menge Spuren, die wir in Rechnung ziehen müssen.« Mit ironischer Miene setzte Rieker hinzu: »Wie du siehst, bewegen wir uns bei unseren Recherchen weit über deinem Hexentanzplatzniveau. Wir tanzen auf internationalem Parkett.«

»Mhm, mhm. International! Vielleicht hat gar der Ku-Klux-Klan seine Hand im Spiel? Mit ihren Spitztüten auf dem Kopf saßen sie in der Teufelsmühle hinter dem Weidengebüsch und lauerten der Autorin auf. Hast du dem Main-Echo, dem Kahlgrundboten und dem Heimatboten diesbezüglich schon einen Tipp gegeben?« Aus Störzleins Stimme klang der blanke Hohn.

Rieker klopfte ungeduldig mit dem Stift auf den Tisch. »Karl, du stiehlst mir die Zeit. Geh lieber zu deinem Fridolin Wagner. Ich habe noch viel zu tun. Um neun kommt ein Kollege vom Frankfurter Flughafen zu einer Lagebesprechung. Die Amerikaner haben Fotos von Tatverdächtigen geschickt, die wir jetzt auch noch im Kahlgrund herumzeigen müssen. Und heute Nachmittag begutachte ich mit der Spurensicherung den Hexentanzplatz.«

Er schob die Spurenblätter zusammen und legte sie zur Seite. »Du kannst heute übrigens nicht über Frau Herbst verfügen. Ich möchte, dass sie Jens Habel begleitet, um sich in der Gothic-Szene umzuhören. Sie sollen herausfinden, wem das Buch gehört, das Andrea am Hexentanzplatz gefunden hat.«

Störzlein nickte zu allem wohlwollend. Hierbei konnte er nicht helfen. Er stützte sich auf seinen Stock, damit er leichter vom Stuhl hochkam, doch Rieker bedeutete ihm mit einer Handbewegung, zu warten.

»Noch eines, Karl. Bevor du vor meiner Tür den Riesenradau veranstaltet hast, bekam ich einen Anruf von unseren hessischen Kollegen. Die haben sich gestern für uns bei den Verlagsmitarbeitern umgehört und tatsächlich was herausgefunden: Die Lektoratsassistentin hat einen Anruf entgegengenommen, der für Caroline Hurst bestimmt war. Von einem Herrn namens Bär. Am Montag vor einer Woche, als die Autorin gerade im Verlag war. Gegen Mittag. Kurz nach halb zwölf. Mit Uhrzeit und Datum ist sie sich ganz sicher.«

»Bär? Und was noch? Vorname, Adresse, Telefonnummer?«

»Nichts weiter. Den Klebezettel mit der Notiz hatte sie unverzüglich an Frau Hurst weitergegeben. Und sie ist sich nicht einmal sicher, wie man den Namen des Anrufers genau schreibt. Uns bleibt also die undankbare Aufgabe, alle Register nach dem Namen Bär abzuklappern, ganz zu schweigen von den verschiedenen Schreibweisen.«

Störzlein drehte nachdenklich seinen Stock in den Händen. »Helga Klein hat gesagt, dass die Mitglieder der damaligen Jugendgruppe Tiernamen hatten. Reh, Eule, Elster, Fuchs, Wolf und Bär.«

Riekers Kopf ruckte in die Höhe. »Tatsächlich? Und wer von denen ist der Bär?«

»Fridolin Wagner. Das ist sicher kein Zufall. Er ist genau an dem Montag, an dem der Anruf beim Verlag einging, aus der Klinik ausgerissen.«

Der Bär. Ein Gruppenname. Auf was für seltsame Ideen Jugendliche kamen. Bernd Rieker konnte nur den Kopf schütteln.

»Karl, was sitzt du hier noch herum? Mach dich an die Arbeit. Nimm den Fridolin Wagner gründlich unter die Lupe. Ruf mich an, wenn sich unser Verdacht bestätigt.«

Er begleitete Karl Störzlein zur Tür und klopfte ihm zum Abschied auf die Schulter. »Mach's gut, Karl. Und pass auf, wo du hintrittst.«

»Bring du deiner kriminellen Kundschaft lieber Manieren bei. In eurem Neubau stecken nämlich auch meine Steuern.«

Störzlein ließ sich von Rieker die Tür aufhalten und humpelte mit hoheitsvollem Blick hinaus.

***

Karl Störzlein schob sich aus seinem Auto und spazierte langsam zu Wagners Haus. Die Sackgasse, in der Fridolin Wagner wohnte, verströmte mit den blühenden Apfelbäumen in den Gärten eine verträumte Beschaulichkeit.

Frühjahr und Herbst waren die Jahreszeiten, in denen man die meisten hochgereckten Hinterteile jenseits der Gartenzäune zu Gesicht bekam. Emsig wurde geharkt, gejätet und gegraben. Hinter dem Gartentürchen der Wagners sah es nicht anders aus.

Störzlein klingelte erst gar nicht, sondern machte sich mit einem lauten »Hallo« bemerkbar.

Marga Wagner richtete sich auf und strich sich das Haar aus der Stirn. »Ach, Sie sind es, Herr Störzlein. Kommen Sie doch herein.«

Als sie sah, dass Störzlein vergeblich am Türchen rüttelte, kam sie wütend heran und holte einen Schlüsselbund hervor.

»Herrgott noch mal. Fridolin verriegelt und verrammelt inzwischen jede Tür und jedes Fenster.«

Sie öffnete das Türchen und ließ Störzlein herein. Nebeneinander gingen sie den Plattenweg entlang zur Terrasse und setzten sich auf die Gartenstühle.

Besorgt musterte er ihre angespannten Gesichtszüge und fragte: »Wie geht es Ihnen?«

»Es geht so. Mal besser, mal schlechter.«

»Und Fridolin, was macht der?«

»Der zählt und zählt, wäscht und wäscht, kontrolliert alle naselang, ob auch sämtliche Türen und Fenster verschlossen sind, und fürchtet sich trotzdem ständig. Ich weiß mir keinen Rat mehr.« Sie schluchzte auf und schlug die Hände vors Gesicht.

Derartige Situationen machten Störzlein stets hilflos. Hölzern und ungeschickt, aber randvoll mit Mitgefühl, legte er den Arm um Frau Wagners Schultern.

»Wovor fürchtet er sich denn?«

»Inzwischen macht ihm alles Angst. Überall wittert er Keime und Feinde. Keime und Feinde. Darauf beschränkt er sein Leben.« Marga Wagner schmiegte sich in Störzleins Arm und sah ihn mit Tränen in den Augen an. »Wenn ich das Wort Klinik auch nur andeute, fängt er schon zu zittern an.«

Klinik. Das Wort Klinik brachte Störzlein auf eine Idee.

»Soweit ich mich erinnere, verließ Ihr Mann am Montag vor einer Woche die Klinik. Wie kam er denn nach Hause?«

»Er rief mich an, und ich holte ihn ab. Wie ein Häuflein Elend hockte er in seinem Zimmer. Ich packte seine Sachen zusammen. Er unterschrieb noch bei der behandelnden Ärztin, dass er die Klinik auf eigene Verantwortung verlässt. Dann sind wir gefahren.«

»Um wie viel Uhr war das?«

Kaum hatte Störzlein diese Frage gestellt, hätte er sich am liebsten wegen seiner eigenen Dummheit eine Ohrfeige gegeben. Damit hatte er das Band der Vertrautheit zerrissen, das sich langsam zwischen Marga Wagner und ihm entwickelte. Dabei hätte er diese Information doch ohne große Umstände von der Klinik erhalten können.

Marga Wagner befreite sich mit einer heftigen Bewegung aus seinem Arm und fragte misstrauisch: »Wozu wollen Sie das wissen? Wird mein Fridolin etwa in irgendeiner Weise verdächtigt? Ich frage mich mittlerweile, was hinter Ihren Besuchen steckt.«

Wie konnte er diese verfahrene Situation noch retten? Störzlein lotete in Windeseile verschiedene Möglichkeiten aus und beschloss, Frau Wagner zumindest ein Stück weit reinen Wein einzuschenken.

Von dem Mord, der letzten Mittwoch in der Nähe der Teufelsmühle begangen wurde, wusste sie aus der Zeitung. Neu war für sie allerdings die Information, dass es sich bei dem Opfer um Fridolins ehemalige Jugendfreundin Karolina Wald handelte.

Ihrem Mienenspiel war zu entnehmen, dass diese Tatsache sie zu beschäftigen schien.

Störzlein beobachtete sie unauffällig, während in ihm ein Gedanke reifte.

»Kannten Sie eigentlich Karolina und die anderen der damaligen Jugendgruppe?«

Marga Wagner ließ sich Zeit mit der Antwort. Doch dann nickte sie und lächelte traurig. »Ich kannte alle, und natürlich auch Karolina. Wir waren ja im gleichen Alter.«

Sie erzählte ihm, dass ihre Familie damals einen Bauernhof in Krombach gehabt hatte. Den übernahm später ihr jüngerer Bruder. Ab und zu durfte sie mit ihrer Freundin einen Ausflug machen. Mit den Fahrrädern fuhren sie auch zur Teufelsmühle.

Einmal trafen sie dabei auch auf die sechs Jugendlichen, als die dort gerade ihre Zelte aufschlugen.

»Das können Sie mir glauben, Herr Störzlein, wir haben sie glühend beneidet, denn weder ich noch meine Freundin hätten Anfang der fünfziger Jahre von den Eltern die Erlaubnis bekommen, über Nacht wegzubleiben und zu zelten. Ich wäre gern Teil dieser Gruppe gewesen, aber mit meinen Eltern war da nicht zu reden. Damals war ich in Peter verliebt, den alle Fuchs nannten. Allein seinetwegen wäre ich liebend gern dabei gewesen. Die sechs hatten im Kahlgrund einen ziemlich schlechten Ruf, weil sie sich angeblich über alle Regeln hinwegsetzten. Der Bär, der Wolf, der Fuchs, das Reh, die Eule und die Elster. So nannten sie sich. Mein Fridolin war der Bär.«

Sie kannte die Gruppennamen und wusste, dass ihr Mann der Bär war. Das musste Störzlein erst einmal verdauen.

Doch Marga Wagner ließ ihm kaum Zeit dazu und fuhr fort: »Sie haben doch sicher gewusst, warum die Gruppe so verrufen war?«

Grübelnd fuhr sich Störzlein mit der Hand über das Kinn.

»Nun, ein paar Sachen sind mir schon zu Ohren gekommen. Rauchen von Lucky Strikes, Whisky trinken und natürlich die Tatsache, dass vierzehnjährige Mädchen und Jungen zusammen zelteten.«

Marga Wagner schüttelte energisch den Kopf.

»Der eigentliche Grund für den miserablen Ruf der Gruppe war Karolina Wald. Die Tochter einer Hure. Alle zerrissen sich das Maul darüber. Die meisten im Kahlgrund waren davon überzeugt, dass die Karolina im Schlösschen ebenfalls anschaffen ging. Als Lolita. Das dachten auch viele ihrer Schulkameradinnen. Wie sonst hätte sie sich all die Dinge leisten können, von denen andere nur träumen konnten.«

»Aha. Und was soll das gewesen sein? Mir ist jedenfalls nichts Außergewöhnliches aufgefallen.«

»Geh fort, Störzlein. Hatten Sie keine Augen im Kopf? Während wir Mädchen noch die Haare zu Zöpfen flechten mussten, mit einer unsäglichen Tolle über der Stirn, trug die längst einen Pferdeschwanz. Sie war auch die Erste, die einen Petticoat anhatte. Und Röhrenjeans. Röhrenjeans im Kahlgrund. Stellen Sie sich das einmal Anfang der fünfziger Jahre bildlich vor. Sie besaß auch Ballerinas, während wir in klobigen Schuhen herumhatschten, die uns irgendjemand vererbt hatte. Neben der sahen wir alle wie die letzten Trampel aus mit unseren Sachen, die aus alten, getragenen Kleidungsstücken zurechtgeschneidert waren.«

Jetzt erinnerte er sich auch, nicht gerade an Karolina Wald, aber an die hübsche Damenmode mit den abstehenden Tellerröcken, die bei jedem Schritt kokett wippten. Ihm kam wieder seine nette Freundin von damals in den Sinn, die mit ihrem Petticoat allerdings maßlos übertrieben hatte. Als sie zum ersten Mal gemeinsam ins Kino gingen, wusste sie kaum wohin mit der Überfülle aus Stoff, Spitzen und Tüll.

Wie hieß der Film doch gleich wieder, zu dem er sich hatte überreden lassen? Auf alle Fälle musste es sich um einen dieser deutschen Heimatfilme gehandelt haben, die in den fünfziger Jahren zu Kassenschlagern wurden. War es »Schwarzwaldmädel« oder »Grün ist die Heide«? Störzlein wusste es nicht mehr. Er war sich jedoch ganz sicher, dass der Film nur so triefte von Schmalz, Herzeleid und Liebesfreud.

Heute kamen ihm die Filme im Rückblick unsagbar kitschig vor, damals aber, daran erinnerte er sich jetzt wieder ganz genau, befriedigten sie zutiefst menschliche Bedürfnisse. Denn in ihnen wurden die Sehnsüchte der entwurzelten Flüchtlinge und der um ihre besten Jahre betrogenen Kriegsgeneration nach einer harmonischen Welt zumindest für ein paar Stunden gestillt. Auch das Schicksal der durch den Krieg elternlos gewordenen Kinder wurde schöngefärbt. Entweder fanden sie bei liebevollen Menschen ein neues Zuhause oder sie wuchsen in Kinderheimen auf, in denen nur eitel Sonnenschein herrschte. Vor den Zuschauern wurde eine heile Welt ausgebreitet inmitten idyllischer Landschaften. Man konnte für kurze Zeit den bedrängenden Nöten des Alltags entrinnen und in der romantischen Handlung von ganzem Herzen schwelgen. Wenn nach dem Film das Licht im Kino wieder anging, waren rot geweinte Augen keine Seltenheit.

»Und furchtlos war Karolina. Ich gebe Ihnen ein Beispiel davon.« Marga Wagner schilderte eine Begebenheit, die sie selbst erlebt hatte.

Es war eine der letzten Nächte im Herbst gewesen, die man noch im Freien verbringen konnte. In dem Jahr, bevor dann Gisela ums Leben gekommen war.

Es ging schon auf Mitternacht zu. Marga und ihre Freundin hatten die Zeit vergessen wegen der spannenden Gespräche, die sie am Lagerfeuer vor der Teufelsmühle mit der Gruppe geführt hatten. Zu Hause würde sie ein gewaltiges Donnerwetter erwarten.

Plötzlich ertönte Motorengeräusch, und Scheinwerferlicht blitzte zwischen den Baumstämmen hervor. Zwei Jeeps bogen auf die Brücke über dem Geiselbach ein und näherten sich der Teufelsmühle. Im gleißenden Licht der Scheinwerfer stand stocksteif ein Reh. Ein Schuss peitschte auf, und das Reh brach zusammen. Aus den Jeeps sprangen vier Männer, amerikanische GIs. Zwei Neger, wie man damals noch ungestraft sagen durfte, und zwei Weiße. Sie weideten das Tier aus.

Zwei der Soldaten, ein Schwarzer und ein Weißer, stapften nun mit geschultertem Gewehr am Lagerfeuer vorbei, wobei sie nur einen flüchtigen Blick auf die Jugendlichen warfen. Der Schwarze war für alle besonders gespenstisch. In der Finsternis waren nur seine weißen Augäpfel zu erkennen. Es sah aus, als ob eine leere Uniform an ihnen vorbeiginge. Die GIs stiegen die Holztreppe zur Teufelsmühle hoch, und einer polterte so lange mit dem Gewehrkolben gegen die Hüttentür, bis diese geöffnet wurde.

Im Nachthemd, über das eine Strickjacke geworfen war, erschien die Frau vom Teufelsmüller. In der Hand hielt sie eine Kerze und blinzelte erschrocken in das grelle Licht einer Stablampe, die auf sie gerichtet war. Ein englischer Wortschwall, den sie offensichtlich nicht verstand, ging auf sie nieder. Die Soldaten wollten partout nicht begreifen, dass sie nicht verstanden wurden. Deshalb brüllten sie der Teufelsmüllerin ihren Wunsch immer lauter ins Gesicht, als ob dadurch ihr Englisch für die Frau verständlicher würde. Dazu wies der mit dem Gewehr auf die blutigen Fleischstücke, die der andere in seinen Händen hielt.

Entsetzt verfolgten die Jugendlichen die unheimliche Szene.

Karolina konnte als Einzige von ihnen Englisch. Sie hatte es vom

Freund ihrer Mutter, einem schwarzen GI, gelernt. Bleich vor Zorn sprang sie auf und eilte der bedrängten Frau zu Hilfe. Sie erklärte ihr, was von ihr verlangt wurde. Die Soldaten bestanden nämlich darauf, dass sie jetzt und sofort, mitten in der Nacht, die Innereien des Rehs für sie kochen solle.

Wortlos schürte die Teufelsmüllerin bei geöffneter Eingangstür den Holzofen und machte sich ans Kochen.

Karolina, die Furchtlose, knöpfte sich währenddessen die beiden GIs vor. Alle am Lagerfeuer hielten förmlich den Atem an. Sie verstanden zwar nicht, was sie sagte, aber jedes Wort klang unfreundlich und sehr bestimmt. Auf einmal wurden die Soldaten richtig umgänglich und scherzten sogar mit Karolina.

Wie sie nachher erzählte, hatte sie den beiden klargemacht, dass sie den Vorfall einem ihr bekannten Colonel der US-Army berichten würde, wenn sie sich nicht sofort anständig verhielten. Und der Name des Colonels, den sie dabei ins Spiel brachte, wirkte Wunder. Vor ihm hatten die GIs offenbar gehörigen Respekt.

Anerkennend pfiff Störzlein durch die Zähne. »Donnerkeil. Das war wirklich mutig. Es hätte nämlich auch unangenehm ausgehen können.«

Anfänglich war das Zusammenleben mit den Amerikanern durchaus nicht ungetrübt gewesen. Einige von ihnen spielten ihre Besatzerrolle ziemlich hemmungslos aus und ließen die Deutschen nicht darüber im Unklaren, wer nun das Sagen hatte. Später wandelte sich das, zumal auch die amerikanische Militärpolizei, die alle nur kurz MP nannten, rigoros durchgriff.

Störzlein hatte zu jener Zeit nicht selten gefangen genommene GIs gesehen, die Fußfesseln trugen und an eine schwere Eisenkugel gekettet waren, die sie im Arm mit sich schleppen mussten. Diese Strafmaßnahmen muteten zwar mittelalterlich an, aber Störzlein dachte sich seinerzeit, die Amis werden schon wissen, warum sie ihre eigenen Leute so behandeln. Außerdem war ihm die ungezügelte Wilderei mancher GIs selbst ein Dorn im Auge. Oftmals hielten sie sich nicht einmal an die Schonzeit und knallten auch Muttertiere ab.

»Karolina. Die Elster«, hörte er Marga Wagner abschließend sagen. Aus ihrer Stimme klang bei diesen Worten eine Spur von Wehmut. »Ich kann es noch nicht fassen, dass Karolina tot ist. Zwei Tage vor ihrer Abreise nach Amerika habe ich sie zum letzten Mal gesehen. Ich bin nach Niedersteinbach geradelt, um mich von ihr zu verabschieden. Karolina drückte mich fest an sich und flüsterte mir ins Ohr, dass sie Gisela rächen werde.

›Aber das war doch ein Unfall‹, habe ich damals darauf gesagt.

›So, meinst du? Ich weiß es besser.‹ Das waren Karolinas letzte Worte, bevor sie ging.«

»Interessant. Sie glaubte also nicht an einen Unfall«, meinte Störzlein. »Was war es denn ihrer Meinung nach, vielleicht Mord?«

Marga machte ein verblüfftes Gesicht. »Sie denken allen Ernstes, dass Karolina glaubte, Gisela sei ermordet worden?«

»Wenn es kein Unfall war, kommen eben nur noch fahrlässige Tötung, Totschlag oder Mord in Frage.«

Mit weit aufgerissenen Augen starrte Marga Wagner ihn an. »Herr Störzlein, das waren Jugendliche. Die morden doch nicht!«

Darauf wollte Störzlein nicht weiter eingehen und fragte stattdessen: »Wissen Sie eigentlich, warum Karolina Elster genannt wurde?«

Marga Wagner dachte einen Augenblick nach. Das lag alles schon so lange zurück.

»Den Namen hatte sie sich selbst gegeben. Elstern sind klug. Und Karolina wusste, dass sie selbst auch klug war. Elstern vereinen in ihrem Gefieder schwarz und weiß. Karolina mochte den schwarzen Freund ihrer Mutter genauso gern, als ob er ihr eigener Vater wäre. Sie fühlte sich deshalb wie ein Kind aus Schwarz und Weiß. Daher Elster.«

Was für rätselhafte Gedankengänge manche Kinder doch einschlugen. Verwirrt schüttelte Karl Störzlein den Kopf. Darauf wäre er nie im Leben gekommen. Er stützte sich schwer auf seinen Stock und stemmte sich aus dem Stuhl hoch.

»So, Frau Wagner. Ich pack es wieder. Schade, dass Sie mir nicht sagen wollen, um wie viel Uhr Sie Fridolin aus der Klinik abgeholt haben.«

»Es war kurz nach zehn vormittags. Auf der Fahrt ging es Fridolin immer schlechter. Er bekam Angstzustände, und der Schweiß lief ihm über das Gesicht. Wir waren bereits in Kälberau, aber er hielt es die paar Kilometer bis Alzenau im Auto einfach nicht mehr aus. Deshalb hielt ich an und ließ ihn aussteigen. Zwei Stunden später kam er dann zu Fuß nach Hause.«

Die Bereitwilligkeit, mit der ihm Marga Wagner plötzlich Auskunft gab, erstaunte Störzlein. Weitaus rätselhafter noch fand er die Zeitangabe zum Heimweg ihres Mannes.

»Wieso brauchte Fridolin für diese kurze Strecke zwei Stunden? Selbst ich mit meinem steifen Bein schaffe den Weg locker in der halben Zeit.«

Marga Wagner stand ebenfalls auf und blickte Störzlein fest in die Augen. »Fridolin braucht dafür auch nicht so lange. Er setzte sich in die Wallfahrtskirche ›Maria zum rauhen Wind‹, bis er sich wieder beruhigt hatte. Vergessen Sie nicht, Herr Störzlein, Fridolin ist krank. Er ist so stark mit seinen Ängsten beschäftigt, da bleibt für anderes nicht mehr viel Raum. Bestimmt sitzt er auch jetzt wieder in der Kirche.«

»Dort war er wohl auch am vergangenen Mittwoch, am späten Nachmittag?«

»Ist es nicht so, dass ich als Ehefrau auf diese Frage nicht antworten muss, wenn ich damit meinen Mann belasten würde?«

»Das ist richtig. Und interessant. Ich danke Ihnen für das Gespräch, Frau Wagner.« Begütigend strich er ihr über den Arm und machte sich steifbeinig auf den Weg zu seinem Auto.

Marga Wagner lief Störzlein hinterher und rief: »Ich war am Mittwoch den ganzen Tag bei meiner Tochter in Aschaffenburg, um mit ihr zu beraten, wie es mit ihrem Vater weitergehen soll. Denn auch unsere Tochter macht sich über Fridolins Zustand große Sorgen.« Sie stellte sich ihm mit resignierter Miene direkt in den Weg. »Die Wahrheit sieht aber noch anders aus. Ich war enttäuscht, weil er wieder die Therapie abgebrochen hatte, und wollte von ihm einfach den ganzen Tag einmal nichts hören und nichts sehen. Können Sie das verstehen, Herr Störzlein?«

Störzlein nickte.

»Gegen elf Uhr nachts kam ich heim. Fridolin lag im Bett und weinte. Er hatte Angst, ich würde nicht wiederkommen. Streichen Sie ihn von der Liste der Verdächtigen. Sie vertun nur Ihre Zeit mit ihm.«

Voll Mitgefühl schaute Störzlein Marga Wagner an. Trotzdem lag ihm noch eine Frage auf dem Herzen. »War Fridolin irgendwann in Amerika oder Sie beide zusammen?«

»Wo denken Sie hin, Herr Störzlein. Wir können doch gar kein

Englisch. Nein, in Amerika waren wir nicht.« Sie schüttelte resolut den Kopf und ging zurück ins Haus.

Auf dem Parkplatz der Wallfahrtskirche »Maria zum rauhen Wind« in Kälberau stand kein einziges Fahrzeug. Störzlein nahm diese seltene Gelegenheit wahr, aus seinem Automatikgetriebe ein Höchstmaß an Sportlichkeit herauszuholen, und vollführte ein schwungvolles Powerslide.

»Geht doch, du lahme Ente!« Liebevoll tätschelte er nach dem Aussteigen die Kühlerhaube und humpelte zu der gotischen Kirche aus dem fünfzehnten Jahrhundert hinüber.

Früher war dieses bauliche Kleinod eine Kirchenburg mit fester Ringmauer gewesen, die in Kriegszeiten Menschen und Tieren Zuflucht bot. Nach dem Zweiten Weltkrieg wurde sie für viele Kriegsheimkehrer aus dem Kahlgrund geistige und seelische Zuflucht. Man hatte damals beschlossen, jährlich hierher zu wallfahren, um für die gefallenen, vermissten und gefangenen Kameraden, für die Witwen und Waisen und für den Frieden der Welt zu beten. Die wachsende Zahl der Gläubigen ließ das Kirchlein bald aus allen Nähten platzen. So kam es zwischen 1954 und 1957 unter der Leitung des Würzburger Dombaumeisters Hans Schädel zu einem Erweiterungsbau, der weit über die deutschen Grenzen hinaus berühmt wurde.

Karl Störzlein betrat den gotischen Teil der Kirche, der ihn durch seine geheimnisvolle Dämmrigkeit stets in den Bann zog. So leise, wie es ihm mit seinem Stock möglich war, schlich er vor bis zum Gnadenbild am Altar. Freundlich lächelte die gotische Madonna mit dem Jesuskind ihm zu.

Fridolin Wagner entdeckte er erst, als er sich wieder umwandte. Der Mann schien mit dem Dämmerlicht zu verschmelzen. Still saß er da und hielt die Augen geschlossen. Störzlein trat zu ihm hin und rüttelte ihn sanft am Arm. Fridolin schlug die Augen auf. Im ersten Moment schien er nicht zu wissen, wo er sich befand. Doch dann klärte sich sein Blick, und er starrte Störzlein überrascht an.

»Was wollen Sie denn hier, Herr Störzlein?«

»Vielleicht das Gleiche wie Sie. Karolina gedenken. Dazu brauche ich aber Licht. Manches sehe ich damit klarer.«

Nach ein paar Schritten durch den Verbindungsgang stand Störzlein im lichtdurchfluteten Anbau der fünfziger Jahre. Der Kontrast zwischen Gotik und Moderne, Düsternis und Helligkeit, Erdverwurzelung und Schwerelosigkeit überwältigte ihn jedes Mal. Er setzte sich in eine Kirchenbank und wartete gelassen. Es dauerte nicht lange, und er hörte ein Geräusch. Fridolin Wagner kam heran und ließ sich neben ihm nieder. Er drehte seine Baseballkappe zwischen den Händen und starrte stumm vor sich hin.

Aufmerksam musterte ihn Störzlein von der Seite. Fridolin, der Bär. Zwei Stunden hatte er für den Weg von Kälberau nach Alzenau gebraucht. Es wäre ohne großen Aufwand möglich gewesen, unterwegs von einer Telefonzelle aus im Verlag anzurufen. Karolina hatte ihn vielleicht später von zu Hause aus zurückgerufen und sich mit ihm für Mittwoch in der Teufelsmühle verabredet. Dort kommt es zum Streit, worüber auch immer. Fridolin greift zu dem, was ihm gerade in die Finger fällt. Es ist ein Stein. Er schlägt zu.

Mord im Affekt? Bei Fridolins Geisteszustand war das nicht auszuschließen. Auch wenn Marga Wagner glaubte, er sei dazu nicht in der Lage.

Verflixt und zugenäht! Warum hatte er Marga Wagner nicht nach einem Anruf gefragt, der ihr vielleicht ungewöhnlich vorgekommen war?

Marga Wagner. Sie wusste alles über Fridolin, kannte sogar die Tiernamen der Gruppe, zu der sie selbst gar nicht gehört hatte. Möglicherweise waren die Bewunderung und Lobhudeleien über Karolina Wald nur Augenwischerei. Sie konnte ebenso im Verlag angerufen und sich als Bär ausgegeben haben. Ihre Stimme klang tief genug. Am Telefon konnte man zudem tiefer als üblich sprechen, ohne dass es auffiel. Vielleicht war sie diejenige, die sich mit Karolina an der Teufelsmühle verabredet hatte und … Aber warum? Welches Motiv sollten sowohl Marga als auch Fridolin haben, Karolina umzubringen? Zumal sie sich seit Jahrzehnten nicht mehr gesehen haben.

Störzlein fuhr sich verzweifelt über die Augen. Wurde er jetzt etwa paranoid und sah überall nur noch potenzielle Mörder? Er warf einen wütenden Blick auf Fridolin. Dieser Stockfisch könnte doch auch einmal den Mund aufmachen. Verdrossen griff er nach seinem Stock und verließ die Kirche.

Er hörte, wie hinter ihm die Kirchentür geöffnet wurde und

kurz darauf wieder ins Schloss fiel. Schritte knirschten auf den Steinplatten, dann stand Fridolin Wagner neben ihm. Nachlässig setzte dieser sich die Baseballkappe auf den Kopf und sagte: »Wissen Sie, Störzlein, mit Karolina konnte man schon auskommen. Aber sie hätte den Roman nicht schreiben sollen.«

»Warum nicht?«

»Alles Schmutz. Alles Dreck.«

Sieh an, er hatte den Roman gelesen. Jetzt wollte sich Störzlein nicht mehr mit weinerlichen Erklärungen abspeisen lassen.

»Fridolin, Sie haben den Roman gelesen. Dann haben Sie im Verlag angerufen. Dafür haben wir Zeugen. Sie haben sich mit Karolina in der Teufelsmühle verabredet. Was geschah dort?«

Fridolin Wagner erbleichte. »Was reden Sie denn da? Ich habe Karolina 1953 zum letzten Mal gesehen.« Er ballte seine Hände zu Fäusten und starrte Störzlein zornig ins Gesicht. »Sie wollen mir allen Ernstes einen Mord anhängen.«

Störzlein ließ sich nicht beeindruckten und legte noch eins nach: »Sie waren damals der Bär. Und ein Bär hat im Verlag angerufen.«

Fridolins Hände lösten sich, und in seine Augen schlich ein schlauer Ausdruck. »Herr Störzlein, jetzt weiß ich es. Jemand hat meinen Namen benutzt. Jemand hat unter meinem Namen einen Mord begangen.«

Störzlein seufzte. »Gut. Wir werden dem nachgehen. Doch es bleibt immer noch die Frage: Was haben Sie am Mittwoch ab fünfzehn Uhr gemacht? Dass Sie zu Hause waren, kann niemand bezeugen. Ihre Frau war zu der Zeit in Aschaffenburg.«

Fridolin Wagner rang verzweifelt die Hände.

»Herr Störzlein, ich kann nichts anderes sagen. Ich bin auf meiner Couch gelegen, wie ich es immer um diese Zeit mache.«

Störzlein verdrehte die Augen. Das war das dünnste Alibi, das er je gehört hatte. Entweder war Fridolin total unterbelichtet oder ein dreister, ausgekochter Lügner. Hier musste Rieker mit seiner ganzen Amtsautorität ran.

Er verabschiedete sich und stieg nachdenklich in sein Auto. Fridolin Wagner hielt Caroline Hursts Roman für Schund, Schmutz und Dreck. Sollte Andrea Herbst am Ende doch damit recht haben, dass er ihnen irgendwie weiterhelfen könnte? Er musste ihr unbedingt Dampf machen, damit sie mit dem Lesen vorankam.

SIEBZEHN

Nachdenklich drehte Jens Habel das Buch in seinen Händen. Die goldenen verschlungenen Zeichen auf dem Buchdeckel ließen Erinnerungen in ihm aufflackern. So ein Buch hatte er schon gesehen. Das war noch gar nicht so lange her. Aber wo? Und bei wem?

Rieker hatte das Buch zwischen zwei Fingern gehalten, als müsse er mit der bloßen Hand einen Hundedreck aufheben. Sichtlich angewidert. Dann hatte er mit einer heftigen Bewegung den Stein des Anstoßes über den Schreibtisch schlittern lassen. »Habel, das ist dein Ressort. Die Satanisten gehören dir. Du bist der Jugendpolizist.«

Trotz der altertümlichen Aufmachung handelte es sich bei diesem Exemplar hier um ein neues Buch. Bücher dieser Gattung standen in gewissen Läden zwischen Tarotkarten, Mondkalendern und Lebensberatungsliteratur. Auch die unterschiedlichsten Verschwörungstheorien, eingepresst in aufwendig gestaltete Buchdeckel, fanden hier ihre Abnehmer.

»S. F.« Konzentriert betrachtete Habel die Initialen auf der Innenseite des Buches. Wie gotische Lettern waren die beiden Buchstaben gestaltet.

Schwungvoll wurde die Tür geöffnet, und Andrea Herbst wirbelte herein.

»Hallo, Jens, alles in Ordnung an der Satanistenfront? Rieker hat mich dir zugeteilt. Er meinte, wir Jungen könnten am besten mit den weißgesichtigen Schwarzkitteln reden. Zunächst wusste ich gar nicht, was er meinte. Ich dachte doch wirklich an weiß geschminkte Wildschweine.« Sie lachte fröhlich.

Jens Habel reagierte nicht. Er saß wie eingefroren da, die Augen halb geschlossen. S. F. Zu diesen beiden Buchstaben formte sich allmählich ein Bild in seinem Kopf. Das Bild von einem Jugendlichen, der hingebungsvoll das Wort »Tod« in gotischen Lettern auf einen Block malte. Sebastian Frey, so hieß der Junge.

»Hallo, hörst du mich?«

Jetzt erst bemerkte er, dass Andrea wie wild mit ihren Händen vor seinen Augen herumwedelte.

»Du kannst vielleicht weggetreten schauen, wenn du nachdenkst. Hat es sich wenigstens gelohnt?«, erkundigte sich Andrea.

Sein Gesicht verzog sich zu einem breiten Grinsen, und er klopfte zufrieden auf das Buch. »Natürlich. Jetzt kenne ich nämlich den glücklichen Besitzer dieses Andachtsbüchleins. Pass auf, ich versorge uns schnell mit Kaffee, und dann erzähle ich dir, was ich von Sebastian Frey weiß.«

Wohlgefällig ließ Jens seine Augen über Andrea wandern, als sie sich gegenübersaßen. »Das ist wirklich nett, dass wir beide jetzt mal zusammenarbeiten. Es wundert mich aber, dass dich die alten Herren so widerstandslos aus ihren Fängen gelassen haben.«

»Noch dazu auffallend schnell, findest du nicht? Ich denke, die wollten mich mal los haben«, lachte Andrea. Sie fühlte sich wohl in Habels Büro und in seiner Gegenwart. Er war siebenundzwanzig Jahre alt, groß, blond und durchtrainiert. Nach ein wenig Herumschnüffeln in Akten, die sie nichts anzugehen hatten, wusste sie auch, dass er unverheiratet war. Das verriet ihr zwar noch nichts über eine mögliche Freundin, aber immerhin. Ein Sahneschnittchen. So würde jedenfalls ihre beste Freundin über Jens Habel urteilen. Von der Zusammenarbeit versprach sich Andrea eine Menge.

»Wie du weißt, komme ich als Jugendpolizist viel in den Schulen herum«, begann Jens Habel seinen Bericht.

Wenn laut Lehrplan die Themenbereiche Gewaltprävention und Drogenmissbrauch im Unterricht behandelt wurden, ging er in die Klassen und arbeitete mit den Schülern. Seine Hauptklientel waren junge Leute im Alter von vierzehn bis siebzehn Jahren. Vor etwa einem Jahr war er auf Sebastian Frey aufmerksam geworden. Mit den Jugendlichen einer Realschule trainierte er »angemessenes Kommunikationsverhalten in Konfliktsituationen«. Für ein Rollenspiel hatte er die Klasse in zwei Gruppen aufgeteilt. Die eine Gruppe spielte die hochaggressiven, dummdreisten Angreifer, die andere sollte die Anständigen spielen, die sich aggressionsfrei verteidigen mussten. Fast kam es zum Fiasko, weil sich die Angreifer so mit ihrer Rolle identifizierten, dass einige von ihnen bedenkenlos begannen, die Anständigen aus dem Klassenzimmer zu prügeln. Da war dann wirkliche Deeskalation gefragt. Er und der anwesende Lehrer hatten alle Hände voll zu tun, die Hitzköpfe wieder zu trennen. Ja, und dabei war ihm Sebastian aufgefallen.

Der Junge hatte sich den Vortrag über Kommunikation zwar aufmerksam angehört, weigerte sich aber strikt, am Rollenspiel teilzunehmen. Er wollte kein Guter und auch kein Böser sein. Ganz allein hatte er sich in eine Ecke im Klassenzimmer verzogen und malte vor sich hin. Ein unauffälliger Blick über Sebastians Schulter zeigte Jens, dass der Schüler virtuos und schnell Totenköpfe, Drachenmänner und Kämpfer in mittelalterlicher Rüstung mit einem schwarzen Filzstift zu Papier brachte. Und immer wieder dazwischen sein S.F. Liebevoll verschnörkelt in gotischen Buchstaben.

Sebastian war mit seiner auffälligen Kleidung selbst ein Gothic-Gesamtkunstwerk. Die blauschwarz gefärbten Haare fielen ihm weit über die Schultern. Über seiner schwarzen Hose und seinem weißen Rüschenhemd trug er einen schwarzen Gehrock. Ein eleganter Gothic. In seinen grauen, schwarz umrandeten Augen stand das deutliche Signal von Abweisung und Distanz.

Jens Habel lehnte sich zufrieden zurück. »Ich bin sicher, dass ihm das Büchlein gehört.«

Andreas Augen funkelten vor Tatendrang.

»Na, dann schauen wir uns doch einmal diesen Sebastian Frey an. Aber er allein kann nicht das ganze Durcheinander auf dem Hexentanzplatz angerichtet haben. Es müssen noch andere dabei gewesen sein.«

Jens Habel schaute auf die Uhr. »Jetzt ist es zehn. Ich rufe bei den Freys an, wann wir Sebastian erreichen können.«

Zufrieden legte er kurz darauf den Hörer wieder auf. »Wir haben Glück. Seine Mutter hat gesagt, dass er heute schon mittags nach Hause kommt. Er kann Überstunden abfeiern.«

Andrea überlegte einen Augenblick.

»Du, das ist genial. Dann können wir zuvor noch Helga Kleins Aussage zu Protokoll nehmen. Du hast doch hoffentlich einen mobilen Drucker für deinen Laptop, oder?«

»Selbstverständlich. Auch wir im Kahlgrund leben nicht mehr in der Steinzeit.«

***

Als Jens Habel nach dem Protokoll seine Gerätschaften wieder im Auto verstaute, lächelte er noch immer über Helga Kleins großes

Interesse an seinem Laptop. Ganz nah war sie an ihn herangerückt und hatte jede seiner Bewegungen aufmerksam verfolgt. Außerdem hatte sie eine ganze Reihe von Fragen gestellt. Könnte ich damit Bilder von Stonehenge und anderen Kraftorten anschauen? Ließen sich damit Horoskope erstellen?

Andrea saß auf dem Beifahrersitz und dachte, dass Helga Klein von ihren gestrigen Aussagen nicht ein Jota abgewichen war: Sie war 1963 für drei Monate in den USA gewesen. Sie hatte sich dort mit Caroline Hurst getroffen. Sie hatte den Roman gelesen. Sie hatte abgestritten, sich mit Caroline Hurst in Deutschland getroffen zu haben. Zur Tatzeit war sie zu Hause gewesen. Dafür gab es keine Zeugen. Und sie hatte ausgesagt, Horst Blank habe sich 1963 ebenfalls mit Caroline Hurst in Amerika getroffen, allerdings zwei Monate früher. Wie waren diese Aussagen nun zu bewerten?

Jens unterbrach Andreas Grübeln, als er den Motor anließ und das Auto in Richtung Blankenbach steuerte. »Ich kann mir gut vorstellen, dass sich in Helga Kleins Hexenhäuschen zu dem Kaffeevollautomaten bald ein Laptop gesellen wird.«

»Und dazu noch ein Drucker«, mutmaßte Andrea. »Hast du gesehen, wie sie ständig nach dem Papier langen wollte, das aus dem Drucker kam?«

»Ja, genau. Sie gehört eben zu den Menschen, die jede Information schwarz auf weiß in der Hand halten müssen. Aber weißt du, was mir an Helga Klein besonders aufgefallen ist? Sie hat sich nie mit der Frauenrolle abgefunden, die ihr die Gesellschaft in der damaligen Zeit aufdiktieren wollte. Und damit erinnert sie mich an meine Oma. Die war auch so. Im ganzen Kahlgrund hieß sie Korsett-Lenchen.«

»Korsett-Lenchen?!« Andrea lachte schallend. »Warum denn das?«

»Das kam so: Mein Opa war in Kriegsgefangenschaft, und meine Oma musste irgendwie die Familie durchbringen. Deshalb tingelte sie mit Miederwaren durch die Dörfer des Kahlgrunds. Das waren vielleicht Kaliber, diese Korsetts. Fleischfarben und mit Stäben verstärkt wie eine Rüstung und von solchen Ausmaßen.« Jens nahm seine Hände vom Steuer und breitete seine Arme so weit aus, als würde er den Stamm einer vierhundertjährigen Spessarteiche umfassen. »Das letzte Korsett, das sie wohl nicht mehr losschlagen konnte, hatte sie ihrer Schneiderpuppe angezogen. Jahrelang stand die in ihrem Schlafzimmer.

Als mein Opa aus der Gefangenschaft heimkam, wollte er, dass sie sofort mit dem Hausieren aufhört. Das kratzte nämlich an seiner Ehre. Die Leute hätten denken können, er sei nicht Manns genug, die Familie zu ernähren.«

Andrea schüttelte ungläubig den Kopf. »Ist das nicht komisch, was die früher dachten? Dabei ist eines sicher: Mit dem Job hatte deine Oma garantiert keinem Mann den Arbeitsplatz streitig gemacht.«

»Das hat sie sogar selbst gesagt, und sie tingelte auch unverdrossen weiter. Auf die Art kam sie immer wieder aus dem Haus, was ihr gut gefiel. Sie war überzeugt davon, dass gerade deshalb ihre Ehe so lange gehalten hat, was damals nicht selbstverständlich war. Sie hat mir erzählt, dass viele Paare schnell noch geheiratet hatten, bevor der Mann in den Krieg ziehen musste. Manche davon übereilt. Durch die jahrelange Trennung sind sie sich oft fremd geworden. 1948, als mein Opa heimkam, wurde fast jedes fünfte Paar geschieden, stell dir das mal vor.«

Andrea warf Jens einen erstaunten Blick zu. »Du, das war ja eine fast so hohe Scheidungsrate wie heute. Hättest du das gedacht?«

»Auf keinen Fall. Da kannst du mal sehen, dass jede Generation ihre eigenen Krisen zu bewältigen hat.« Jens setzte den Blinker und bog nach links in Richtung Blankenbach ab.

***

Einmal mussten sie in Blankenbach fragen, dann standen sie vor dem Haus der Familie Frey. Nachdem sie dreimal vergeblich geklingelt hatten, umrundeten sie das Haus. Ein älterer Mann in Arbeitskleidung kam gerade aus dem Stall.

»Herr Frey?« Jens Habel hielt seinen Dienstausweis hoch. »Könnten wir mal den Sebastian sprechen?«

Breitbeinig stellte sich der alte Frey in Positur.

»Habel, das sag ich Ihnen, dem Sebastian flicken Sie nichts ans Zeug. Es war schwer genug für ihn, einen Arbeitsplatz zu finden. Das wissen Sie doch, wenn einer immer ausschaut, als ob er gerade von einem Leichenbegräbnis kommt, das mag nicht jeder Arbeitgeber.«

»Und jetzt arbeitet er wohl in einem Beerdigungsinstitut, oder?«, erkundigte sich Andrea ganz ohne Ironie und Hintergedanken. Vom alten Frey erntete sie dafür jedoch einen zutiefst verachtungsvollen Blick.

»Der Sebastian hat als Klassenbester die Realschule gemacht. Die Lehrer wollten ihn auf das Gymnasium schicken. Aber er wollte in der IT-Branche arbeiten. Den Job hat er jetzt auch. Und das macht ihr ihm nicht kaputt.«

Entschlossen stapfte Frey zurück in den Stall. Es war nicht ganz klar, ob er nun zu den Kühen oder zu den beiden Polizisten sprach, als er vor sich hin brummte: »Der Sebastian wird gleich kommen. Er darf Überstunden abfeiern. Bevor er sich mit seinen Scheunenfreunden heute Abend trifft, hilft er mir noch am Hof. So einer ist nämlich der Sebastian. Ein guter Bub.«

Jens und Andrea machten es sich auf der Hausbank bequem und sahen versonnen den Schwalben zu, die pfeilschnell zu ihren gemörtelten Nestern unter den Dachsparren des Stalls flogen. Es war Brutzeit.

Verträumt ließ Jens seine Augen über Andrea wandern. Da war ihm schon eine besonders hübsche Umläuferin zugeteilt worden. Carpe diem. Doch. Er wollte den Tag nutzen.

»Sag mal, Andrea, wartet eigentlich jemand auf dich in München?«

»Auf mich. In München.« Andrea räkelte sich gemächlich und fixierte ihn mit einem schnellen Seitenblick. »Und wenn es so wäre? Ist das für dich ein Problem?«

»Irgendwie schon. So viele schöne Mädchen laufen hier im Kahlgrund nämlich nicht frei herum.« Er geriet ins Stocken. Himmel noch mal, bei jeder Vernehmung konnte er zielgenau seine Fragen platzieren. Aber hier stellte er sich an wie der letzte Depp. Noch ein Versuch. Der matteste, den man sich ausdenken konnte, aber ihm fiel nichts Originelleres ein. »Wir könnten doch mal zusammen zum Essen gehen. Ich kenne da einen guten Italiener. Was meinst du?«

Andreas Meinung musste bis auf Weiteres ein Geheimnis bleiben, denn in diesem Moment brauste ein schwarzer Golf in halsbrecherischem Tempo durch die Hofeinfahrt und kam exakt drei Zentimeter vor der Stallmauer zum Stehen.

Ein junger Mann stieg aus. Schwarzer Anzug, graues Hemd, nachtblaue Krawatte. Die blauschwarzen langen Haare waren im Nacken sorgfältig zu einem Zopf zusammengefasst. Sebastian.

Anerkennend pfiff Jens durch die Zähne. »Mit der Aufmachung kommt er bei jeder Disco durch die Einlasskontrolle. Was der Vater nur hat? In der IT-Branche sind sie doch alle so angezogen. Jung, dynamisch, erfolgreich und leicht abgedreht, weil jeder sich als individuelles Kunstwerk neu erfinden will.«

Sebastian kam auf sie zu und kniff fragend die Augen zusammen. »Wollt ihr zu mir?«

Jens zog seinen Ausweis hervor, aber Sebastian wehrte ab. »Lass stecken, Habel, wir kennen uns doch.« Mit einem Blick auf Andrea setzte er hinzu: »Seit wann gibt es denn weiblichen Geleitschutz für Polizisten? Oder gehört das zur neuesten Deeskalationsstrategie?«

War da nicht eine große Portion Spott dabei? Jens Habel nahm sich vor, äußerst wachsam zu sein. Jetzt zog er das schwarze Büchlein mit dem goldenen keltischen Muster hervor.

»Gehört das dir?«

Sebastian besah sich das Buch genau. »Wo habt ihr das denn gefunden?«

Andrea hatte den Eindruck, als wollte Sebastian mit dieser Frage Zeit schinden. Deshalb gab nun sie das Tempo vor und trommelte mit der Geschwindigkeit eines Maschinengewehrs ihre Sätze herunter: »Wo schon. Am Hexentanzplatz natürlich, wo ihr die Walpurgisnacht gefeiert habt. Wie lange wart ihr dort? Wer war noch dabei? Was habt ihr dort gemacht? Habt ihr im Tal irgendwas bemerkt oder wen gesehen? Dort ist eine Frau umgebracht worden. Komm schon. Raus mit Sprache.«

Während sie Sebastian befragte, behielt Jens Habel ihn genau im Auge. Nicht die kleinste Regung entging ihm. Viel konnte er allerdings nicht ausmachen, außer dass Sebastian immer wieder die Hände zu Fäusten ballte. Das Gesicht aber blieb ausdruckslos wie eine Eisfläche. Mit dem Jungen würden sie es nicht leicht haben. Der wusste mehr als er zugab.

Ja, er war zur fraglichen Zeit am Hexentanzplatz gewesen, und ja, sie hatten dort oben gefeiert. Nein, sie hatten niemanden gesehen. Als Zeugen nannte er seine Gothic-Freunde. Die kannte Jens Habel alle. Wie auch nicht. Er musste nur all die jungen Leute aufzählen, die mit kalkweißer Trauermiene und schwarzgewandet durch das Dorf schlurften, als ob sie zu ihrer eigenen Beerdigung gingen.

Aber durch Sebastians Vater hatten sie von dem Treffen heute Abend erfahren. Jens Habel wusste schon seit einiger Zeit von einer Scheune ziemlich abseits von Blankenbach am Waldrand, die die Gothics seit Längerem für ihre Schattentreffen nutzten.

Jens war sich sicher, mehr würden sie jetzt nicht von Sebastian erfahren. Mit einem lässigen »Man sieht sich« verabschiedete er sich von dem jungen Mann und ging zusammen mit Andrea Herbst zum Auto.

Als sie in den Wagen stiegen, beschloss er, das Nützliche mit dem Angenehmen zu verbinden. Bei dieser Gothic-Bruderschaft trieben sich auch andere Jugendliche herum. Die waren keineswegs so hartgesotten wie Sebastian.

»Andrea, ich sag dir was. Die haben uns zwar nicht eingeladen, aber wir sind heute Abend mit dabei. Da können wir die ganze Gothic-Runde auf einen Schlag befragen.« Wie zufällig blickte er auf die Uhr. »Bevor wir uns auf den Weg zur Teufelsmühle machen, um dem Rieker Bericht zu erstatten, könnten wir doch in Mömbris zum Mittagessen gehen?«

Mit der Einladung verband er eine größtmögliche Eigennützigkeit. In der Teufelsmühle würde sie nämlich ein Großaufgebot an Polizei erwarten. Für ein raffiniertes Ausloten von Andreas Gemütslage und möglichen Liebesbeziehungen in München oder sonst wo würde dort keine Gelegenheit sein.

Andrea war einverstanden und setzte sich zufrieden zu ihm ins Auto.

»Glaubst du wirklich, die Gothics könnten etwas mit dem Mord zu tun haben? Aus der Münchener Gothic-Szene ist mir kein Fall bekannt, der mit Aggression oder Körperverletzung zu tun hatte. Ich habe diese Subkultur immer als ziemlich friedlich eingeschätzt. Schräg, aber friedfertig. Was weißt du von den Kahlgrund-Gothics?«

Jens gab bereitwillig Auskunft.

Zurzeit konnte man etwa zwanzig Leute zu den Gothics im Kahlgrund rechnen. Sie waren im Alter zwischen vierzehn und achtzehn Jahren. Der harte Kern bestand ungefähr aus zehn Leuten. Die trafen sich regelmäßig. Demonstrativ kapselten sie sich von anderen Jugendlichen ab. Bei einer Befragung hatten sie Jens einmal erklärt, die Kahlgrundbevölkerung sei ihnen zu konservativ und zu konsumorientiert. Gerade die Alten empfanden sie als besonders intolerant und egoistisch.

Mit ihren Argumenten konnten sie Jens jedoch nicht überzeugen. Sie diskutierten zwar eifrig über gesellschaftliche, politische oder religiöse Fragen, aber dabei kam gar nichts heraus. Letztlich kreiste ihr Denken nur um sie selbst, für irgendein Engagement waren sie nicht zu gewinnen.

Sicher zeigten sie sich friedfertig. Aber nur deshalb, weil sie viel zu passiv oder zu resignativ waren, um aggressiv zu werden. Warum auch nicht. Für den Jugendpolizisten stellten sie auf diese Weise keine Gefahrengruppe dar.

Meistens traf er sie einzeln an. Allein saßen sie am Waldrand, an der Friedhofsmauer oder sonst an einem stillen Flecken und starrten vor sich hin. Oft schimmerte das ganze Leid der Welt in ihren traurigen Augen auf. Bitter beklagten einige sich, dass alle sie ablehnen würden. Keiner habe Verständnis für sie. Eigentlich könnten sie sich nur in Internetforen mit Gleichgesinnten austauschen. Und die Arbeitgeber. Die seien sowieso das Letzte. Alles durch die Bank sture Hunde. Nie bekämen sie eine Chance bei den Bewerbungen.

Das war für Jens Habel allerdings auch verständlich. Zufällig war er dabei gewesen, als sich ein junger Mann bei einem Autohaus bewarb. Die Haare zu einem Irokesenschnitt hochgegelt, drei Ketten mit unterschiedlichen Pentagrammen um den Hals, im Gesicht mehrfach gepierct.

Im Anschluss hatte der Autohausbesitzer ratlos die Schultern gehoben. »Was soll ich denn mit dem machen? Der soll hier Autos verkaufen. Er muss seriös auftreten, er muss reden können und er muss Optimismus ausstrahlen. Da kann ich so einen einfach nicht brauchen.«

Das Essen in Mömbris sortierte Jens für sich auf der Erfolgsseite ein. Er war Andrea zumindest ein kleines Schrittchen näher gekommen, und dabei hatte sie sich als amüsante Gesprächspartnerin erwiesen.

Mit viel Witz und Humor hatte sie von der Münchener Szene erzählt. Einmal war sie bei einem Einsatz dabei gewesen, als die Polizei wegen Ruhestörung in eines der Hochhäuser nach Neuperlach gerufen wurde. Morgens um drei Uhr klingelten sie bei besagter Wohnung, aus der lautes Gekreische durch die geschlossene Tür zu hören war. Nach einer endlos langen Zeit öffnete eine ungefähr sechzigjährige, korpulente Frau, schwer betrunken und nur mit einem Tutu bekleidet. Aus der Tiefe der Wohnung erklang jammervolles Stöhnen.

Wild entschlossen und auf das Schlimmste gefasst drangen die Beamten zum Tatort vor. Im Schlafzimmer fanden sie einen älteren Mann, ebenfalls sturzbetrunken und mit Händen und Füßen an den Bettpfosten gefesselt. Das Pärchen hatte ausgelassene Sexspielchen betrieben und damit den Nachbarn den Schlaf geraubt. Nun musste der Mann dringend zur Toilette. Aber die Frau war wegen ihrer Trunkenheit nicht mehr in der Lage, die Fesseln zu lösen. Für den Mann waren die Beamten ein Geschenk des Himmels. Vor Freude und Erleichterung hätte er ihnen am liebsten die Füße geküsst und stammelte mit schwerer Zunge: »Meine liebe, gute Polizei. Ich danke euch. Ihr seid meine Freunde und Helfer.«

Noch auf dem Weg zum Auto konnten sich Jens und Andrea ausschütten vor Lachen. Beschwingt schlugen sie die Richtung zur Teufelsmühle ein.

ACHTZEHN

Heinrich Wiesenberg blickte fuchsteufelswild um sich. Inzwischen war es schon nach zwei Uhr, und er war mit seiner Arbeit immer noch nicht vorangekommen. Ausgerechnet heute, an seinem Putz- und Fegtag, wurde die Teufelsmühle zur Einsatzzentrale der Spurensicherung und der Ermittlerteams gemacht. Überall auf der Terrasse standen die Gerätschaften wie Stolpersteine herum, und jeder Zentimeter der Zufahrt war mit Polizeifahrzeugen zugeparkt. Wie gern würde er sich jetzt in sein Auto setzen und die Flucht ergreifen. Flüchten und damit die ganze Sippschaft sich selbst überlassen. Aber sein Subaru war zwischen den Fahrzeugen so dicht eingekeilt, dass er ihn weder vorwärts noch rückwärts bewegen konnte.

Und dann diese Spurensicherer. Jetzt standen sie zu viert nebeneinander am Rand der Terrasse und glichen von hinten in ihren weißen Schutzanzügen Astronauten auf der Reise in ein fernes Universum. Besorgt musterten sie die steile Anhöhe hinter der Teufelsmühle. Sobald der Feldgeschworene eintraf, mussten sie ihre Arbeitsgeräte dort hinaufschleppen.

Na und? Jeder musste seinen Job machen. Wiesenberg warf ihnen einen wütenden Blick zu. Was hatten sie denn bis jetzt gemacht? Nichts. Kaum angekommen, waren sie wie ein Heuschreckenschwarm über seine Lebensmittelvorräte hergefallen und hatten ihn buchstäblich kahl gefressen. Sonst nichts. Dabei wussten sie doch, dass er auf einen regelmäßigen Gastbetrieb nicht eingestellt war. Er machte das nur hin und wieder aus Gefälligkeit. Das hatte er nun von seiner Menschenfreundlichkeit. Jetzt konnte er zusehen, wie er Nachschub herbeischaffte. Ohne Auto.

Zornig polterte er die Treppe hinunter und stapfte an den Polizeifahrzeugen vorbei.

Vor einem der letzten entdeckte er Polizeiobermeister Wolfgang Stenglein, der zusammen mit einem Kollegen eine Landkarte studierte.

Stenglein hob den Kopf, als Wiesenberg herankam, und lachte. »Sieh an, Heinrich, der Fernsehstar. Jetzt kennt man dich sogar schon in Amerika.«

Auf Wiesenbergs verblüffte Miene hin fragte Stenglein erstaunt: »Hast du etwa nicht am Sonntagmittag den Bericht über den Mord auf CNN gesehen? Die Tote war in ganz Amerika bekannt. Die gehörte zum Mitarbeiterstab des neuen Präsidenten. Also ich schau mir am Sonntag zum Mittagessen immer CNN an, um was für mein Englisch zu tun. Ohne Englisch kannst du in der heutigen Zeit nämlich einpacken.«

Wiesenberg verstand endlich, wovon Stenglein da sprach. CNN hatte also einen Bericht über den Mord gebracht. Als am vergangenen Samstag ein Aufnahmewagen nach dem anderen den Teufelsgrund heruntergerattert gekommen war, hatte er nicht darauf geachtet, um welchen Fernseh- und Radiosender es sich im Einzelnen gehandelt hatte. Dass der amerikanische Nachrichtensender dabei gewesen war, schmeichelte Wiesenbergs Seele, und er fragte: »Mach Sachen, Wolfgang. Und wie war ich?«

»Bildfüllend. Bei deiner Wampe ist das auch keine große Kunst.«

Gekränkt schaute Wiesenberg zu Boden, und Stenglein bemühte sich, den Schaden wieder auszubügeln. »Aber was du gesagt hast, muss gut gewesen sein. Der Reporter hat dir jedenfalls ganz gespannt zugehört. Leider wurde alles komplett auf Englisch gesendet, deinen Teil haben sie auch übersetzt. Da die Amis so schnell reden wie ein Maschinengewehr, habe ich nicht alles verstanden. Du wirst aber doch hoffentlich nicht erzählt haben, dass du der Toten den Anorak unter den Kopf geschoben und ihr die Hände gefaltet hast, oder?«

Kaum glaubte man, über eine Sache sei Gras gewachsen, da kam so ein Kamel wie Stenglein daher und fraß es wieder ab. Wie oft würde er sich das wohl noch anhören müssen? Doch dann besann sich Wiesenberg auf sein Problem mit den fehlenden Lebensmitteln und dem blockierten Auto und unterbreitete Stenglein sein Anliegen. Am einfachsten wäre es, wenn jemand von der Polizei mal schnell für ihn die Einkäufe erledigen würde.

»Du hast sie wohl nicht mehr alle, Heinrich. Das ist gegen die Dienstvorschrift. Wir dürfen nur in äußersten Notlagen handeln.«

»So!« Wütend stemmte Wiesenberg die Arme in die Hüften. »Jeder dämlichen Katze, die sich verstiegen hat, helft ihr vom Baum herunter. Das steht oft genug im Main-Echo. Aber mir in meiner Notlage wollt ihr nicht helfen. Dabei seid ihr schuld daran! Und wenn ich hier nichts zu essen habe, seid ihr alle auch in einer Notlage. Dann gibt es nämlich nichts zu beißen. Ich mach das sowieso nur aus reiner Gefälligkeit. Verstanden?«

Stenglein sah, wie der Feldgeschworene mit einem Wanderstock aus dem Wald herauskam. Deshalb trachtete er danach, Heinrichs Problem zu einem versöhnlichen Ende zu bringen. Außerdem musste er ihm in gewisser Weise recht geben. Mit einem Seufzer wandte er sich an einen Kollegen: »Kutschier doch schnell mal den Wiesenberg zum Metzger. Aber hängt es bloß nicht an die große Glocke. Falls euch unterwegs Rieker begegnen sollte, lasst euch eine überzeugende Ausrede einfallen.«

»Keine Sorge. Ich sag ihm einfach, ich sag ihm … wie es ist. Die Polizei hat mich ratzeputz leer gefressen.« Mit einem verschwörerischen Augenzwinkern stieg Heinrich in den Streifenwagen.

Kopfschüttelnd sah Wolfgang Stenglein ihnen hinterher und ging dann dem Feldgeschworenen entgegen. Er brachte ihn zu den Spurensicherern und formierte anschließend seinen Trupp, der den Abhang durchkämmen sollte.

Als Heinrich Wiesenberg eine gute Stunde später mit seinem Freund und Helfer zurückkehrte, war die Zahl der Fahrzeuge noch weiter angewachsen. Schnaufend schleppte er seine Einkäufe zum Blockhaus und balancierte darauf zuoberst eine Packung Toilettenpapier. Eine Großpackung. Denn Wiesenberg dachte zutiefst menschlich und behielt stets die natürlichen Kreisläufe im Auge.

Unter all den Polizisten auf der Terrasse der Teufelsmühle konnte Karl Störzlein weder Hauptkommissar Rieker noch die Umläuferin, Andrea Herbst, entdecken. Er rechnete aber fest damit, dass sie noch kommen würden. Bei Wiesenberg holte er sich ein Glas Gespritzten und zog sich damit an einen Tisch weit abseits von den anderen zurück. Mit geschlossenen Augen grübelte er über Marga und Fridolin Wagner nach.

War Fridolin Wagner wirklich so krank, dass er als Täter nicht in Frage kam? Wieder kam ihm die erste Befragung in den Sinn, und wie Fridolin seine Frau angeherrscht hatte. Dabei hatte er einen ziemlich unkontrollierten Eindruck gemacht. Er war einer, der sich leicht provozieren ließ.

Plötzlich klopfte ihm jemand auf die Schulter.

»Donnerlittchen! Das ist doch der Störzlein. Dich habe ich schon seit Ewigkeiten nicht mehr gesehen.«

Karl Störzlein schreckte hoch. Vor ihm stand der alte Kurt Ochmann in sportlicher Wanderkleidung. Der alte Ochmann? So ein Quatsch. Der Ochmann war drei Jahre jünger. Demnach müsste er jetzt fünfundsiebzig sein. Früher bewirtschaftete er in Omersbach einen Bauernhof, den er schon vor zig Jahren seinem Sohn überschrieben hatte. Seitdem kümmerte er sich um sein verantwortungsvolles Ehrenamt als Feldgeschworener.

Ochmann drehte sich zu Heinrich Wiesenberg um und bat um einen Gespritzten. Während er den ersten herzhaften Schluck trank, betrachtete er neugierig das quirlige Treiben, das so gar nicht zu der stillen Waldeinsamkeit passte.

»Heinrich, bei dir geht es heute ja zu wie am Ersten Mai.« Mitfühlend musterte er Wiesenbergs gerötetes Gesicht, auf dem dicke Schweißtropfen glänzten. »Der alte Teufelsmüller hatte es bei so einem Betrieb besser. Wenn Not am Mann war, half jeder mit. Auch die Kinder. An den jüngeren Sohn kann ich mich noch besonders gut erinnern. Er dürfte ein Knirps von sieben oder acht Jahren gewesen sein. Mit Bestellblock und Bleistift hinter dem Ohr sammelte er wieselflink die Wünsche der Gäste ein. Und rechnen konnte der wie der Blitz. Ich habe ihn ein paarmal auf die Probe gestellt, aber es hat immer gestimmt.«

Wiesenberg fuhr sich mit einem großkarierten Geschirrtuch über die Stirn und nickte. »Damals hat sich auch niemand über Kinderarbeit aufgeregt. Aber eins kannst du mir glauben, Kurt. Ich bin heilfroh, wenn die ganze Mordsache endlich rum ist und hier wieder Ruhe einkehrt.«

Kurt Ochmann nickte verständnisvoll und setzte sich zu Störzlein an den Tisch. Achtsam holte er ein Bündel alter Landkarten aus der Innentasche seiner Jacke und begann sie zu sortieren.

Neugierig wollte Störzlein danach greifen, doch Ochmann legte sofort die Hand darauf. »Nichts da, Karl. Ich bin von Amts wegen hier. Was man von dir Ruheständler wohl nicht behaupten kann. Nur dem Hauptkommissar werde ich mitteilen, was der Schmidts Hannes und ich auf dem Hexentanzplatz herausgefunden haben.«

»Geh fort, der Hannes war auch dabei? Wo ist er denn?« Verblüfft suchte Karl Störzlein die Terrasse nach dem anderen Feldgeschworenen ab, konnte ihn aber nirgends entdecken.

»Der ist gleich oben die Stützelhöhe wieder hinaus nach Hofstädten. Muss dort auf seinen Enkel aufpassen. Es genügt, wenn ich Bernd Rieker das Ergebnis unserer Untersuchung allein mitteile. Wann kommt er denn endlich, der Herr Hauptkommissar?«

»Er müsste eigentlich schon hier sein. Ich warte auch auf ihn. An der Untersuchung des Mordfalls arbeite ich nämlich mit.«

So, damit mussten nach Störzleins Auffassung die Fronten ein für allemal geklärt sein. Ochmann wusste nun, dass vor ihm kein untätiger Ruheständler saß, der die Zeit totschlug.

Dessen Reaktion war jedoch unbefriedigend. Sie beschränkte sich auf ein wenig interessiertes »Aha«.

Trotzdem wagte Störzlein einen listigen Vorstoß. »Ich habe gehört, da oben sind Grenzsteine verrückt worden. Beim Überprüfen schaut ihr Feldgeschworenen doch nach, ob alles noch seine Richtigkeit hat. Soviel ich weiß, sucht ihr nach bestimmten Gegenständen oder Kennzeichen unter den Steinen. Was habt ihr denn dabei entdeckt?«

Kurt Ochmann kannte Störzlein schon seit der Schulzeit. Auch später, als Störzlein Polizist wurde, verloren sie sich nie ganz aus den Augen. Dabei trat immer mehr zutage, dass Störzlein zwar umgänglich und leutselig, aber auch äußerst gerissen sein konnte. Ein schlauer Fuchs. Je harmloser er in die Welt schaute, desto mehr musste man auf der Hut sein. Jetzt wollte er ihm also ein Feldgeschworenengeheimnis entlocken. Kurt verschränkte die Arme vor der Brust und machte ein abweisendes Gesicht.

»Karl, Verschwiegenheit gehört zu meinen wichtigsten Aufgaben. Ich habe immerhin einen Eid geleistet. Den breche ich nicht einmal gegenüber dem Herrn Hauptkommissar.«

Enttäuscht schaute Störzlein über das Tal. Zu gern hätte er gewusst, woran man sah, ob ein Stein versetzt worden war.

Ochmann musterte ihn amüsiert von der Seite und beschloss, ein anderes Thema anzuschneiden.

»Karl, weißt du was? Das riesige Polizeiaufgebot heute erinnert mich an den Mord von 1960. Da ging es hier ähnlich zu.«

Störzlein verzog das Gesicht bei dem Gedanken an diese fürchterliche Bluttat.

Der Hofmanns Alfred, der Teufelsmüller, hatte seine Arbeit als Meteorologe beim Wetterdienst wieder aufgenommen. Schweren Herzens hatte er sich von der Teufelsmühle getrennt und sie an ein junges Ehepaar aus Omersbach mit halbwüchsiger Tochter verpachtet. Karl und Toni, so hießen die Eheleute. Karl arbeitete unter der Woche als Maurer und kam erst freitags nach Hause. Toni bewirtschaftete in der Zeit zusammen mit ihrer Tochter die Teufelsmühle. Zum Schutz schaffte sie sich einen jungen Schäferhund an. Es gab zwar keine Gruselgeschichten mehr, aber die Wirtshaustradition wurde im besten Sinne weitergeführt. Und dann kam dieser Freitag. Dieser unselige Freitag. Karl war von seiner Maurerarbeit heimgekommen und erfreute sich auf der Terrasse vor dem Blockhaus zusammen mit seiner Frau an den letzten Strahlen der untergehenden Sonne. Zu ihren Füßen lag der Schäferhund, die Tochter machte in Omersbach einen Besuch.

Plötzlich trat ein Fremder auf sie zu. Der Hund, viel zu jung, um schon ein richtiger Beschützer zu sein, lief ihm schwanzwedelnd entgegen. Mit den Worten: »Ich habe vom Kaiser von China den Auftrag, dich zu töten«, stürzte der Mann mit einem Messer in der Hand auf Karl zu und stach auf ihn ein. Karl wollte ihn beruhigen, doch das war vergeblich. In Todesangst flüchtete er auf die Wiese, der Fremde hinter ihm her. Toni warf sich zwischen die beiden Männer und wurde mit dem Messer an der Brust verletzt. Zweimal noch stach der Fremde auf Karl ein. Der brach tot zusammen, und Toni rannte entsetzt zur Jägerhütte hinauf, um Hilfe zu holen. Dort traf sie nur die Frau des Jägers an. Mit ihr eilte sie ins Dorf und alarmierte die Polizei.

Das Bild, das Störzlein damals erwartete, als er als einer der Ersten am Tatort eintraf, würde er wohl niemals vergessen. Karl lag blutüberströmt auf der Wiese vor der Teufelsmühle. Um ihn herum hockten die jungen Gänse, die Toni erst ein paar Wochen zuvor angeschafft hatte, und ließen traurig die Schnäbel hängen. Auf dem Plattenspieler in der Hütte, der mit Batterien betrieben wurde, drehte sich noch eine Schallplatte mit Freddy Quinns »Die Gitarre und das Meer«. Offenbar hatte der Täter nur Minuten vor dem Eintreffen der Polizei die Teufelsmühle verlassen.

Von Pilzesammlerinnen bekamen sie den ersten Hinweis. Er war ihnen im Wald durch sein blutverschmiertes Hemd aufgefallen. Weitere Zeugen meldeten sich, und sie fassten ihn danach sehr schnell. Es handelte sich um einen jungen Patienten der damaligen Heil- und Pflegeanstalt von Lohr, der an akustischen Halluzinationen litt. Er durfte in der Anstaltsgärtnerei arbeiten. Dort stahl er ein Okuliermesser, die spätere Tatwaffe, und machte sich davon.

Mit einem Seufzer sagte Ochmann: »Dieser Mord damals läutete den Niedergang der Teufelsmühle als Ausflugsgaststätte ein. Der Hofmanns Alfred fand keinen Pächter mehr, der sich als Wirt eignete. Und die Menschen aus der Umgebung mieden den Teufelsgrund aus Angst.«

Doch Störzlein schüttelte wissend den Kopf. »Nicht alle. Junge Burschen aus dem Umkreis machten es sich nämlich zur Mutprobe, nachts in den Teufelsgrund hinunterzugehen. Dabei brachen sie immer wieder ins Blockhaus ein. Wir von der Polizei hatten ziemlich viel Arbeit damit. Irgendjemand klaute auch den historischen Mühlstein. Es gab noch eine Reihe von unterschiedlichen Pächtern, darunter war jedoch kein Wirt.«

»An ein Pächterpärchen kann ich mich noch gut erinnern. Zusammen mit ihren Freunden veranstalteten die in der Walpurgisnacht stets ein riesiges Remmidemmi mit Tanz auf der Wiese in Barockgewändern. Um Mitternacht zogen sie alle zum Hexentanzplatz hinauf und trieben dort Unsinn mit Steinkreisen und was noch alles. Das muss in den Siebzigern gewesen sein.« Kurt Ochmann wusste das von seinem Nachbarn, der damals Feldgeschworener gewesen war und sich über das Steinerücken auf der Stützelhöhe erbost hatte.

Nachdenklich fuhr sich Störzlein übers Kinn. Zu gern wüsste er, ob Helga Klein auch zu dieser Gruppe gehört hatte. Bei passender Gelegenheit würde er sie danach fragen. Dann wandte er sich Kurt zu: »Aber mit dem Heinrich Wiesenberg haben wir Glück. Der hat wieder Ordnung in den Teufelsgrund gebracht.«

Aus vollem Herzen pflichtete Ochmann ihm bei. »Wohl wahr. Schade ist nur, dass er keine Zwillinge hat wie seinerzeit der Teufelsmüller. Die zwei blonden Mädchen sahen sich zum Verwechseln ähnlich und haben ganz langsam in diesem komischen bayrischen Dialekt gesprochen. Aber wirklich gaaanz laaangsam.«

»Richtig. Ich sehe sie direkt vor mir. Vier oder fünf Jahre alt mochten sie gewesen sein, als sie einmal hier auf der Terrasse standen und mit ihren Fingerchen hinunter zum Geiselbach deuteten.

Langsam und überdeutlich erklärten sie: ›Dort beginnt das Hässliche.‹ Dann drehten sie sich gleichzeitig talaufwärts: ›Und da ist das Bayerische.‹ Manche Gäste konnten gar nicht genug davon kriegen und ließen sich immer wieder die Grenze zwischen dem hessischen und bayerischen Gebiet erklären.«

Ochmann lachte. »Daran kann ich mich auch noch erinnern. Die zwei konnte man wie eine Spieluhr aufziehen, und dann spulten sie ihre drolligen Sätze ab. Also ich ließ mir von ihnen immer eine Bierwerbung vorsagen. Die ging so: Trink Eder-Bier, dann steht er dir.«

»Pfui Teufel, Kurt. So ein Schweinkram!«, entrüstete sich Störzlein.

Er verschwieg aber, dass er sich dieses Sprüchlein auch immer wieder hatte vorsagen lassen. Das war nämlich ganz einfach gewesen. Man musste die zwei Kleinen nur fragen: Wie war das noch einmal mit dem Eder-Bier? Und schon schnurrten sie ihr Sätzchen im Gleichklang herunter. Ihre Mutter, die Teufelsmüllerin, war stets peinlich berührt, wenn die Töchterchen solche Sprüche losließen. Sie konnte sich nicht erklären, vom wem sie die hatten. Von ihr jedenfalls nicht.

Störzlein hätte es ihr aber schon sagen können. Während die Mutter die Gäste versorgte und ihre Zwillinge brav im Bett schlafend wähnte, lagen die bäuchlings am Boden des Schlafraums über der Wirtsstube. Durch die Ritzen zwischen den Holzbohlen linsten sie zu den Gästen hinunter und ließen sich kein Wort entgehen. Er kam ihnen zufällig auf die Schliche, als er einmal nach oben sah und dabei ihre im Licht funkelnden Äuglein entdeckte. Manchmal tröpfelte auch ein wenig Flüssigkeit von der Decke, die hoffentlich nur Wasser gewesen war.

Eine Hand legte sich schwer auf Störzleins und die andere auf Ochmanns Schulter. Dazu bedachte Hauptkommissar Rieker die beiden mit einem missbilligenden Blick.

»So ist es recht. Statt sich ernsthafte Gedanken über unseren Fall zu machen, unterhaltet ihr zwei euch über Schweinkram. Tss, tss, tss, Störzlein und Ochmann. Die alten Lustmolche.«

Wie beim Lügen ertappte Schuljungen zogen die zwei Alten die Köpfe ein.

Doch bei Ochmann hielt die Maßregelung nicht lang vor, und er wagte sich bald darauf wieder in die Offensive. Er breitete auf dem Tisch eine seiner Karten aus und winkte Rieker an seine Seite.

Der wehrte jedoch ab. »Kurt, das schauen wir uns nachher ganz genau an. Du musst mich zuerst zu diesem eigenartigen Platz bringen, damit ich mir auch eine Vorstellung davon machen kann.«

Elastisch wie ein junger Mann erhob sich der hagere Ochmann vom Stuhl und verstaute seine Karten wieder in der Jackentasche. Dann griff er zu seinem Wanderstock und marschierte so schnell davon, dass Rieker mit ihm kaum Schritt halten konnte.

Karl Störzlein sah ihnen betrübt hinterher. Zu so einem Marsch, den Ochmann gleich zweimal hintereinander machte, würde er niemals mehr fähig sein. Plötzlich kam er sich uralt und unendlich gebrechlich vor.

***

Andrea Herbst und Jens Habel wunderten sich, als sie in der Teufelsmühle eintrafen, warum sie Hauptkommissar Rieker nirgends entdecken konnten und nur ein paar Polizisten tatenlos herumstanden. Abseits an einem Tisch saß einsam und allein Karl Störzlein mit einer in sich gekehrten Miene.

Wiesenberg wies mit dem Daumen zur Anhöhe und klärte sie auf. »Die sind alle noch einmal zur Stützelhöhe hinauf. Irgendjemand hat da wohl was entdeckt.«

Die zwei ließen sich von ihm einen Gespritzten geben und setzten sich zu Störzlein. Ganz gegen seine sonstige Gewohnheit nahm der von ihnen kaum Notiz und starrte weiter stumm vor sich hin.

Doch Andrea gab sich damit nicht zufrieden. Sie stieß mit ihrem Glas an das Seinige. Als er aufblickte, prostete sie ihm fröhlich zu. »Los, Herr Störzlein. Trinken wir auf diesen schönen Tag.«

Schöner Tag. So ein zum Himmel schreiender Unsinn. Wenn man alt und gebrechlich ist, gibt es keine schönen Tage mehr. Als Störzlein aber in Andreas lustig blitzende Augen schaute, riss er sich zusammen. Er hatte kein Recht dazu, anderen die Laune zu verderben.

Mit einem Lächeln, das hoffentlich freundlich aussah, hob auch er sein Glas. »Wenn Sie damit einverstanden sind, würde ich lieber auf Sie beide anstoßen. Ich bin nämlich überzeugt davon, dass Sie es als Polizisten noch ganz weit bringen werden.«

Die jungen Leute freuten sich, und Jens Habel bat: »Könnten Sie mir bitte noch einmal den alten Fall mit der Jugendgruppe erzählen? Ich kenne die Fakten ja bisher nur vom Hörensagen.«

Störzlein gab ihm einen knappen Überblick. Anschließend sagte Andrea nachdenklich: »Das alles passierte 1953. Sind Ihnen die Jugendlichen denn nicht schon früher aufgefallen? Die wohnten doch alle hier im Kahlgrund.«

»Doch, doch. Ich kannte fast alle von klein auf. Außer Horst Blank und Karolina Wald. Die waren schon größer, als sie in den Kahlgrund kamen. Das waren Flüchtlingskinder. Warum ausgerechnet die sechs Freunde wurden, ist mir nie klar geworden. Sie wohnten nämlich gar nicht nah beieinander. Jeder kam aus einer anderen Ortschaft. Aber warten Sie mal. Ich glaube, ich weiß jetzt auch wieder, wann ich gemerkt habe, dass die sich zu einer Gruppe zusammengetan hatten.«

Störzlein kratzte sich nachdenklich am Kinn. »Richtig. Auf einmal steckten die sechs ständig zusammen und spielten Theater für die Nachbarskinder. Schön machten sie das. Ich hatte ihnen selbst ein paarmal zugeschaut und mir dabei gedacht, das sind Kinder, die wirklich gute Ideen haben. Das war 1951. Ich erinnere mich deshalb noch so gut an das Jahr, weil damals zumindest die Besatzungsmächte Großbritannien und Frankreich mit uns Deutschen den Kriegszustand beendet hatten. Wenigstens mit zwei Ländern nicht mehr im Krieg zu sein und unbeschwert spielende Kinder zu sehen, das war für mich und für viele andere wirklich ein Anlass zur Freude. Glücklicherweise zogen die USA ein Jahr später nach.«

Heinrich Wiesenberg kam mit einem Glas in der Hand zu ihnen an den Tisch. Interessiert hörte er zu und schmunzelte. »Ab da ging es bei uns langsam aufwärts. Fern am Horizont begannen sich die Wirtschaftswunderjahre abzuzeichnen, und wir wurden alle fetter und fetter. So.« Wie ein Posaunenengel blähte er die Backen auf, verlieh seiner umfangreichen Leibesmitte mit den Händen noch eine weitere Wölbung und zwinkerte Andrea verschmitzt zu. »Sie werden es nicht glauben, aber damals habe ich das erste Mal in meinem Leben Heringe in der Dose gegessen. Mensch Meier, haben die gut geschmeckt nach den Jahren mit Kraut und Rüben und Kartoffeln. Und einmal hat uns jemand eine Corned-Beef-Büchse geschenkt. Die stammte aus einem amerikanischen Care-Paket. Fleisch war auch bei uns auf dem Land eine Seltenheit, deshalb war der Familie ganz feierlich zumute, als die Büchse aufgemacht wurde. Damals habe ich gedacht, wenn ich mal groß bin, möchte ich so viel Geld haben, dass ich jeden Tag Corned Beef essen kann. Allzu lange hielt dieser Wunsch aber nicht vor. Unsere Hausmacher hat mir dann doch besser geschmeckt. Aber dass die Amerikaner den Deutschen Care-Pakete geschickt haben, war sehr nobel. Das rechne ich ihnen heute noch hoch an.«

Über Störzleins Gesicht huschte ein nostalgisches Strahlen. »Ich hätte für eine Tasse von diesem löslichen Kaffeeextrakt, dem Nescafé, mein Seelenheil drangeben können.« Als er sah, wie Andrea bei dem Wort Nescafé eine angewiderte Grimasse schnitt, lachte er gutmütig. »Daran sehen Sie, Frau Herbst, mit welch kleinen Freuden wir nach dem Krieg wieder angefangen haben. Aber dabei blieb es natürlich nicht. Auch unsere Wünsche wurden mit der Zeit größer.«

»Und wir wurden zunehmend eleganter«, warf Wiesenberg ein. »Es dauerte gar nicht so lange, da trugen alle neue Hüte. Die Damen dazu noch Handschuhe. Auch im Sommer. Im Vergleich zu heute sah jeder mindestens zehn Jahre älter aus.«

Das hörte Störzlein zwar nicht gerne, aber es stimmte. Er brauchte sich nur seine eigenen Fotos aus dieser Zeit anzuschauen.

»Die härtesten Notzeiten waren überwunden, und die Menschen in Deutschland wandten sich wieder den angenehmeren Seiten des Lebens zu«, sagte er.

Wiesenberg nickte beifällig und haute Störzlein kräftig auf die Schulter. »Jawoll, Karl, das Leben wurde angenehmer. Doch dann kam der Scheidenkrampf.«

Jens glaubte sich verhört zu haben, und Andrea verschluckte sich an ihrem Gespritzten.

»Wie bitte? Was für ein Krampf?«

»Der Scheidenkrampf.«

Triumphierend wanderten Wiesenbergs Augen von Gesicht zu Gesicht, bevor er erklärte: »Ein Krampf, der Frauen angeblich während des Geschlechtsverkehrs befallen soll«, erklärte er. »Der daran beteiligte Mann kann sich dann nicht mehr von ihr lösen. An Stammtischen und in Herrenrunden wurden darüber haarsträubende Schauergeschichten erzählt. Notorische Fremdgeher bekamen es fürchterlich mit der Angst zu tun. Für sie war es der Albtraum schlechthin, womöglich in die Lage zu kommen, splitternackt und unlösbar mit der Partnerin vereint, von den Rettungssanitätern auf der Bahre durch das Treppenhaus getragen zu werden. Dies alles unter den aufmerksamen Blicken der Nachbarschaft. Doch dann kam die Rettung. Irgendjemand setzte nämlich das probate Gegenmittel in die Welt. Man musste der betroffenen Frau mit einer Stecknadel in den Oberschenkel pieksen. Das sollte den Krampf lösen. Ab da trugen die Herren eine Stecknadel mit buntem Glaskopf in der Reversecke des Anzugs.«

Störzlein fasste sich als Erster. »Herren. Ha, ha, ha. Dass ich nicht lache. Kurz nach der Firmung hatten die Rotzbuben die Nadel schon am Anzug stecken.«

Andrea und Jens wechselten einen überraschten Blick, und Andrea schüttelte ungläubig den Kopf. »Was, so alt ist die Geschichte schon? Das wird doch heute noch in den Internetforen diskutiert. Und es geistern tatsächlich die gleichen Rettungssanitätergeschichten herum.«

In Störzleins Augen schimmerte der helle Spott auf. »Ganze Heerscharen von Medizinern haben schon gegen diesen absurden Aberglauben angeschrieben. Aber die Menschen sind halt in ihre Angst so verliebt. Ich muss allerdings zugeben, damals war ich naiv wie ein Neugeborenes. Ich hatte diese Nadel immer mit einem Verein oder mit einem Orden in Verbindung gebracht.«

Auf einmal waren hinter ihnen Stimmen und Schritte zu hören. Rieker kam zusammen mit dem Feldgeschworenen heran. Gleich danach tauchte der Spurensicherungstrupp mit seinen Gerätschaften auf.

Als Heinrich Wiesenberg sie bemerkte, bezog er hinter seinem Ausschank Stellung und machte sich für den Ansturm bereit.

Ochmann und Rieker setzten sich zu den anderen an den Tisch, und Rieker bat den Feldgeschworenen, ihnen die Karte von der Stützelhöhe zu zeigen.

Ochmann schob die Gläser von Störzlein, Jens und Andrea zur Seite, breitete auf dem Tisch die Karte aus und deutete auf einen Punkt. »Seht euch diese Stelle an. Das ist der Gipfel der Stützelhöhe. Von Nordosten und Osten her ziehen sich die Waldgrundstücke verschiedener Besitzer fächerförmig hin zum Gipfel. Anfangs sind sie noch breit, werden dann in Richtung Gipfel immer schmaler, bis sie fast punktförmig am Scheitelpunkt zusammentreffen. Jedes Waldstück ist mit einem Grenzstein markiert, deshalb haben wir am Scheitelpunkt so viele davon.«

Das sah wirklich beeindruckend aus, wie die Grenzlinien der Grundstücke genau auf dem Scheitelpunkt der Anhöhe zusammentrafen. Selbst Störzlein musste das zugeben. Interessiert fragte er: »Wurde einer der Steine kürzlich umgesetzt?«

Ochmann schüttelte den Kopf. »Der Schmidts Hannes und ich haben alles überprüft. An zwei Steinen ist zwar herumgegraben worden, verrückt wurden sie aber nicht. Man hat jedoch andere Steine herangeschleppt und zu einem Kreis zusammengesetzt. Ganz normale Steine, die hier überall herumliegen. In der Mitte des Kreises fanden wir eine relativ frische Feuerstelle. Wahrscheinlich war das wieder eine dieser zweifelhaften Walpurgis-Zusammenkünfte. Lange Zeit blieben wir Feldgeschworenen davon verschont, aber seit ein paar Jahren häuft sich dieses Unwesen wieder. Soviel wir wissen, machen das irgendwelche Leute aus der Esoterik-Szene.«

Ochmanns Worte wurden von dem Leiter der Spurensicherung bestätigt, der mit einem Plastikbehälter zu ihnen an den Tisch kam. Auch er hielt den Steinkreis und die Feuerstelle für neu. Den Spuren nach mussten sich mehrere Personen dort zu einem Gelage zusammengefunden haben.

Er hievte den Plastikbehälter auf den Tisch und holte daraus Stück für Stück die Ausbeute vom Hexentanzplatz hervor, die in nummerierten Tüten verpackt war: jede Menge Kronkorken von Bierflaschen, Zigarettenschachteln und Zigarettenkippen, Lebensmittelreste, drei verschnäuzte Papiertaschentücher, zwei Proben von Erbrochenem, dreimal braun verfärbtes Papier, das zum Abwischen eines Hinterteils gedient hatte, und einen Ring.

Jeder der Anwesenden musterte die Fundstücke mit ureigenem Interesse.

Der Feldgeschworene freute sich, dass die Spurensicherung das Waldstück so gründlich vom Abfall gesäubert hatte. Heinrich Wiesenberg, der auch einen schnellen Blick auf den Fund warf, ärgerte sich hingegen wieder einmal über das verlotterte Pack, das hinter jedem Baum seine Notdurft verrichtete. Andrea Herbst dachte sich beim Anblick des Erbrochenen, dass für sie niemals eine Arbeit bei der Spurensicherung in Frage käme. Jens Habel war dagegen von jedem einzelnen Fundstück fasziniert. Das alles musste vor genetischen Fingerabdrücken nur so wimmeln. Bei Gelegenheit würde er sich erkundigen, wie man es anstellen konnte, zur Spurensicherung zu kommen. Damit würde er bei Andrea ordentlich punkten können. Nur Störzlein und Rieker blieben ungerührt. Als langjährige Polizisten hatten sie schon die absurdesten und ekelhaftesten Spurenfundstücke gesehen.

Der Spurensicherer reichte Hauptkommissar Rieker das Tütchen mit dem Ring. »Schau dir den mal an, Bernd. Den haben wir hinter einem Stein gefunden. Nicht weit weg von dem komischen Steinkreis.«

Es war ein eigenartiger, derb gearbeiteter Silberring. Ratlos musterte ihn Bernd Rieker und reichte ihn dann an Jens Habel weiter.

Der drehte ihn bedächtig in der Hand und besah ihn von allen Seiten.

»Das ist ein Giftring. Sterlingsilber. Keltisches Muster auf der Deckkapsel. Zurzeit sind solche Ringe bei den Gothics sehr beliebt. Der ist sicher nicht alt, so was kann man heutzutage in vielen Internetshops kaufen.«

Andrea trat nah an seine Seite.

»Der schaut richtig klobig aus. Aber wo sollte denn da das Gift sein?«

Jens erklärte ihr, was es damit auf sich hatte.

Unter der Deckplatte mit dem keltischen Muster befand sich eine Kapsel, die man aufklappen konnte. In dem Hohlraum in der Kapsel konnte man Gift oder Medizin aufbewahren. Mit einer unauffälligen Handbewegung wurde das Gift in ein Getränk oder in eine Speise gekippt. Giftringe waren besonders in der Renaissance sehr beliebt gewesen. Unliebsame Gegner, die dem Aufstieg zur Macht im Wege standen, fanden dadurch häufig einen jähen Tod.

Mit gerunzelter Stirn hörte Rieker ihm zu, dann atmete er hörbar aus und knurrte: »Unser Opfer fand den jähen Tod durch einen Stein. Nicht durch einen Giftring. Das will ich hiermit mal in aller Deutlichkeit gesagt haben. Die ganze Sache mit dem Hexentanzplatz gehört für mich in eine andere Schublade. Mit unserem Fall hat sie nichts zu tun.«

»Direkt vielleicht nicht, aber möglicherweise indirekt«, gab Jens zu bedenken. »Seit heute Mittag wissen wir nämlich ganz sicher, dass sich Opfer und Täter am Tattag nicht allein im Teufelsgrund befanden.«

Jens erzählte dem Hauptkommissar, was sie bei der Befragung von Sebastian Frey, dem das Satanistenbuch gehörte, erfahren hatten.

»Heute Abend versammelt sich die Gothic-Gruppe in ihrer Vereinsscheune zu einem ihrer Schattentreffen. Wenn du damit einverstanden bist, gehen Andrea und ich zu diesem Treffen. Es könnte durchaus sein, dass wir unter den Jugendlichen jemanden ausfindig machen, der zur fraglichen Zeit eine wichtige Beobachtung gemacht hat. Wenn wir dazu auch den Ring mitnehmen, könnten wir eventuell herausfinden, wem er gehört.«

Störzlein sah Rieker an, wie dieser innerlich litt. Satanistenbücher, Giftringe, Hexentanzplätze und Gothics überhaupt waren Themen, denen er nicht das Geringste abgewinnen konnte. Deshalb hatte es ihn verwundert, dass er sich die Mühe gemacht hatte, selbst zum Hexentanzplatz hinaufzusteigen.

Aber durch Jens Habels Bericht wussten sie nun, dass diese Gothics zumindest potenzielle Mordzeugen waren. Gegen den Vorschlag, sich bei denen genauer umzuhören, war deshalb nichts einzuwenden.

Befriedigt sah er zu, wie Rieker mit der flachen Hand auf den Tisch klatschte und sagte: »Also gut, meinetwegen. Nehmt den Ring mit und schnüffelt bei diesen Verrückten ein wenig herum. Morgen kriege ich bei der Dienstbesprechung einen genauen Bericht darüber.«

Die Spurensicherung und die Ermittlerteams packten ihre Gerätschaften zusammen. Nach und nach rollte ein Einsatzfahrzeug nach dem anderen aus dem Teufelsgrund hinaus. Kurt Ochmann, der Feldgeschworene, griff nach seinem Wanderstock und machte sich ebenfalls auf den Heimweg.

Karl Störzlein fand nun endlich Gelegenheit, von seinen Gesprächen mit Marga und Fridolin Wagner zu berichten. Durch die kurze Charakterisierung des Opfers, die Marga Wagner eher nebenher in das Gespräch hatte einfließen lassen, war ihm der Gedanke gekommen, dass das Motiv zur Ermordung vielleicht in der Persönlichkeit des Opfers zu finden war. Marga hatte Karolina Wald aus ihrer Jugendzeit als ein mutiges, furchtloses und unabhängiges Mädchen in Erinnerung. Eine, die sich nicht unterkriegen ließ und keiner Auseinandersetzung aus dem Weg ging. Vielleicht war sie jemandem dabei auf die Füße getreten, so sehr, dass der oder die es nie verwinden konnte.

Manche Menschen wurden gerade im Alter immer nachtragender und kramten aus dem Gedächtnis Geschichten hervor, über die schon seit Jahrzehnten Gras gewachsen war. Je mehr Interesse sie an der Gegenwart verloren, desto intensiver beschäftigten sie sich mit der Vergangenheit. Das könnte für einen Täter sprechen, der das Opfer bereits von der Jugendzeit her kannte und daher in einem ähnlichen Alter war.

Bernd Rieker rutschte beim Zuhören unruhig auf dem Stuhl hin und her. Wie lange würde es wohl diesmal dauern, bis Störzlein sein Lieblingsthema, die Viktimologie, anschnitt? Als ob die einzelnen Ermittlerteams nicht alles dafür taten, möglichen Täter-Opfer-Beziehungen auf die Spur zu kommen.

Doch Störzlein war davon weit entfernt. Er grübelte über eine bestimmte Person nach, die seit heute für ihn immer mehr als Täter in Frage kam. Nach einem raschen Blick auf die drei Polizisten beschloss er, sie nicht länger auf die Folter zu spannen.

»Fridolin Wagner. Er ist es, der genau in mein Opfer-Täter-Schema passt. Inzwischen hat er eine so große Lebensangst entwickelt, dass er sich immer mehr in sich selbst zurückzieht. Und womit beschäftigen sich solche Menschen vorwiegend? Mit der Vergangenheit.«

Das wirkte zwar auf den ersten Blick plausibel, aber trotzdem regte sich in Bernd Rieker Widerspruch.

»Deiner These nach müsste es in der Jugend zwischen Täter und Opfer zu einem massiven Konflikt gekommen sein. Geh fort, Karl, wie willst du das denn beweisen?«

»Das kann ich jetzt noch nicht. Ich bin aber überzeugt davon, dass es irgendeinen Vorfall gab. Die zwei waren so grundverschieden wie Feuer und Wasser. Zwischen ihnen musste es krachen. Er kriegt durch die Plakate mit, dass sie in Deutschland ist, und ruft als

Bär im Verlag an. Sie treffen sich in der Teufelsmühle, es kracht wieder, und er erschlägt sie. Die Behauptung, ein anderer habe unter seinem alten Gruppennamen im Verlag angerufen, klingt in meinen Ohren wie eine schlechte Ausrede.«

Rieker war nun ernsthaft verstimmt. »Auch davon kannst du nichts beweisen. Das sind alles nur Vermutungen. Damit brauchst du keinem Staatsanwalt und keinem Ermittlungsrichter unter die Augen zu treten. Die zerlegen dir deine Argumente in einzelne Bestandteile.«

Doch Störzlein machte ein störrisches Gesicht. »Das sind nicht alles nur Vermutungen. Er hat heute wortwörtlich zu mir gesagt: ›Wissen Sie, Störzlein, mit Karolina konnte man schon auskommen. Sie hätte aber den Roman nicht schreiben sollen. Alles Schmutz, alles Dreck.‹ Somit hat er doch gewusst, wer die Autorin ist und was in dem Buch steht.«

Ein lauernder Ausdruck schlich sich in seine Miene, und er wandte sich an Andrea Herbst: »Wie sieht es denn mit uns aus? Wissen wir schon darüber Bescheid, was in dem Roman steht?«

Andrea wurde flammendrot, schüttelte den Kopf und spreizte Daumen und Zeigefinger fünf Zentimeter auseinander.

»Das Buch ist mindestens so dick. In der kurzen Zeit konnte ich davon noch nicht einmal annähernd die Hälfte lesen.«

Sowohl Störzlein als auch Rieker hefteten im stummen Missfallen ihre Augen auf sie, doch Jens Habel bot ihr sofort seine Hilfe an. »Wir teilen uns das Buch. Dann haben wir es ruckzuck gelesen.«

»Wie jetzt? Soll ich es dir kaufen, oder kaufst du es dir selbst?«

»Nein, nichts von dem. Ich meine teilen. Zerteilen. Wir reißen es in der Mitte durch. Ich hab einen Freund, der macht das mit seiner Frau auch immer. Die kaufen ein Buch und zerteilen es in zwei Hälften. Die lesen immer eineinhalb Bücher gleichzeitig. Wenn er die zweite Hälfte des ersten Buchs liest, fängt sie mit dem nächsten an.«

Störzlein war zwar kein Liebhaber von Romanen, aber dieser Vorschlag ging selbst ihm zu weit. »Das mit dem Zerteilen lasst ihr mal besser. Jens, Sie besorgen das Buch und bekommen von mir das Geld. So, wie ich Ihren Chef kenne, hat der keine schwarze Kasse, mit der er den Roman finanzieren könnte.«

NEUNZEHN

Jens Habel und Andrea Herbst fanden die Scheune, die ziemlich außerhalb von Blankenbach verdeckt hinter hohem Buschwerk stand, auf Anhieb. Sie mussten nur ihren Ohren nachgehen. Schwarze Bässe wummerten aus dem fest verschlossenen Gebäude, Bässe, die unmittelbar das Zwerchfell attackierten. Jens rüttelte an der Tür, klopfte und rief – es war nichts zu machen.

Andrea schüttelte den Kopf. »Die können uns gar nicht hören. Bei dem Lärm würde sogar eine Bombe ungehört hochgehen.«

Jens winkte ihr, und gemeinsam gingen sie zur Rückseite der Scheune. Kundig tastete er einige Bretter ab. Dann hatte er die Stelle gefunden. Mühelos konnte er drei Bretter nach außen biegen und grinste selbstzufrieden.

»Das Prinzip der losen Bretter. Wo sich eine Horde junger Leute trifft, muss auch ein Fluchtweg sein. Vorne klopft die Polizei, hinten türmen sie ungesehen in den Wald. Wir kennen doch unsere Kundschaft.«

Hintereinander schlüpften sie durch den Notausgang und sahen erst einmal nichts. Der Ausgang war mit schwarzen Tüchern getarnt. Vorsichtig drangen sie weiter vor. Die laute Musik hämmerte schmerzvoll auf das Trommelfell. Mit der Zeit gewöhnten sich ihre Augen an die Düsternis, und sie konnten in dem Raum einige Leute ausmachen, die sich einzeln zur Musik bewegten. Schwarze Tücher, mehrarmige Leuchter mit schwarzen Kerzen, Totenschädel, fluoreszierende Satansfratzen.

Jens vollführte mit dem Arm eine weit ausholende Geste. »Wie du siehst, der ganze Gothic-Kitsch in Reinkultur. Dafür geben die ihr gesamtes Taschengeld aus.«

Es kam Bewegung in die Szene. Sie waren entdeckt worden. Eine Gestalt, ganz in Schwarz, umweht von einem weiten Umhang, näherte sich. Nur das weiße Gesicht leuchtete hervor. Um die Augen zogen sich kunstvoll gemalte Fledermausflügel bis hoch zu den Brauen. Sebastians schwarze Lippen verzogen sich ironisch nach unten. »Irgendwie habe ich mit euch schon gerechnet. Den Fluchtweg habt ihr auch gefunden. Respekt.« Er schaltete die Musikanlage aus. Stille.

»Das sind doch Bullen! Was macht die Bullerei hier!«, kreischte plötzlich eine Stimme. Aus dem Dunkeln trat ein Mädchen hinzu. Groß, massig. Das lange schwarze Schlauchkleid modellierte gnadenlos jeden einzelnen Fettwulst an ihrem Körper. Die Füße steckten in hohen, klobigen Motorradstiefeln. Kunstvoll in schwärzestem Schwarz ummalte Augen blitzten aus dem kalkweißen Gesicht. Hass. Abgrundtiefer Hass schlug den beiden Beamten entgegen.

»Halts Maul!«

Andrea glaubte, sich verhört zu haben. War das wirklich der IT-Administrator? Aha, das geleckte Bürschlein war also auch zu ganz anderen Tönen fähig.

Die beiden jungen Leute starrten sich an. Eiszeit. Langsam kamen auch die übrigen Jugendlichen näher. Wie eine Horde schwarzer Krähen drückten sie sich an Sebastian und das Mädchen heran.

Andrea betrachtete eingehend die Szene. Zwei Leitfiguren und acht Mitläufer. Einige wirkten, als ob sie gerade erst die Firmung hinter sich gebracht hätten. Mit denen würden sie leichtes Spiel haben.

Kurzentschlossen trat sie vor. »Ich hab da etwas, das einem von euch gehört.« Gut sichtbar hob sie die Plastiktüte mit dem Ring hoch.

Ein Mädchen, es mochte wohl sechzehn sein, fasste danach.

Mit einer raschen Bewegung brachte Andrea die Tüte hinter ihrem Rücken in Sicherheit.

»Wo hast du den Ring verloren? Wann hast du ihn verloren?«

Verschreckt trat das Mädchen einen Schritt zurück und schwieg. Sebastian kam ihr zu Hilfe.

»Du kannst es sagen. Die wissen, wo wir waren.«

Das Mädchen bestätigte, was die Polizisten schon wussten.

Jens wandte sich an das große Mädchen und ließ sich ihre Personalien geben. Verena hieß sie. Zur Walpurgisnacht wollte sie nichts sagen. Erst als Jens ihr drohte, sie auf das Revier zu bestellen, wurde sie gesprächiger.

Sie war es, die den Hexentanzplatz für die Walpurgisnachtfeier vorgeschlagen hatte. Sie kannte ihn von ihrem Großvater. Letztes Jahr hatte er ihr während eines Spaziergangs den Platz gezeigt.

Diesmal sollte es ein ganz besonderes Fest werden. Sie wollten nicht mehr so kindische Sachen machen wie Autos mit Klopapier einwickeln oder Hundedreck in Briefkästen stecken. Verena und Sebastian waren die Autofahrer. Es war schon neunzehn Uhr, bis sie alle Jugendlichen eingesammelt hatten. Die Getränke waren bereits verladen.

Nicht zu vergessen all die Utensilien, die sie für die schwarze Messe benötigten oder was immer die dort gefeiert hatten, ging es Andrea durch den Kopf. Davon ließ sie sich jedoch nichts anmerken, damit das Mädchen nicht unnötig gereizt wurde. Jeder weitere Wutanfall würde die Befragung erschweren.

»Gegen halb acht parkten wir die beiden Autos vor der Teufelsmühle und luden aus. Jeder musste eine Tüte oder einen Rucksack den Berg hinauftragen. Jeder.« Verenas Stimme wurde wieder schrill.

Voll Verachtung betrachtete sie die Jüngeren unter den Jugendlichen. »Die brechen ja schon unter einer Schachtel Streichhölzer zusammen. Schwächlinge.« Beschämt duckte sich die Krähenschar unter der strengen Anschuldigung ihrer Anführerin. »Ich musste zwei Bierkästen alleine hochschleppen.«

Andrea war beeindruckt. »Da warst du also noch einmal alleine unten bei der Teufelsmühle. Ist dir etwas aufgefallen?«

Verena schüttelte den Kopf. »Was glaubst du denn? Meinst du, ich geh mit einem Kasten Bier auf der Schulter noch groß da unten spazieren?«

»Was habt ihr anderen inzwischen gemacht?«, fragte Jens in die Runde. Vielleicht gab es Lücken in den Berichten. Vielleicht war einer gar nicht dort gewesen, wo er sein sollte?

Der Reihe nach erzählte jeder, was er oben auf dem Hexentanzplatz gemacht hatte. Sie hatten die Steine zu einem Kreis geordnet und Feuerholz gesammelt. Die jeweiligen Aussagen wurden von den anderen bestätigt.

Unauffällig war Sebastian zur Seite getreten.

Jens nahm ihn scharf ins Auge. »Und du, was hast du gemacht?«

Sebastian zeigte sich auffällig einsilbig.

»Ich habe mich mental auf das Fest vorbereitet. Mehr sage ich nicht. Die Zeremonien sind geheim.« Damit drehte er Jens den Rücken zu.

Hart packte dieser ihn am Arm. »Bei Mordermittlungen gibt es keine Geheimnisse. Wo warst du? Wer hat dich gesehen?«

Die anderen Jugendlichen kamen Sebastian zu Hilfe. Sie erzählten, er sei während der Vorbereitungen die ganze Zeit unbeweglich und mit geschlossenen Augen ein wenig abseits auf einem Baumstumpf gesessen. Anschließend habe er den Altar aufgebaut.

Das ganze Fest hatte bis zwei Uhr morgens gedauert. Danach packten sie ihre Sachen zusammen und kehrten wieder zu den Autos zurück. Am schwierigsten gestaltete sich dabei der Abstieg, da alle heftig angetrunken waren. Es kam zu bösen Stürzen. Am nächsten Morgen sahen einige so schlimm zerkratzt aus, als ob sie tausend Teufeln in die Fänge geraten wären.

Das klang durchaus nachvollziehbar. Trotzdem fragte Andrea noch einmal nach. »Erinnert euch. Ist euch wirklich gar nichts aufgefallen? Vielleicht ist doch noch einer von euch zur Teufelsmühle hinuntergegangen?«

»Doch, Sebastian und Verena, ihr wart noch einmal beim Auto. Sebastian hatte den Dolch vergessen. Du hast ihn begleitet, Verena, weil er in der Dunkelheit den Weg nicht fand.« Es war das Mädchen mit dem Giftring.

Sebastian starrte grübelnd vor sich hin.

»Ja, das hatte ich ganz vergessen«, sagte er. »Und da war tatsächlich was. Gerade, als wir kurz vor der Teufelsmühle aus dem Wald traten, lief jemand über die Brücke und dann weiter in Richtung Jagdhütte.«

»Es war also ein Mann. War er groß? War er klein? Wie alt war er? Welche Haare hatte er?« Jens sah Sebastian gespannt an.

Doch der begehrte sogleich wütend auf. »Mann, was weiß ich! Das war gegen neun Uhr, da war es schon fast finster. Der trug eine Kappe und die Kleidung war eher dunkel. Er war ziemlich groß.«

Verena nickte dazu.

»Du bist dir sicher, dass es ein Mann war?«, hakte nun Andrea nach.

Sebastian hob die Schultern und wandte sich zu Verena um. »Ich denke schon, oder?«

Doch Verena schüttelte den Kopf. »Warum eigentlich nicht eine Frau? Es gibt auch große Frauen. Schau doch mich an.«

Jens und Andrea nickten sich zu. Sie hatten genug erfahren. Die beiden würden sie sich noch einmal allein vornehmen. Ohne Zuschauer.

Diesmal verließen sie die Scheune durch das Tor. Unmittelbar danach setzte die Musik wieder in dröhnender Lautstärke ein.

»Denen gebe ich noch fünf Jahre, dann sind bei ihnen die ersten Hörgeräte fällig.« In Andreas Stimme lag echtes Bedauern. »Glaubst du das alles, was die uns erzählt haben?«

Sinnend blickte Jens zur Scheune zurück.

»Doch, ich denke schon, dass sie die Wahrheit sagen. Fragt sich nur, ob alles so harmlos war, wie sie behaupten, oder ob sie uns etwas verschwiegen haben. Verena und Sebastian waren noch einmal allein unterwegs. Vielleicht gibt es eine Verbindung zu Caroline Hurst, von der wir noch gar nichts wissen.«

Andrea spann den Gedanken weiter. »Verena trieb sich schon vorher ganz allein vor der Hütte herum. Sie ist groß, stark und ziemlich aggressiv. Wer schwere Bierkästen den Berg hochschleppen kann, der kann auch jemanden mit einem Stein erschlagen. Vielleicht wurde sie von Carolina Hurst provoziert. Das ist bei diesem Mädchen weiß Gott keine Kunst. Heute Abend hätte auch nicht viel gefehlt, und sie wäre mir an den Hals gefahren. – Aber wer ist dann weggelaufen?«

»Vielleicht ist niemand weggelaufen. Vielleicht haben sie das erfunden«, gab Jens zu bedenken. »So unschuldsvoll, wie die sich geben wollten, sind die für mich nicht. Hast du gemerkt, wie sich Sebastian unauffällig verdrücken wollte? Der hat etwas zu vertuschen. Ich werde ihn und die anderen genauer im Auge behalten.«

Die Gothics waren aufgescheucht. Damit hatten sie schon einiges erreicht. Sie verabredeten sich für den nächsten Morgen in Habels Büro.

Jens brachte Andrea noch zu ihrem Auto. Beim Abschied blickte er ihr bedeutungsvoll in die Augen. »Ermittlungen können manchmal ganz schön öde sein. Aber zusammen mit dir, da macht es richtig Spaß.«

Andrea freute sich darüber, denn ihr erging es ebenso. Doch dann huschte ein skeptischer Ausdruck über ihr Gesicht. »Der Spaß wird dir sicher vergehen, wenn wir uns an das Lesen des Romans machen müssen.«

Mittwoch – 7. Mai

ZWANZIG

Wie immer war Bernd Rieker morgens der Erste im Büro. Er betrachtete eingehend die Fotos der möglichen Tatverdächtigen aus den USA. Drei Männer und eine Frau. Durch die Bank unauffällige Allerweltsgesichter. Ihn verwunderte es nicht, dass bis jetzt noch niemand eine dieser Personen im Kahlgrund gesehen hatte. Er legte die Fotos zur Seite und griff nach dem Protokoll von Helga Kleins Aussage und den Berichten von Andrea Herbst. Bei Helga Klein und Horst Blank taten sich gleichermaßen Verdachtsmomente auf. Jeder der beiden konnte sich in Deutschland mit Caroline Hurst zur Tatzeit getroffen haben. Das galt auch für Fridolin Wagner. Störzleins Charakterisierung des möglichen Täters ging ihm nicht aus dem Kopf. Fridolin Wagner. Ein unbeschriebenes Blatt. Nicht einmal das winzigste Verkehrsvergehen war ihm nachzuweisen. Kein einziger Strafpunkt im Flensburger Sündenregister. Ein durch und durch gesetzestreuer Bürger. Aber auch ein Mensch, den die eigene Lebensangst aufzufressen schien. Genau der sollte nun der Täter sein.

Mit widersprüchlichen Gefühlen griff er nach seiner Kaffeetasse. Es war keineswegs so, dass er sich den Erkenntnissen der Viktimologen widersetzte. Bei der Motivsuche für ein Verbrechen hielt auch er nach einer möglichen Täter-Opfer-Beziehung Ausschau. Vielfach stieß er dabei auf ungemein triviale Beziehungsmuster. Jemand besaß etwas, das der andere unbedingt haben wollte. Geld, Sex oder Macht. Das waren die Haupttriebfedern, mit denen er es üblicherweise zu tun hatte.

Schwieriger sah es jedoch mit Fridolin Wagner als möglichem Täter aus. Wenn er Störzleins Gedankengang folgte, hätte er es mit einer Art Täter-Opfer-Beziehung zu tun, die nur so strotzte vor psychologischen Unwägbarkeiten. Und genau das war sein Problem. Rieker missfiel es, psychologisch aufgeladene Ermittlungen führen zu müssen. Er war ein Mensch, der auf der Grundlage von unumstößlichen Fakten einen Fall zu lösen versuchte.

Vor der Tür erschallte fröhliches Gelächter. Ein junges Lachen. Rieker schmunzelte. Jens Habel und Andrea Herbst. Die beiden verstanden sich auffallend gut. Da würde sich doch wohl kein Techtelmechtel oder sogar mehr anbahnen? Mespelbrunn und Alzenau froh vereint. Oder musste man Andrea Herbst wegen ihrer Ausbildung in Fürstenfeldbruck jetzt zu Oberbayern rechnen? Dann also Oberbayern und Unterfranken in liebevoller Umarmung. Nicht schlecht. Offenbar gelangen gute Beziehungen leichter auf der persönlichen Ebene als über die Landespolitik.

Aber hörte er da nicht auch noch ein anderes Geräusch? Ein rhythmisches Tock-Tock-Tock. Störzlein. Das konnte nur Störzlein mit seinem Stock sein.

Es klopfte, und unmittelbar danach betraten Andrea und Jens sein Büro. Hinter ihnen humpelte Karl Störzlein herein. Ein Fleisch gewordenes Abbild an Demut und Unterwürfigkeit. Bernd Rieker verbiss sich das Lachen. Warum hatte der nicht schon längst eine Hauptrolle im Komödienstadel oder zumindest bei einer der Laienspielgruppen im Kahlgrund?

Rieker ließ alle an seinem Besprechungstisch Platz nehmen und setzte sich dazu. Erwartungsvoll schaute er von Andrea zu Jens.

»Na, was ist denn nun herausgekommen bei den Satanisten?«

Ein kurzer Blick, ein rasches Nicken. Jens begann mit dem Bericht.

»Die Spurensicherung hatte recht, die Gothics waren tatsächlich am Hexentanzplatz. Sie feierten dort mit reichlich Alkohol die Walpurgisnacht. Zwei der Gothics haben auch jemanden gesehen. Allerdings nur von hinten. Es muss eine relativ große Person gewesen sein. Ob männlich oder weiblich konnten sie nicht ausmachen, die Person trug eine Kappe.«

Voll Skepsis musterte ihn Rieker.

»Du glaubst ihnen das tatsächlich? Meinst du nicht, dass die eher von sich selbst ablenken wollen und deshalb eine andere Person ins Spiel bringen?«

»Ja, genau das haben wir uns auch überlegt«, stimmte Jens ihm zu.

»Eben. So verdruckst, wie die immer daherkommen. Kaum sehen sie mich, schon verschwinden sie um die nächste Ecke.«

»Bernd, das musst du anders sehen. Die sind auf Identitätssuche, sie möchten sich von den Erwachsenen abgrenzen. Das wird ihnen heutzutage gar nicht leicht gemacht. Denk doch nur an die Kleidung. Früher gab es eine Kinder- und Jugendkleidung und eine spezielle Erwachsenenkleidung. Diese Ordnung wurde sauber eingehalten. Aber jetzt haben die Erwachsenen den Kleiderstil der Jungen übernommen. Bedenkenlos zwängen sie sich in die Jugendklamotten, egal, ob es ihnen steht oder nicht.«

Unwillkürlich schaute Rieker zu Störzlein und Störzlein zu Rieker. Nein, sie waren nicht so. In das, was sie anhatten, würde ein Jugendlicher nicht einmal dann schlüpfen, wenn als Alternative die Gefahr drohte, splitterfasernackt auf die Straße rennen zu müssen.

»Zurück zu unserem Fall. Was war noch?«

Diesmal übernahm Andrea den weiteren Bericht.

Mit Verenas Aussage, einzig und allein Bier geschleppt zu haben, war sie keineswegs zufrieden. Nur, welche Verbindungen konnte es zu Caroline Hurst geben? Verena war zu jung, um die Schriftstellerin von früher zu kennen. Allenfalls über ihr Buch. Aber das war nicht die Art Literatur, die Gothics interessierte. Andererseits war sie ihrer Ansicht nach ausgesprochen impulsiv und in hohem Maße aggressiv. Totschlag im Affekt traute sie ihr durchaus zu.

Rieker kniff missvergnügt die Augen zusammen. Das waren alles nur Vermutungen, nichts Handfestes. Mit einem Unterton, der nur so triefte vor Ironie, warf er deshalb in den Raum: »Vielleicht war das auch eine Gemeinschaftsaktion. Diese Satanisten brauchten ein Blutopfer. Da kam Caroline Hurst gerade recht. Sie war zur falschen Zeit am falschen Ort. Kein Mensch weit und breit. Nur sie und diese Satanistengruppe.«

Die Ironie verfehlte zumindest bei Jens die Wirkung. Der schaute ihm todernst ins Gesicht und blies protestierend die Backen auf. »Jetzt hör aber auf. Das gibt die Spurenlage gar nicht her. Da hätten wir doch rund um den Fundort der Leiche viel mehr Spuren finden müssen. Eigentlich hätte die Leiche dann sogar auf dem Hexentanzplatz liegen müssen. Ich würde eher auf diese Helga Klein tippen.«

Über die Gothics und Helga Klein hatten sich Jens und Andrea lange unterhalten. Dabei hatte sich herausgestellt, dass sie sich gleichermaßen gerne in den Wohnungen der Befragten umsahen. Der individuelle Lebensstil sagte oft mehr aus als langatmige Erklärungen. Sie fassten ihre Eindrücke für Hauptkommissar Rieker kurz zusammen.

Sowohl die Goths, wie sie sich selbst nannten, als auch Helga Klein hingen einem Lebensstil an, der nicht der gesellschaftlichen Norm entsprach. Mehr Gemeinsamkeiten gab es nicht: Während die Goths eher rückwärtsgewandt wirkten, weil sie vergangene Epochen wie das viktorianische Zeitalter glorifizierten, beschäftigte sich Helga Klein offenbar intensiv mit esoterischem Gedankengut.

Man sah es auch an den Büchern. Unterschiedlicher hätte die bevorzugte Literatur der beiden Parteien gar nicht ausfallen können. Jens waren bei verschiedenen Befragungen in der Gothic-Szene Bücher und Hörbücher aufgefallen, die zur schwarzen Romantik gezählt wurden. Unter anderen handelte es sich dabei um Autoren wie Ludwig Tieck, E.T.A. Hoffmann oder Edgar Allan Poe. Manche beschäftigten sich zudem mit Büchern über den Wicca-Kult. Bei einer späteren Recherche hatte er herausgefunden, dass es sich hierbei um eine neureligiöse Bewegung handelte. Die Mitglieder verstanden sich als Hexen. Wicca war die Religion der Hexen und Wahrsager.

Rieker kniff misstrauisch die Augen zusammen.

»An so was glauben die? Ja, wo leben die denn? Kaum sind sie dem Grimms-Märchen-Lesealter entwachsen, rühren sie schon im Hexenkessel herum. Und dieser Sebastian arbeitet in der IT-Branche? Wie passt denn das zusammen?«

Durch Riekers Einwand wurde Andrea an eine aberwitzige Diskussion erinnert, die sie während einer Befragung in der Münchener Gothic-Szene mit angehört hatte. Zwei weibliche Goths der edlen Version in teuren schwarzen Kleidern mit schwerem Silberschmuck hatten dabei eine der Ermittlerinnen in einen verwirrenden Frage-Antwort-Diskurs verwickelt.

Ist einer ein Goth, weil er schwarz gekleidet ist, oder weil er schwarz denkt, oder weil er zehn Pentagramme um den Hals hängen hat? Will einer ein Goth werden, damit er aus der normalen Gesellschaft ausgestoßen wird? Damit er umso gründlicher leiden kann? Was ist mit denen, die sieben Tage die Woche in bunten Klamotten herumlaufen, aber schwarz denken? Sind die dann halbgoth?

Bis zum Überdruss wurde damals gefragt und gefragt und äußerst widersprüchlich argumentiert, ohne zu einem überzeugenden Ergebnis zu kommen. Helga Klein konnte man mit dieser Art von Dekadenz nicht in einen Topf werfen.

Entschieden wandte sich Andrea deshalb direkt an Rieker. »Meiner Ansicht nach liegt zwischen Helga Klein und diesen Gothics ein ganzes Universum. Helga Kleins Wohnung ist voller Bücher der unterschiedlichsten Gattungen. Neben Esoterikliteratur standen philosophische Werke, Pflanzenlexika, Heilkundebücher für Tier und Mensch und Bücher über Naturreligionen.«

Rieker hielt es nun nicht mehr aus auf seinem Stuhl. Er sprang auf, vergrub die Hände in den Hosentaschen und begann, in seinem Büro auf und ab zu marschieren.

»Leute, ich sage es euch, wie es ist. Mit solchen Sachen kann ich nichts anfangen. Das geht mir gegen den Strich. Fakt ist aber, dass Helga Klein, Sebastian Frey und Verena kein Alibi zur fraglichen Zeit haben. Hakt bei denen noch einmal nach, aber bringt sie mir bloß nicht hierher in mein Büro. Keinen davon, verstanden?«

Karl Störzlein sah zu, wie Rieker die letzte Runde drehte und sich dann wieder auf seinen Stuhl fallen ließ. Wie zum Beifall pochte er laut mit seinem Stock auf den Boden.

»Recht so, Bernd. Solche Leute muss man sich unbedingt vom Leibe halten. Die hängen einem Zeitgeist nach, der aus der allerfinstersten Hölle stammt. Am Ende sieht man sich gar noch gezwungen, den Pfarrer zu holen, damit er das Büro neu ausweiht.«

In Andreas Augen blitzte eine Mischung aus Belustigung und Spott auf. »Sie könnten sich aber auch Rat vom Katholischen Männerverein in Tuntenhausen, nahe Rosenheim, holen. Der tritt ausdrücklich für eine sittliche Wertordnung ein und kämpft gegen den chaotischen Zeitgeist an. Als Festredner treten durchweg hochgeschätzte Persönlichkeiten aus Kultur und Politik auf.«

Im ersten Moment glaubte Bernd Rieker, sich verhört zu haben und hakte vorsichtig nach: »Wirklich? Männerverein? Tuntenhausen? Und der Papst kennt die auch?«

»Natürlich. Eine Reihe von bedeutenden bayerischen Ministerpräsidenten stand schon auf der Rednerliste des Vereins.«

Oberbayern unterschied sich schon immer vom Rest der Welt, das musste man eben so hinnehmen. Rieker zuckte nur die Achseln und lotete lieber die gesammelten Informationen nach brauchbaren Fakten aus. Dabei ging er äußerst pragmatisch vor. Als Erstes warf er den ganzen Esoterikkram von Helga Klein zusammen mit der Weltschmerzphilosophie der Gothics auf einen Haufen.

Sein Gehirn war jetzt so weit entrümpelt, dass ihm ein wichtiger Gesichtspunkt ins Auge fiel. Zur Sicherheit fragte er bei Jens und Andrea noch einmal nach.

»Nehmen wir einmal an, dieser Sebastian und diese Verena sagten tatsächlich die Wahrheit, als sie behaupteten, jemanden in der Nähe des Tatorts gesehen zu haben. Wie genau war die Beschreibung dieser Person?«

»Groß, dunkel gekleidet, mit Kappe auf dem Kopf. Es könnte sowohl ein Mann als auch eine Frau gewesen sein.« Jens Habel musste gar nicht erst in Riekers verdrossenes Gesicht schauen. Er wusste selbst, wie vage die Beschreibung klang.

Auch Karl Störzlein war zunächst entmutigt.

Doch dann kam ihm ein Gedanke, der seiner eigenen Gehbehinderung, seinem Alter und seiner Erfahrung als Polizist entsprang, und er fragte: »Wie bewegte sich die Person? Schnell oder langsam, zielgerichtet oder suchend, unterbrach sie die Bewegung, um sich zu orientieren, oder setzte sie sie in einem Zug fort? Vermittelte sie den Eindruck, sich in der Gegend auszukennen, oder schlug sie nur zufällig eine bestimmte Richtung ein?«

Beeindruckt hörte Andrea zu. Das alles hatten sie die jungen Leute leider nicht gefragt. Störzlein mochte zwar ein Polizist vom uralten Schlag sein, der keine Ahnung von der Arbeit am Computer hatte, aber eines konnte er: äußerst präzise Fragen stellen, die es einem Zeugen erleichtern, sich genauer an einen Vorfall zu erinnern.

Mit zerknirschter Miene gestand sie: »So exakt haben wir bedauerlicherweise nicht nachgefragt. Deshalb erfuhren wir nur, dass die Person über den Steg in Richtung Jägerhütte weglief.«

Störzlein lächelte ihr aufmunternd zu. »Das ist die Routine eines alten Hasen. Ihr bekommt die auch mit den Jahren. Aber trotzdem können wir aus der Information einiges entnehmen. Der Mensch, der weglief, war weder gehbehindert noch gebrechlich. Neben einer Person mittleren Alters kommen deshalb eine junge oder eine bewegliche ältere Person gleichermaßen in Frage. Zunächst klingt das schlecht für uns, denn damit erhöht sich die Zahl von möglichen Verdächtigen. Vielleicht hilft es uns trotzdem, wer weiß? Meiner Ansicht nach muss sich die Person aber im Gelände ausgekannt haben. Ein Unkundiger hätte als Fluchtweg wohl eher nicht die Richtung zur anderen Talseite eingeschlagen, denn damit war das Risiko verbunden, leichter entdeckt zu werden. Und dann haben wir noch die Kappe.«

Auf das Stichwort schien Rieker regelrecht gelauert zu haben, denn er hakte sofort ein. »Geh fort, Karl. Der halbe Kahlgrund trägt Kappe. Junge wie Alte. Du hast es doch von Jens gehört, wir Alten zwängen uns in die Klamotten der Jungen und setzen sogar deren Kappen auf. Manche davon auch mit dem Schild nach hinten. Wenn ich das schon sehe, fällt mir nur noch ›alter Arsch mit Ohren‹ dazu ein.«

So drastisch hätte es Störzlein jetzt nicht ausgedrückt, aber auch seine Gedanken bewegten sich beim Anblick von hängebackigen, rot angelaufenen Gesichtern mit Gummizug über der Stirn in eine ähnliche Richtung. Im Augenblick folgte er mit dem Stichwort Kappe aber einer anderen Idee, die er nun in den Raum stellte.

»Fridolin Wagner trägt eine Kappe. Gestern habe ich ihn damit gesehen.«

»Horst Blank und Helga Klein hatten am Montag aber auch Kappen auf dem Kopf, Blank eine Baseballkappe und Klein eine Reiterkappe«, gab Andrea Herbst zu bedenken. Wieder erinnerte sie sich an die unheimliche, geradezu elektrisch aufgeladene Stimmung, als die zwei sich mit Blicken maßen. Freund oder Feind? Das war ihr immer noch nicht klar.

Blank und Klein passten nicht richtig in die Vorstellung, die Störzlein sich von der Täter-Opfer-Beziehung gemacht hatte. Das erklärte er nun den anderen. »Horst Blank ist keiner, der erst nach Jahrzehnten eine alte Rechnung begleicht. Der hat schon als Jugendlicher aus seinem Herzen keine Mördergrube gemacht und sofort zugeschlagen, wenn es dafür einen Anlass gab. Auch Helga Klein, die mit ihrer direkten Art bis an die Grenzen jeglichen Anstands gehen kann, macht für mich keinen Sinn. Eine wie sie regelt Konflikte unverzüglich. Gleichsam im Entstehen. Ich werde sie keineswegs ganz außer Acht lassen, das ist klar. Aber mein Hauptverdächtiger ist Fridolin Wagner.«

Störzlein würde sich nicht umstimmen lassen, das war Bernd Rieker mittlerweile klar. Es konnte ihm auch egal sein, wen der Alte in seiner Freizeit verdächtigte, solange er dafür außer der Umläuferin keinen von seinen Mitarbeitern für sich beanspruchte. Doch genau darin täuschte er sich.

Störzlein faltete wie ein frommer Pilger auf dem Jakobsweg die Hände über dem Griff seines Gehstocks und warf Rieker einen herzerweichenden Blick zu. »Bernd, könntest du bitte ausnahmsweise und inoffiziell den Jens dazu abstellen, das Haus der Wagners für ein paar Stunden zu observieren? Ich wüsste nämlich zu gern, was Fridolin macht. Wer weiß, vielleicht sind auch Horst Blank und Helga Klein in Gefahr.«

Einer wie Hauptkommissar Rieker, dem neben der professionellen Arbeit auch das Wohlergehen seiner Mitmenschen am Herzen lag, war einer solchen List nicht gewachsen. Das wusste er selbst, konnte es aber nur schwer ändern. Unwirsch fragte er Jens: »Wie sieht es mit deinem Dienstplan aus?«

»Gut. Das meiste besteht sowieso aus Zuarbeit zum Mordfall Teufelsmühle. Schenk mir einfach davon zwei Stunden. Den Rest der Observierung würde ich dann in meiner Freizeit mit Andrea machen. Wir sollen doch noch das Buch lesen. Das könnten wir dabei erledigen.«

Schau dir mal diesen raffinierten Kerl an. Ohne auch nur mit der Wimper zu zucken, sagt der das seinem Chef einfach ins Gesicht. Andrea konnte es kaum glauben. Dieser Jens war ausgekochter, als sie gedacht hatte. Nun war sie auf Riekers Reaktion gespannt.

Romanlesen und Observieren. Wenn er damals, als er sich für den Polizeiberuf entschieden hatte, schon gewusst hätte, womit er sich dabei herumschlagen musste, wäre er lieber Pfarrer geworden. Ach, was soll's. Man musste im Tätigkeitsbericht nicht jede Einzelheit in erschöpfender Breite darstellen. Sein Hauptbestreben war es sowieso, die unterschiedlichen Ermittlungsansätze sinnvoll zu koordinieren. Rieker überlegte deshalb nicht lange und nickte. »Gut. Geht in Ordnung. Dass mir aber keine Klagen wegen Erregen öffentlichen Ärgernisses zu Ohren kommen.«

***

Jens Habel lehnte sich an sein Auto und ließ die blau gefasste Eingangstür der Alzenauer Polizeiinspektion nicht aus den Augen. Wo blieb Andrea nur? Na endlich. Er sah ihr zu, wie sie heranschlenderte. Im Vergleich zu heute Morgen kam sie ihm verändert vor. Aber was war anders? Ach ja. Sie trug keinen Pferdeschwanz. Das hellbraune Haar fiel ihr in weichen Wellen über die Schultern. Die Jeans waren noch dieselben, doch darüber trug sie statt des weißen T-Shirts nun eine graue Bluse und darauf eine kurze schwarze Weste. Woran lag das nur, dass sie ihm von einem zum anderen Mal noch hübscher vorkam? Er mochte gar nicht daran denken, dass ihre Zeit als Umläuferin in Alzenau bald vorbei war. Und dann, was würde dann sein?

Andrea kam heran, nahm den Trageriemen ihrer Tasche von der Schulter und begrüßte ihn mit einem Lächeln. »Hallo, Jens. Habe ich dich etwa warten lassen?«

Diese netten Grübchen in den Wangen. Für Jens hatte Andrea die niedlichsten Grübchen der Welt, wenn sie lachte. Und sie lachte gerne und oft. Er schüttelte heftig den Kopf. »Nein, nein. Ich bin gerade erst hergefahren. Aber du hast dich umgezogen. Warum?«

»Wegen der Observierung. Da muss man unauffällig angezogen sein und sozusagen mit der Umgebung verschmelzen.«

Enttäuscht öffnete er ihr die Tür und ließ sie ins Auto steigen. Wie man sich doch irren konnte. Dabei hatte er geglaubt, sie hätte sich für ihn hübsch gemacht. Jens setzte eine professionelle Miene auf und fragte: »Wohin müssen wir?«

Andrea ließ ihn die Hanauer Straße entlangfahren und dirigierte ihn über verschiedene Ecken und Winkel zur Straße, in der die Wagners wohnten. Eine Sackgasse. Das war günstig, so brauchten sie nur eine Richtung genau zu beobachten. Sie stellten das Auto fünf Häuser weiter weg in Fahrtrichtung unter dem schützenden Blätterdach einer Kastanie ab.

Jens behielt im Rückspiegel das Haus im Auge und fragte: »Woher wissen wir, dass er noch da ist?«

Andrea war gerade dabei, eine Thermoskanne und Becher aus ihrer Tasche zu holen. Sie gab ihm einen Becher und schraubte die Kanne auf. Dabei antwortete sie: »Bevor ich die Inspektion verließ, habe ich angerufen. Wagner war selbst am Apparat.«

»Was hast du ihm gesagt?«

»Nichts. Ich hab gleich aufgelegt. Er war es aber. Kein anderer kann sich nämlich so herzzerreißend depressiv mit ›Wagner‹ melden.«

»Dann probier ich es gleich noch einmal. Wer weiß, vielleicht ist der Vogel in der Zeit, die wir hierher brauchten, ausgeflogen, und wir bewachen einen leeren Käfig.«

Jens wählte Wagners Nummer und lauschte in den Hörer. Kurz darauf schaltete er das Handy wieder ab.

»Er ist da. Und er klingt tatsächlich nach einer rabenschwarzen Depression. Armes Schwein. Ich habe einen Onkel, der ist auch so. Keiner aus der Familie weiß, wie man ihm helfen könnte.«

»Mir hilft in jeder Lage, so schlimm sie auch ist, eine Nussschnecke. Vorbeugend habe ich uns welche mitgebracht. Wer weiß, was heute noch auf uns zukommt.« Andrea holte eine Papiertüte aus der Tasche und riss sie auf.

Zwei Schnecken lagen darin, und Jens nahm sich eine. Dabei fragte er sich, was sich wohl noch alles in Andreas großer Umhängetasche befand. Auf alle Fälle war sie eine großzügige Umläuferin, die ihm nicht gleich eine Rechnung für Kaffee und Schnecke unter die Nase hielt. Das könnte er als Anlass für seine nächste Einladung zum Essen nehmen. Sozusagen als Dankeschön für die gute Verpflegung während der Observierung. Das klang so überzeugend, dass sie gar nicht ablehnen konnte. Wenn es nach ihm ginge, würden sie jetzt gar nicht hier sitzen, sondern auf einer Decke am Ufer der Kahl liegen, sich die Sonne ins Gesicht scheinen lassen und …

Andreas Stimme riss ihn aus seinen maisonnigen Tagträumen.

»Mit dem Roman bin ich heute wieder ein paar Seiten weitergekommen. Ich gebe dir am besten mal einen kurzen Überblick über das, was ich bisher gelesen habe.«

Sie erzählte, wie die Autorin ihre Kinder- und Jugendzeit im Kahlgrund schilderte und dabei zunächst ein ganz behaglich anmutendes Bild von allem entwickelte. Nach dem Bombenterror in Frankfurt schien es ihr als Kind im Kahlgrund gut zu gehen. Dass sie mit zwei Huren zusammen im Schlösschen wohnte, wurde erst nach und nach ein Problem. Es dauerte eine Weile, bis man im Kahlgrund spitzkriegte, was dort tatsächlich vor sich ging. Danach war sie offenbar vielen Anfeindungen und üblen Nachreden vor allem auch in der Schule ausgesetzt. In einem langen Kapitel beschrieb Caroline Hurst, wie sie ihre späteren Freunde kennenlernte.

Andrea hatte das Kapitel mehrmals gelesen, in der Hoffnung, darin einen Anhaltspunkt zu finden, der mit der Ermordung der Autorin zusammenhängen könnte. Vergeblich. Es wurden zwar äußerst unterhaltsame Begebenheiten aus dem Kahlgrund geschildert, aber die Akteure, ihre Freunde, blieben dabei merkwürdig blass und konturlos. Man wusste schon, wie sie aussahen, jedoch nicht, wie sie wirklich waren und was sie dachten. Für ein mögliches Tatmotiv aus dieser Zeit hatte sich nicht einmal der klitzekleinste Hinweis gefunden.

Danach folgten ausführliche Schilderungen über das Leben in den Vereinigten Staaten, ihr Studium und ihren erbitterten Kampf gegen die Rassendiskriminierung.

Jens wandte seine Augen vom Rückspiegel ab und warf Andrea einen mitfühlenden Blick zu.

»Das war sicher keine einfache Lektüre.«

»Du, das war eine echte Herausforderung. Aus jedem Satz blitzte die Überzeugungskraft und Spitzfindigkeit einer brillanten Juristin hervor, die auf der Seite der schwarzen Bevölkerung stand. Jedenfalls waren es ziemlich anstrengende Kapitel, die ich nicht immer konzentriert gelesen habe. Ich glaube, deshalb dämmerte mir erst später, was noch darin stand. Drei der Jugendlichen werden mit Todesfällen in Verbindung gebracht, die sich im Kahlgrund ereignet haben. Ich lese dir die Stelle einmal vor.«

Jens hörte schweigend zu und meinte nachdenklich: »Das klingt sehr kryptisch. Da ist von Zeugen die Rede und von einem ›inszenierten Todesfall‹, bei dem der Vater ums Leben kam.«

»Hier steht: ›Das Reh hatte alles gesehen.‹ Was, glaubst du, bedeutet das?«

»Gisela war das Reh. Vielleicht musste sie sterben, weil sie den Mord an einem Vater beobachtet hatte?«, mutmaßte Jens.

»Aber jedes der Kinder hatte seinen Vater verloren, und an dieser Stelle wird nicht klar, um wen es genau geht.«

Jens nahm Andrea das Buch aus der Hand und fing zu blättern an. »Wir sollten nach ähnlichen Textabschnitten suchen. Wer weiß, vielleicht findet sich dabei das Motiv für die Ermordung von Caroline Hurst. Ich denke, Rieker sollte das wissen. Ruf ihn an.«

Hauptkommissar Rieker war in einer Besprechung, deshalb versuchte es Andrea bei Karl Störzlein. Der ließ sie gar nicht recht zu Wort kommen. Ihn interessierte viel mehr, was sich im Hause Wagner tat. Doch da musste sie ihn enttäuschen. Es tat sich nichts. Sie versprach, ihn auf dem Laufenden zu halten.

»Du sollst wachsam sein, Jens, das hat mir Störzlein für dich aufgetragen. Sei also wachsam, ich lese inzwischen weiter.« Andrea nahm den Roman wieder an sich. Sie schlug ihn an der Stelle auf, die sie sich mit dem Lesebändchen markiert hatte, und vertiefte sich in den Text.

Es dauerte nicht lange, da spürte sie eine Berührung. Zärtliche Finger strichen durch ihr Haar, fuhren sanft über ihren Hals, legten sich um ihre Schulter und zogen sie an sich.

EINUNDZWANZIG

Helgas Augen wanderten über Wiesenbergs ausladende Statur. Schwarzer Anzug, weißes Hemd, grau und blau gestreifte Krawatte und auf Hochglanz polierte schwarze Schuhe. Der vordrängende Bauch wurde gnädig durch das Sakko zugedeckt.

»Hochzeit oder Beerdigung?«

»Ach was, nichts dergleichen! Ich war beim Notar. Nachlassregelung. Man muss beizeiten seine Dinge in Ordnung bringen und dafür sorgen, dass dem Finanzamt so wenig Geld wie möglich in die Finger fällt.«

Wiesenberg drehte sich einmal um sich selbst und beschaute sich dabei in den spiegelnden Fensterscheiben der Teufelsmühle.

Fürsorglich klaubte Helga Klein ihm ein Fädchen vom Ärmel und fegte noch ein paar Haarschuppen von der Schulter. Danach hob sie warnend den Finger. »Aber hoffentlich hast du nichts überstürzt mit deinem Nachlass. Jede Generation hat die Aufgabe, zunächst selbst für ihr Fortkommen zu sorgen. Erst dann sollte sie die Hand aufhalten dürfen.«

»Mach dir dazu keine Gedanken. Ich habe mir alles reiflich überlegt. Jetzt werde ich mit meinen Kindern erst einmal ein Gläschen auf den Nachlass heben. Die sitzen alle schon im Dörsthof und konnten gar nicht glauben, dass ich extra wegen dir noch mal herfahren muss, nur um dir den Schlüssel zu bringen. Sperr alles gut ab, wenn ihr geht. Es treibt sich genügend Gelichter herum, das meint, ich hätte hier Schätze versteckt.«

Verächtlich spuckte er in hohem Bogen über das Terrassengeländer. Immer diese Sonderwünsche. Dreimal hatte er erklärt, dass die Hütte heute geschlossen bleibt. Aber dieser Blanks Horst war nicht abzubringen. Für den Fridolin würden sie es machen. Es sollte eine Überraschung sein. Womit konnte man hier, in der Einsamkeit, jemanden groß überraschen? Um diese Uhrzeit. In zwei Stunden war es im Tal stockfinster. Nur für Helga machte er das. Und nur ihr hatte er den Schlüssel gegeben. Nur ihr.

Bei der ganzen Sache war Wiesenberg nicht wohl. Ein verdächtiges Kribbeln zog über seinen Hinterkopf. Das kannte er. Die einen haben ein Bauchgefühl, und er hatte ein Kopfgefühl für unklare Situationen. Für Gefahr.

»Pass bloß auf, Helga. Du allein hier unten mit den beiden alten Kerlen.«

In Helgas Augen blitzte ein ironisches Funkeln auf.

»Alte Kerle, du sagst es, Heinrich. Alte Kerle haben an alten Frauen wie mir kein Interesse. Denen steht der Sinn nach jüngeren. Was sollen die mir also tun wollen? Und überhaupt. Der Fridolin, der macht sich doch bei jedem Blätterrascheln ins Hemd. Auch den Horst kannst du vergessen. Das ist ein aufgeblasener Großprotz, der vor Selbstgefälligkeit kaum noch gerade schauen kann. Mehr ist da nicht dahinter.«

Wiesenberg stützte sich mit den Händen schwer auf den Tisch, an dem Helga saß. »Was soll das dann hier unten heute allein mit denen? Die passen nicht zu dir. Das sind Kotzbrocken. Alle beide.«

Helga rührte es, wie er sich um sie Sorgen machte. Sie griff nach seiner Hand und tätschelte sie beruhigend. »Um mich brauchst du keine Angst zu haben, Heinrich. Ich bin ein zähes, altes Luder. An mir haben sich schon ganz andere die Zähne ausgebissen.«

Resigniert hob Wiesenberg die Schultern und ging zum Auto. Bevor er es anließ, warf er noch einen letzten unbehaglichen Blick zurück auf Helga. Sie hatte sich nicht einen Millimeter bewegt. Das hätte er beschwören können.

Helga Klein saß auf der Bank neben der Eingangstür der Teufelsmühle und spielte gedankenverloren mit dem Schlüsselbund in ihrer Hand. Nachlassregelung. Wahnsinn. Wiesenberg regelte seinen Nachlass. War der nicht ein paar Jahre jünger als sie? Mindestens zwei. Aber bei ihr gab es nichts zu regeln. Wer nichts und niemanden hatte, brauchte auch nichts zu regeln. Die paar Dinge, die sie besaß, würde man auf den Müll werfen. Bis auf ihre Kaffeemaschine. An der könnte wahrscheinlich noch irgendjemand Gefallen finden. Sollte sie heute tot umfallen oder sonst wie umkommen, würde kein Hahn danach krähen. Na, vielleicht nicht ganz. Die Rosa von der Oberschur würde schon ein paar Tränen um sie vergießen. Besser gesagt um die Beinwellsalbe, die ihr für ihr rheumatisches Knie fehlen würde. Ach, was soll's. Dieses Grübeln führte doch zu nichts.

Sie griff nach der Taschenlampe und dem Steingutbembel und machte sich auf den Weg zu Wiesenbergs Apfelweinkeller. An der Längsseite des Hauses stapfte sie ein kurzes, abschüssiges Stück Weg hinunter und schloss die Tür auf. Sofort umfing sie rabenschwarze Finsternis, und sie knipste die Taschenlampe an. Im Schein des trüben Lichts tastete sie sich vorwärts. Altes Mauerwerk, manches davon eingestürzt, dazwischen Stützpfeiler. Ein Labyrinth. Rascheln. Ein Tier. Eine Maus? Glitschiger Boden unter den Füßen. Seltsam. Als ihr Wiesenberg den Weg zum Apfelweinkeller gezeigt hatte, waren sie doch auf ausgelegten Holzbrettern entlang gelaufen. Irrte sie jetzt etwa zwischen den Mauerresten der alten Teufelsmühle herum? Das Licht ihrer Taschenlampe erfasste ein paar Holzstufen, die nach oben führten. Doch damit war ihr nicht geholfen, die Falltür am Ende der Treppe würde sie nicht aufstemmen können. Das war eindeutig der falsche Weg. Helga blieb stehen und atmete langsam die modrig feuchte Luft ein. Mit der Taschenlampe leuchtete sie Stück für Stück ihre Umgebung aus. Die weißschimmeligen Wände, die Decke mit den Spinnweben, den lehmigen Boden. Ganz ruhig. Das sieht hier gruseliger aus, als es ist. Sie musste nur die Richtung finden, aus der sie hergekommen war. Von dort. Schritt für Schritt tastete sie sich vorwärts. Na also. Da waren sie, die Holzbretter. Und hier zweigte auch der Gang zum Weinkeller ab.

Drei Fässer. »Mittleres Fass«, hatte Wiesenberg gesagt. Sie stellte den Krug darunter und öffnete den Zapfhahn. In einem dünnen Strahl floss der Apfelwein heraus. Während sie wartete, bis der Zweiliterbembel voll war, leuchtete sie um sich.

Aha. Der Brunnen, der das Wasser der Quelle fasste. Der Rand nicht einmal kniehoch. Ein Fehltritt, und man würde kopfüber hineinstürzen. Wiesenberg, Wiesenberg, hoffentlich wirst du bei diesen Stolperfallen in deinem Keller so alt, wie du dir vorgenommen hast.

Was war das? Knirschen. Schlurfen? Schritte? Helga bückte sich nach dem Zapfhahn und drehte ihn zu. Ohne das Plätschern des Weins konnte sie besser hören.

Nichts. Stille. Allumfassende Stille.

Sie hob den Krug auf und wandte sich zum Gehen. Der Lichtkegel ihrer Lampe erfasste Schuhe. Große Männerschuhe. Darüber eine dunkle Hose. Eine Hand schoss vor und ... nahm ihr den Krug aus der Hand.

»Was ist los, Helga? Habe ich dich etwa erschreckt? Ich dachte schon, du lässt den Krug fallen.«

Helga richtete die Lampe auf das Gesicht des Mannes. Bleich. Schwammig. Aufgedunsen. Dicke Tränensäcke warfen dämonische Schatten um die Augen, wie mit einem breiten Pinsel hingewischt.

»Fridolin, der Bär.«

»Richtig. Das hätte ich nicht für möglich gehalten, in diesem Leben noch die furchtlose Eule zu erschrecken.« Seine Hand packte sie an der Schulter.

Spürte sie da einen Druck? Kaum merkbar, nur mit dem Daumenballen ausgeführt. Drückte er sie zurück in Richtung Brunnenrand?

Der Druck verlagerte sich in die Fingerspitzen um ihre Schulter, bewegte sie vorwärts. Fridolin zog sie an sich und lachte.

»Was ist denn los mit dir, Helga? Willst du etwa so lange stocksteif hier unten herumstehen, bis du in der Feuchtigkeit Schimmel ansetzt?«

Helga schüttelte seine Hand ab und strebte mit hastigen Schritten dem Ausgang zu. Als er hinter ihr ins Freie trat, versperrte sie die Tür und versenkte den Schlüsselbund tief in ihrer Hosentasche. Er war ihr von Heinrich anvertraut worden, deshalb würde sie ihn auch nicht aus der Hand geben. Zusammen mit Fridolin stieg sie die Treppe zum Blockhaus hinauf.

Dort wurden sie von einem verdrießlichen Horst Blank empfangen. Vorwurfsvoll sah er Helga an. »Als ich hier niemanden vorfand, dachte ich schon, ihr kommt nicht.«

Helga musterte ihn mit einem kurzen, scharfen Blick. Der Wolf. So war er schon immer gewesen. Sobald es nicht akkurat nach seinem Willen ging, verdüsterte sich seine Stimmung, und die Mundwinkel sanken grämlich nach unten. Mit einem fröhlichen Handschlag begrüßte sie ihn und boxte ihn wie zu Jugendzeiten in die Rippen.

»Alter Miesepeter. Fridolin und ich sind schon längst da. Wir haben nur noch Äppelwoi aus dem Keller geholt.«

Fridolin verzog das schwammige Gesicht zu dem gleichen einfältigen Grinsen wie in seiner Jugend, wenn ihm ein Schabernack gelungen war, und schlug sich begeistert auf die Schenkel.

»Mensch, Horst, das hättest du jetzt sehen müssen, wie sich unsere alte Eule erschreckte, als ich zu ihr in den Keller kam. Um ein Haar wäre sie in den Brunnen gefallen.«

Sieh an, den Brunnen gab es also noch, ging es Horst interessiert durch den Kopf. Als damals die alte Frau im Geiselbach ertrunken war, hatte man die Leiche bis zum Eintreffen des Rechtsmediziners auf das Stangeneis im Keller gepackt, mit dem der alte Teufelsmüller die Getränke kühl hielt. In einem unbeobachteten Moment, in dem die Polizei ein großes Palaver abhielt und über ein mögliches Verbrechen spekulierte, waren sie heimlich in den Keller geschlichen, um die Leiche genau zu betrachten. Dabei war ihnen auch der Brunnen aufgefallen.

Peter, der Klugscheißer, war damals auch dabei gewesen und hatte sofort einen seiner ausufernden Vorträge gehalten. Mit Wasser im Haus sei die Teufelsmühle fast genauso uneinnehmbar wie eine mittelalterliche Burg. Auch die Burgherren trugen einst Sorge, Wasser innerhalb der Burgmauern zu haben. Wer Wasser hatte, konnte dem Feind lange trotzen. Plötzlich war Störzlein, damals ein junger Polizist in den Zwanzigern, hereingekommen und hatte sie aus dem Keller gescheucht.

Horst rückte auf der Bank ein wenig zur Seite, damit Fridolin neben ihm Platz fand. Zwischen ihm und Wiesenberg herrschte kein allzu großes Einvernehmen, deshalb hatte er auch nie Gelegenheit gehabt, sich noch einmal in dem Keller umzusehen. Ein gewisser Vorbehalt ihm gegenüber war auch aus dem gestrigen Telefongespräch herausgeklungen, als er Wiesenberg ihr Jugendtreffen angekündigt hatte. Sofort hatte Heinrich einen Termin vorgeschoben und ihm erklärt, die Hütte bliebe geschlossen. Aber er wäre kein Blank, wenn es ihm nicht gelingen würde, seinen Willen durchzusetzen. Mit einer kleinen Einschränkung allerdings: Helga bekam den Schlüssel.

Die ging jetzt in die Hütte und holte aus der Küche zwei geriffelte Apfelweingläser, ihr eigenes Opalkrüglein und eine Flasche Wasser. Immer noch saß ihr die Beklemmung in den Gliedern.

Fridolins Gesicht hatte im trüben Licht der Taschenlampe wie eine böse Dämonenfratze ausgesehen. Und dann der Druck gegen ihre Schulter. Hatte sie sich das da unten in der Dunkelheit am Ende nur eingebildet? Wie war es diesem von jeher tollpatschigen Kerl überhaupt gelungen, sich im Keller geräuschlos an sie heranzuschleichen? Täuschte sie sich in ihm, hatte sie sich vielleicht schon immer in ihm getäuscht?

Sie trug Gläser und Krug zum Tisch vor der Hütte und stellte die Flasche daneben. Fridolins Vorschlag, auf der Bank zusammenzurücken, damit auch sie Platz hatte, lehnte sie ab. Lieber holte sie sich aus der Hütte einen Stuhl und setzte sich ihnen gegenüber. So konnte sie die zwei besser im Auge behalten. So klar war es ihr auf einmal nicht mehr, wen sie vor sich hatte. Freund oder Feind?

Wortlos griff sie nach dem Bembel und schenkte den beiden ein. Für sich füllte sie nur die Hälfte ihres Krügleins voll, denn kalter Wein war nicht nach ihrem Geschmack. Dann öffnete sie ihre Micky-Maus-Tasche und wählte sorgfältig einen Kristall aus. Sie ließ ihn in den Krug fallen und war sich dabei bewusst, dass jede ihrer Handlungen mit Argusaugen beobachtet wurde. Sie packte das Krüglein am Henkel und schwenkte es in einer runden Bewegung aus dem Handgelenk sachte hin und her. Es wurde mucksmäuschenstill am Tisch, nur das zarte Klimpern des rollenden Kristalls war zu hören. Würden sich die Jugendgefährten von einst auch heute noch von ihrem magischen Tun betören lassen? Helga hob kurz die Augen.

Fridolin verfolgte mit offenem Mund das Kreisen des Krügleins. Ein Abbild an Dämlichkeit. Wie konnte einer siebzig Jahre durchs Leben gehen und immer noch dumm den Mund offen stehen lassen? Ausgerechnet er hatte ihr im Keller Angst eingejagt. – Wenigstens schien er dem Zauber zu erliegen.

Horsts Augen waren vom ausladenden Schild seiner Kappe verdeckt, sodass man ihnen nichts entnehmen konnte. Abschätzig zog er die Mundwinkel nach unten und verschränkte die Arme wie eine Barriere vor der Brust. Alles an ihm signalisierte Ablehnung. Aber schwappte da nicht auch eine kleine Welle Misstrauen zu ihr herüber? Das war gut. Misstrauen ging mit Beunruhigung einher. Offenbar war Horst doch nicht so gelassen und überlegen, wie er sich zu geben versuchte.

Sie stellte das Kreisen des Krügleins ein und goss noch ein wenig von dem Apfelwein nach. Als alle die Gläser hoben, prostete sie ihnen zu. »Auf uns und die, die nicht mehr hier sein können: das Reh, der Fuchs und die Elster.«

Fridolin konnte seine Neugierde nicht länger bezähmen und fragte: »Was hast du da in den Krug geworfen?«

»Einen besonderen Kristall. Er verleiht mir Energie und wappnet mich vor Gefahr.«

»Wappnet dich vor Gefahr? Mensch, Eule, seit wann bist du so ein Angsthase? Wir sind doch alte Freunde. Vor uns brauchst du dich wahrhaftig nicht zu fürchten.« In Fridolins Stimme lag die ganze Überheblichkeit eines schwachen Menschen, der endlich auch einmal jemanden vor sich hatte, dem er sich haushoch überlegen fühlen konnte.

Auch Horst Blank schien sich zu entspannen. Er stützte die Unterarme auf den Tisch und verzog das Gesicht zu einem ironischen Grinsen. »Geh fort, Helga. Deinen Hokuspokus-Kram von früher brauchst du uns heute nicht mehr aufzutischen. Die Zeiten des Aberglaubens haben wir längst hinter uns. Ich wollte mich heute mit euch treffen, damit wenigstens wir drei Überlebenden der Gruppe uns nicht noch einmal aus den Augen verlieren.«

Bei dem letzten Satz schaute Horst Helga so treuherzig in die Augen, dass sie sich beinahe an den paar Tröpfchen Apfelwein verschluckte, die sie gerade zu sich nahm. Horst zog offenbar alle Register. Wenn sie nur wüsste, welches Ziel er mit diesem Treffen wirklich verfolgte. Horst war der Leitwolf, der nur seinen eigenen Willen zuließ. Daneben saß Fridolin, der Bär. Der ewige Mitläufer. Das willfährige Stimmvieh für jedes Alphatier. Auf welcher Seite würde er im Ernstfall stehen?

Helga beschloss, die eigenartige Stimmung, die über ihnen lag, zu entschärfen und für sich zu entscheiden. Über ihr Gesicht huschte ein freudiges Strahlen, nistete sich in jede Runzel ein und drang bis in ihre steingrauen Augen vor. Dazu perlte ein fröhliches Lachen von ihren Lippen. »Mein lieber Horst, du wirst doch nicht im Alter sentimental geworden sein? Nie im Leben hätte ich damit gerechnet. Aber die Idee eines Gruppentreffens gefällt mir.«

»Mir auch. Wir waren schon eine tolle Truppe. Der ganze Kahlgrund hat sich damals über uns das Maul zerrissen, wisst ihr das noch?« Fridolin schüttete den Inhalt seines Glases in einem Zug hinunter und schmunzelte glücklich in sich hinein.

Dieser Einfaltspinsel. Seine kindischen Streiche waren es niemandem wert gewesen, darüber überhaupt ein Wort zu verlieren. Man konnte höchstens den Kopf über so viel Albernheit schütteln. Helga gab ihre Gedanken jedoch nicht preis und griff über den Tisch nach Fridolins Hand. Sie war wie die eines Säuglings mit Fett gepolstert und lag schweißfeucht in der ihren. Es war nicht die Pranke eines Bären, höchstens die eines Teddybären. Kräftig drückte sie das schwammige Fleisch.

»Genauso war es. Wir hielten den ganzen Kahlgrund in Atem. Erinnert ihr euch eigentlich noch, wie wir uns kennenlernten?«

Fridolin plusterte sich sogleich auf. »Was für eine Frage, Eule. Wer von uns könnte das je vergessen: Die Wanderbühne. Darüber müssen wir uns unbedingt unterhalten.«

Helga drückte noch einmal Fridolins Hand. »Das machen wir. Das war ein großer Tag für uns alle. Zuvor müsst ihr mich einen Moment entschuldigen.«

Helga schlug den Weg zum Steg ein, der über den Omersbach führte, und strebte dem Plumpsklo zu. Während sie ihre Notdurft verrichtete, rätselte sie erneut darüber nach, wie es Fridolin möglich gewesen war, sich im Keller so geräuschlos an sie heranzuschleichen. Woher hatte er überhaupt gewusst, dass sie im Keller war? Hatte er sie etwa schon eine ganze Weile von einem Versteck heraus beobachtet und nur darauf gewartet, dass Wiesenberg wegfuhr? Aber warum?

Im Bach wusch sie sich die Hände und betrachtete dabei aus der Ferne die beiden Männer. Sie unterhielten sich. Fridolin lachte so laut, dass sie es bis zu sich her hören konnte.

Gemächlich machte sie sich wieder auf den Rückweg und fasste dabei den Entschluss, für eine heitere Stimmung zu sorgen, wie es einem Treffen alter Freunde angemessen war. Dabei würde sie aber dennoch auf der Hut sein.

Mit einem breiten Lächeln auf den Lippen setzte sie sich wieder zu Horst und Fridolin und half ihren Jugendgefährten von einst bei der Erinnerung an den denkwürdigen Auftritt der Wanderbühne in Omersbach auf die Sprünge.

Nach dem Krieg waren Unterhaltungsmöglichkeiten gerade in kleinen Ortschaften dünn gesät. Während in Großstädten, wie beispielsweise im zerbombten Frankfurt, bereits erste Lichtspielhäuser zwischen den Trümmern aus dem Boden schossen, spürte man im Kahlgrund und anderen ländlichen Gebieten davon nichts. Deshalb nahm man gern das Angebot von Wanderbühnen oder Puppenspielern wahr, die über Land zogen. Wochen vorher hingen schon überall im Kahlgrund die Plakate aus. In Omersbach sollte in diesem Frühjahr 1951 im Gasthaus Grüner Baum »Das Käthchen von Heilbronn« zur Aufführung gelangen.

Es war Sonntag, als die Schauspielertruppe eintraf. Aus Kostengründen bestand das Ensemble einer Wanderbühne meist aus wenigen Mitgliedern. Das stellte für die Schauspieler eine große Herausforderung dar. Jeder musste in mehrere Rollen des gezeigten Stücks schlüpfen, den Text dazu lernen und beim Aufbau des Bühnenbildes mithelfen.

Der geräumige Tanzsaal des Grünen Baums war für die Darbietung wie geschaffen, und ruckzuck waren die Kulissen aufgebaut. Das Bühnenbild stellte eine Ritterburg auf einem schroffen Felsen mitten im Gebirge dar. Mit schwerer Hand und üppigen Farben war es zwar dilettantisch, aber mit viel Liebe zum Detail auf die Leinwand gepinselt.

Der Parrs Schorsch, der Wirt vom Grünen Baum, und seine Familie trugen emsig sämtliche Stühle herbei, die sie auftreiben konnten. Nachmittags um drei war der Saal bereits rappelvoll, und es strömten immer noch Zuschauer herein. Dann ging es endlich los.

Ein Mann schob eine Drehorgel auf die Bühne, hinter ihm trippelte in gezierten Schritten eine stämmige Frau herein. Er drehte die Orgel, und sie sang dazu mit herzerweichender Innigkeit die Weise »Mariechen saß weinend im Garten«. Bei dem Lied ging es um ein junges Mädchen, das unehelich Mutter wurde und nun mit dem Gedanken spielte, sich wegen dieser Schande das Leben zu nehmen.

Obwohl diese Moritat noch aus der Zeit weit vor dem Ersten Weltkrieg stammte, verfehlte sie auch Anfang der fünfziger Jahre keineswegs ihre Wirkung. Nach landläufiger Meinung war für das Zustandekommen eines Kindes einzig und allein die Frau verantwortlich, und ein uneheliches Kind galt nach wie vor als untilgbarer Makel. Die ledigen Mütter mussten üble Nachreden über sich ergehen lassen, die nicht selten in respektlosen Ausdrücken wie Flittchen, Schnalle, Matz oder Nutte gipfelten. Die Kinder bezeichnete man als Bankert. Selbst der dämlichste Hanswurst durfte ungestraft über Mutter und Kind herziehen. Dagegen waren die Männer, die uneheliche Kinder gezeugt hatten, tolle Hechte.

Es gab auch eine ganze Reihe von Frauen, die sich vor oder während des Kriegs mit einem Soldaten einließen und schwanger wurden. Auf der Suche nach dem möglichen Vater blieb ihnen oft die unwürdige Prozedur nicht erspart, unter dem spöttischen Gefeixe der Soldaten eine ganze Kompanie abzuschreiten.

Durch das Lied war das Publikum nun auf den kommenden Kunstgenuss eingestimmt und konnte sich auf dramatische Entwicklungen freuen.

Bei »Mariechen saß weinend im Garten« kehrte Horsts Erinnerung an den Nachmittag zurück. »Stimmt. So war es. Meine Mutter war auch dabei und sang bei der Moritat lauthals mit. Himmel, war das peinlich. Sie hatte damals schon so ein schreckliches Tremolo in der Stimme, dass alle sich die Hälse nach ihr reckten.«

Doch Helga winkte ab. »Eine Moritat muss tremoliert werden. Erst so entfaltet sich die dahinter stehende Tragik zu ihrer vollen Wucht. Deine Mutter machte das wirklich gut. Aber dann ging es echt zur Sache. Der Theaterdirektor trat auf.«

Helga sprang auf, tat so, als ob sie sich einen Zylinder vom Kopf riss, presste ihn an ihre Brust und versank in einen zierlichen Kratzfuß.

»Er begrüßte das kunstsinnige Publikum und erklärte, es handle sich um ein historisches Ritterschauspiel in fünf Akten von Heinrich von Kleist. Um das Publikum nicht zu sehr zu strapazieren, habe man sich auf das Wesentliche beschränkt und das Schauspiel auf drei Akte verkürzt. Das trug ihm sofort johlenden Beifall ein.«

Fasziniert beobachtete Fridolin, wie Helga nun mit ihren Händen vor dem Leib einen riesenhaften Bauch formte, das Kinn wichtigtuerisch reckte und gravitätisch herumstolzierte.

Dazu erklärte sie: »Der Theaterdirektor war allein schon ein Schauspiel für sich. Wir waren damals zwar erst zwölf Jahre alt, aber einen Dreckfleck konnten auch wir identifizieren. Seine weiße

Hemdbrust wies sogar eine Reihe davon auf. Hierzu konnte man allerlei Vermutungen von Eigelb, über Kirschsaft bis hin zu Spinat anstellen. Und der schwarze Schwalbenschwanzrock spannte sich wie eine Wurstpelle um den Bauch. Trotzdem strahlte er die Autorität eines Theaterdirektors aus. Auch in der Rolle des Erzbischofs machte er sich mit seiner Wampe gut. Als er aber auch noch den jugendlichen Liebhaber, den Graf von Strahl, mimte, wurde es unruhig im Saal. Vor allem die jungen Mädchen begannen zu murren. Wahrscheinlich gruselte es sie ganz ungeheuer vor diesem Liebhaber.«

Sinnend blickte Fridolin über Helga hinweg ins Tal. »Ich sage dir, für die jungen Burschen war aber das Käthchen auch nicht gerade eine Augenweide. Das war nämlich eine ausgewachsene, mindestens zwei Zentner schwere Katharina. Und total überständig. Die hatte doch mehr als vierzig Jahre auf dem Buckel.«

»Richtig.« Helga schmunzelte. »Als das schwergewichtige Käthchen die Bühne erklomm, gellten bereits die ersten Pfiffe durch den Saal.«

Sehenswert waren auch die Kostüme. Vielfach geflickt, verschlissen, ausgebleicht und angestaubt, aber von einer anrührenden Liebe zum Detail. Wo es nur ging, rüschte und bauschte es sich, glitzerten Glasperlen und Pailletten auf, und es wurde nicht an Federn, Hüten und angeklebten Bärten gespart.

In der Rückschau beeindruckte sie aber vor allem das Publikum. Es war mit Haut und Haar bei der Sache und gab sein Missfallen oder seine Zustimmung ohne Umschweife sofort kund. Man litt schluchzend mit der tragischen Heldin, wünschte den bösen Schurken in die finsterste Hölle und hielt sich dabei keineswegs mit Kraftausdrücken wie »Saukerl« oder »gemeines Arschloch« zurück. Mitunter kam es auch zu tumultartigen Szenen, und man bewarf das Objekt des Missfallens mit Gegenständen. Meist waren es faule Äpfel, denn der Kahlgrund galt schon von alters her als eine ausgesprochene Obstgegend.

Wenn die Wogen der Emotionen aber allzu hohe Wellen schlugen, griff der Theaterdirektor von der Bühne herab ein, unabhängig davon, welche Rolle er gerade verkörperte. Beim »Käthchen von Heilbronn« machte er das als Erzbischof. Im bischöflichen Ornat hielt er dem Publikum eine Standpauke, die sich gewaschen hatte.

Unter seinen geharnischten Worten duckten sich die Störenfriede, und es kehrte wieder Ruhe ein.

Noch eine Begebenheit kam Helga in den Sinn, die sie schwer beeindruckt hatte. »Erinnert ihr euch noch an die Sache mit dem Rock? In dem Stück ist doch der Graf von Strahl dem Käthchen versehentlich auf den Rock getreten und hat ihr dabei den halben Volant abgerissen. Da kam sofort aus einer der ersten Reihen das Angebot, für sie den Schaden zu beheben. Sie solle einstweilen im Unterrock weiterspielen. So gutmütig konnte das Publikum damals nämlich auch sein.«

»Und leidensfähig.« Horst schaute bedeutsam von Fridolin zu Helga. »Als das dicke Käthchen im Stück später als Kunigunde auftrat, trug sie ein über und über gebauschtes Kleid mit Reifrock. Bei jeder Drehung stiegen aus dem Kostüm atemberaubende Wolken von Moder- und Mottenkugelgeruch auf und verteilten sich über die Zuschauer. Wir Kinder saßen in der ersten Reihe und brachen unter der Wucht der Duftwolken fast zusammen. Abwechselnd schnappten wir nach Luft oder hielten uns die Nase zu. So haben wir uns kennengelernt. Jeder versuchte, die Grimasse des anderen zu überbieten.«

»Der Peter, unser Fuchs, hätte die Vorstellung beinahe geschmissen«, meinte Fridolin mit einem breiten Grinsen. »Unser Gymnasiast, der stets den Sachen auf den Grund ging, hatte sich vorbildlich auf die Vorstellung vorbereitet und kannte das ganze Schauspiel. Wort für Wort konnte er es mitsprechen. Die Schauspieler aber nicht. Ständig rief er korrigierend dazwischen: ›Wo ist der Holunderbusch? Die Botschaft kam im Traum und nicht im Brief! Das war ein Attentat und kein Ritterturnier!‹ Wenn ich mich recht erinnere, wurde er beim dritten Akt rausgeworfen.«

Helga nickte schmunzelnd. »Das hat unseren Fuchs arg gefuchst, denn gerade das Ende des Stücks hätte er gern gesehen. Ich habe mir ›Das Käthchen von Heilbronn‹ später noch einige Male angeschaut. Aber das war mit Abstand die unterhaltsamste Vorstellung. Danach standen wir zu fünft noch lange zusammen und bogen uns vor Lachen. Das war der Beginn unserer Freundschaft.«

Gerührt blickte Fridolin in die Runde. »Von da ab trafen wir uns regelmäßig. Wir waren eine verschworene Gruppe und ließen uns durch nichts und niemanden auseinanderbringen. War das eine schöne Zeit. Karolina brachte irgendwann ihre beste Freundin Gisela mit. Die selbstbewusste Elster und das scheue Reh. Unterschiedlicher hätten die beiden gar nicht sein können.«

Wie ein Film zogen an Helga diese gemeinsamen Jahre vorbei. Sie hatten zusammen noch weitere Vorstellungen von Wanderbühnen besucht und den Entschluss gefasst, Schauspieler zu werden. Der Fuchs hatte als Einziger Zugang zu den großen Dramen der Weltliteratur. Er wählte das Stück aus und achtete streng darauf, dass jeder seine Rolle ordentlich lernte.

Bei Fridolin erwies sich das allerdings als ein kaum durchführbares Unterfangen. Sein Gedächtnis war ein einziges Bermudadreieck, in dem jeder Text spurlos zu verschwinden schien. Er konnte sich einfach nichts merken. Deshalb wurde ihm die Arbeit des Kulissenbauens übertragen. Das scheiterte jedoch an seiner allumfassenden Phantasielosigkeit und Trägheit. Über ein paar achtlos hingestellte Tische und Stühle und nachlässig aufgehängte Stoffbahnen kam er nicht nennenswert hinaus.

Horst hatte dann die rettende Idee. Fridolin sollte Jongleur werden und damit das Vorprogramm bestreiten. Ausgerechnet der behäbige Fridolin. Alle außer Horst sahen sich schon dem Gespött des ganzen Kahlgrunds ausgesetzt und hörten Buh-Rufe in den Ohren gellen. Sie sollten sich aber irren. Beim Jonglieren war Fridolin plötzlich wie ausgewechselt. Äpfel und Birnen, Bälle, Tücher und Flaschen wirbelten nur so durch die Luft. Fridolin konnte mit allem jonglieren.

Bald war es so weit, und ihr erstes Stück konnte zur Aufführung gebracht werden. Die alte, gutmütige Käthe stellte ihre Scheune zur Verfügung. An Publikum fehlte es nicht, alle Nachbarskinder kamen gerne. Für eine Unterhaltung waren sie stets zu haben und zeigten sich dabei nicht besonders kritisch. Endlich ließ sich auch der übergenaue Fuchs davon überzeugen, dass eine möglichst wortgetreue Textumsetzung gar nicht notwendig war.

Radikal strich man die Stellen im Text, die sowieso niemand verstand, und ersetzte sie durch Liedeinlagen. Gisela konnte zu ihrem glockenreinen Sopran auch Gitarre spielen. Wanderlieder, Volkslieder, Kirchweihlieder – das Repertoire vergrößerte sich zusehends. Später sangen sie auch Schlager. Durch Karolina lernten sie sogar ein paar englische Songs, die diese von den GIs her kannte, die im Schlösschen verkehrten.

Mit ihren Liedern sangen sie sich bald in die Herzen der anderen Jugendlichen. Ihr Ansehen stieg. Viele wären gern ständig mit ihnen zusammen gewesen. Aber sie hielten an ihrer Sechsergruppe fest. Das gab ihnen einen Hauch von Exklusivität, was bei den anderen Jugendlichen jedoch zunehmend auf Misstrauen stieß. Man begann, über sie zu tuscheln.

Horst unterbrach die nachdenkliche Stille. Er hob sein Glas. »Lasst uns auf unsere große Freundschaft trinken. Auf eine Freundschaft, die nun bald sechzig Jahre besteht.«

Fridolin schloss sich ihm begeistert an.

Aus halb geschlossenen Augen ließ Helga ihren Blick zwischen den beiden Männern hin- und herwandern. Von dem erfolgreichen und mit allen Wassern gewaschenen Wolf zum einfältigen Bär, der sich mit Phobien aller Art herumschlug. Was für Freunde. Nur zögernd erhob sie ihr Glas.

Ein Jahr nach ihrem Kennenlernen im Frühjahr 1951 war die Gruppe noch die alte. Man spielte Theater, sang Lieder und hielt zusammen. Das erste Mal zelteten sie gemeinsam 1952 in der Walpurgisnacht. Sie hatten ein paar Wochen zuvor einen Ausflug zur Teufelsmühle gemacht. Eine Pfadfindergruppe zeltete dort, und der Teufelsmüller erzählte seine Spukgeschichten. Danach stiegen alle zusammen zum Hexentanzplatz hinauf. Der Teufelsmüller setzte dort oben seine Gruselgeschichten fort, und in ihr, der Eule, reifte der Plan zu einem gemeinsamen Zeltlager in der Walpurgisnacht. Der Rest der Gruppe war schnell überzeugt, schwieriger war es mit den Eltern, und die meisten Sperenzchen machten der Teufelsmüller und seine Frau. Sie bezwangen aber auch diese Hürde. Helga bereitete Beltane so vor, wie sie es aus den Büchern ihrer Großmutter kannte.

Das schien die Gruppe zunächst noch enger zusammenzuschweißen. Sie kamen sich wie Auserwählte vor. Jetzt, im Rückblick und mit dem Wissen, dass vor ihnen nur noch ein gemeinsames Jahr liegen würde, fielen Helga einige Begebenheiten deutlich ins Auge, die die Gruppe schleichend verändert hatten. Doch damals wollte das niemand wahrhaben, auch sie nicht. Zu Peters großem Bedauern wurden immer weniger Theaterstücke geprobt. Wenn er eines vorschlug, machte Horst es sofort madig. Er hatte keine Lust mehr dazu. Alles Kinderkram. Das Zelten im Teufelsgrund gefiel ihm dagegen gut und glücklicherweise auch das Singen am Lagerfeuer. Einige der Jugendlichen, die vorher bei den Theaterstücken ihr Publikum waren, kamen auch in die Teufelsmühle, und sie sangen zusammen.

Aber der Umgang mit Horst wurde immer schwieriger. Er benahm sich wie ein Despot und zwang jedem seinen Willen auf. Dazu begann er, die Mädchen zu belästigen. Sie, die Eule, nicht. Zum einen fürchtete er ihre Scharfzüngigkeit und zum anderen verunsicherte ihn ihr magisches Tun. Aber Gisela sah er als leichte Beute an. Das wäre sie im Grunde auch gewesen, denn er imponierte ihr. Sie himmelte ihn an. Doch Karolina wachte über sie und ließ sie nicht aus den Augen. Sein eigentliches Objekt der Begierde war aber Karolina. Je öfter sie ihn abblitzen ließ, umso heftiger steigerte sich sein Verlangen. Das reagierte er dann an anderen Mädchen aus dem Umkreis ab. Die Gruppe geriet dadurch noch mehr in Verruf. Dabei reichte es schon, dass alle meinten, Karolina würde im Schlösschen anschaffen wie ihre Mutter. Als Karolina dann auch noch amerikanische Zigaretten und Whisky anbrachte, wurde den meisten anderen Jugendlichen der Umgang mit ihnen untersagt.

Darauf war Horst stolz. Endlich waren sie das ganze spießige Pack los. In Wahrheit wollte er, der Leitwolf, sein Rudel für sich haben.

***

Karl Störzlein humpelte ruhelos hin und her. Die Dämmerung begann schon hereinzubrechen. Warum ließen Jens Habel und Andrea Herbst seit ihrem letzten Anruf denn nichts von sich hören? Dabei spürte er in allen Knochen, dass die Situation sich zuspitzte. Ein Instinkt, der ihm auch nach den langen Jahren des Ruhestands nicht abhanden gekommen war. Sein mehrmaliges Auftauchen im Hause Wagner hatte Fridolin aufgescheucht. Er stand unter Druck. Er musste handeln. Aber wann und wo? Wiesenberg war auch nicht erreichbar, und langsam wusste er sich keinen Rat mehr.

Das Telefon schrillte. Na endlich. Erwartungsvoll hob Störzlein den Hörer ab.

Marga Wagner war am Apparat. Sie redete so schnell, dass er sie zunächst kaum verstehen konnte und erst nach und nach die ganze Tragweite erfasste: Fridolin war schon seit Stunden spurlos verschwunden.

Jetzt durfte keine Sekunde mehr gezögert werden. Er rief bei Rieker an und hing endlos lang in der Warteschleife. Ungeduldig trat er von einem Fuß auf den anderen und zählte mechanisch das »Bitte warten« mit. Ein letztes Mal noch, aber dann schmeiß ich den Hörer hin und zieh alles allein durch, ohne diese Polizistenbagage mit den notorisch überlasteten Telefonleitungen, dachte er wütend.

»Hier Rieker.«

Störzlein war so erleichtert, Bernd Riekers Stimme zu hören, dass sein Ärger sich unverzüglich in Luft auflöste. Ausführlich klärte er Rieker über die veränderte Situation auf und erlebte sogleich den zweiten Tiefschlag.

»Geh fort, Karl. Der Fridolin taucht spätestens morgen wieder auf. Männer in seinem Alter gehen heim. Da gehören sie doch hin. Wo sollen sie denn sonst hingehen?«

Rieker war ein netter Kerl, daran gab es nichts zu Rütteln, aber manchmal legte er so eine Sturheit an den Tag, dass man ihn am liebsten in der Luft zerriss, und zwar in ganz kleine Fetzen. Erneut erklärte ihm Störzlein, dass er sich nicht um Fridolin Wagner Sorgen machte, sondern um Helga Klein und Horst Blank. Es wäre ihm ja schon damit gedient, wenn er wenigstens einen kleinen Ermittlungstrupp losschicken würde, aber ohne Blasmusik und Lichtorgel auf dem Autodach. Auch inoffiziell. Damit wäre er schon zufrieden.

»Inoffiziell geht nicht. Karl, das weißt du selbst. Also gut, ich schick ein paar Leute, damit du endlich Ruhe gibst. Sollen die dich mitnehmen?«

»Nein. Ich fahr bei Habel und Herbst mit. Die können wir jetzt vom Wagner-Haus abziehen.«

»*Ich* kann sie abziehen, nicht du. *Du* bist im Ruhestand, vergiss das nicht.« Riekers Stimme klang leise, aber schneidend wie eine Rasierklinge.

Störzlein wusste, was das zu bedeuten hatte, und lenkte sofort ein. »Ganz klar, Bernd. Alles wird so gemacht, wie du es sagst. Sie könnten mich aber doch …« Entgeistert starrte er den Hörer an. Unerhört! Dieser Rieker hatte mitten im Gespräch aufgelegt.

***

Das Handy in Jens Habels Hosentasche vibrierte, und er löste nur widerwillig seine Lippen von Andreas Mund. Das Leben war ungerecht, die ganze Welt war ungerecht. Am ungerechtesten war aber der, der jetzt in diesem weihevollen Augenblick anrief. Wütend meldete er sich und stand von einer Sekunde zur anderen innerlich stramm. Der Chef persönlich.

Er hörte sich an, was Rieker ihm zu sagen hatte. Dann antworte er knapp: »Gut, geht in Ordnung«, und startete das Auto.

Verwundert musterte Andrea ihn von der Seite. Er presste fest die Lippen zusammen und starrte angespannt nach vorn.

»Was ist los?«

»Einsatz. Ich glaube, ich hab's versiebt. Der Wagner hat schon vor Stunden das Haus verlassen, und ich Dummkopf habe es nicht mitgekriegt. Dabei brannten mir schon die Augen von dem unentwegten Glotzen in den Spiegel.«

»Unentwegt ist wohl übertrieben, aber wir müssen auch nicht alles laut hinausposaunen, oder? Trotzdem verstehe ich nicht, wie er uns entwischen konnte. Wir hätten doch gesehen, wenn ein Auto vorbeigefahren wäre.«

Jens trat mächtig aufs Gaspedal und schüttelte dabei ratlos den Kopf. »Eben. Das verstehe ich auch nicht. Wir müssen zu Störzlein. Der sagt uns, wie es weitergeht.«

In Mömbris pflückten sie Störzlein direkt von der Straße weg.

Seit dem Gespräch mit Rieker und den vergeblichen Anrufen danach hatte es ihn nicht mehr im Haus gehalten. Unruhig humpelte er in der Dunkelheit vor seinem Gartenzaun hin und her und wartete auf das Auto, das ihn mitnehmen würde. Als Jens neben ihm hielt, war er freudig überrascht. Rieker war also doch nicht so stur, wie er befürchtet hatte.

Andrea räumte für ihn den Beifahrersitz, und er hüpfte mit einer

Behändigkeit in den Wagen, die ihm niemand zugetraut hätte. Er fuhr den Sitz bis zum Anschlag nach hinten, damit sein steifes Bein bequem lag, und wandte sich mit mildem Tadel in der Stimme an Habel: »Observieren ist eine Kunst, die viel Konzentration und Aufmerksamkeit erfordert. Man darf sich durch nichts ablenken lassen. Stimmen Sie mir da zu?«

Jens nickte stumm und fixierte verbissen die Straße.

Auch Andrea zog es vor, sich auf dem Rücksitz in Schweigen zu hüllen. Was hätte sie denn sagen können? Wir haben so nett miteinander geschmust, dabei kann man nicht dauernd den Rückspiegel im Auge behalten. Ein vorbeifahrendes Auto hätten wir aber bemerkt? Niemals. Das würde sie nicht einmal unter Folter preisgeben. Man könnte natürlich auch behaupten, ein schmusendes Pärchen sei die beste Tarnung beim Observieren. Alles geschah nur im Dienste der Ermittlungen. Sie hätten sich dafür aufgeopfert. So ein Schmarren! Sie würde es wie Jens machen und gar nichts sagen.

Störzlein wartete ein Weilchen, bis das düstere, mit Gewissensbissen durchtränkte Schweigen der jungen Leute auch den hintersten Winkel des Autos ausgefüllt hatte. Danach fand er, dass das als Strafe genügen müsste. Herzlich drückte er Jens' Arm.

»Beruhigen Sie sich wieder. Sie beide hatten im Grunde keine Chance, Fridolin Wagner im Auge zu behalten. Sein Auto war nämlich bei der Inspektion. Er hat es heute Nachmittag gegen halb sechs zu Fuß von der Werkstatt abgeholt. Er hat das Grundstück über einen Trampelpfad zwischen den Nachbarsgärten verlassen.«

Jens atmete erleichtert auf. So war das also gewesen. Demnach hätte er sich auch ohne Schmusen vergeblich die Augen aus dem Kopf gestarrt. Zum Teufel mit diesem Wagner. Oder auch nicht. Ohne Observierungsauftrag wären Andrea und er sich gar nicht so nahegekommen. Aber eines erstaunte ihn schon, und das fragte er Störzlein: »Woher wissen Sie das alles auf einmal?«

»Von Marga Wagner. Sie hat mich angerufen. Als es dämmrig wurde und ihr Mann immer noch nicht zu Hause war, machte sie sich Sorgen. Sie hat mir auch erzählt, dass Fridolin gestern mit jemandem telefoniert hat. Dabei fiel mehrmals das Wort Teufelsmühle, und das beunruhigt mich. Irgendetwas ist da im Gange, wovon wir keine Ahnung haben. Deshalb fahren wir jetzt zur Teufelsmühle und schauen uns dort um.«

Das musste als Information vorerst genügen. Störzlein scheute sich davor, von der beklemmenden Angst zu sprechen, die ihm seit Marga Wagners Anruf in den Gliedern saß. Nach dem Gespräch mit Rieker hatte er versucht, Helga Klein zu erreichen. Doch sie ging nicht ans Telefon. Horst Blank war ebenfalls nicht zu Hause, und bei den Wiesenbergs hob auch niemand ab. Diese Ungewissheit war kaum noch zu ertragen. Was führte Fridolin tatsächlich im Schilde? Was würde sie in der Teufelsmühle erwarten?

***

Am Tisch in der Teufelsmühle war es still geworden. Jeder schien seinen Gedanken nachzuhängen. Horst hatte seine Kappe tief in die Stirn gezogen, sodass es Helga unmöglich war zu erkennen, ob er seine Augen offen oder geschlossen hielt. Der Zweiliterbembel war zwar erst halb leer, aber das meiste des Apfelweins hatte Fridolin allein getrunken. Mit schweren Augenlidern stierte er vor sich hin.

Über kurz oder lang würde sie ihn vollständig ausschalten müssen, damit sie sich einzig und allein auf Horst konzentrieren konnte. Er war ihr Hauptgegner, den sie keine Sekunde aus den Augen lassen durfte.

In dem engen Tal des Teufelsgrunds mit den hohen Bäumen ringsum zog die Dämmerung ein. Ein Käuzchen ließ seinen klagenden Ruf erschallen. Ein anderes antwortete ihm.

Helga dehnte und streckte ausgiebig ihre Glieder. Dabei ließ sie unauffällig ein Kügelchen in Fridolins Glas fallen. Die Wirkung würde noch eine ganze Weile auf sich warten lassen. Aber das machte nichts. Sie hatte Zeit.

Mit freundlicher Miene wandte sie sich Horst zu. »Über unser Kennenlernen haben wir uns ausführlich unterhalten. Worüber möchtest du noch mit uns sprechen?«

Stumm starrte Horst vor sich hin. In der Düsternis waren seine Gesichtszüge nur noch undeutlich zu erkennen.

»Vielleicht über den Roman, den Karolina als Caroline Hurst geschrieben hat? Jeder von uns wurde darin erwähnt. Zwar nur unter dem Gruppennamen, aber immerhin. Die Polizei kennt die Namen inzwischen auch.«

»Dank dir.« Es waren nur zwei Worte, aber Horst spuckte sie förmlich aus.

Auch in Fridolins Gestalt kam Leben. Er hob die weinschweren Augenlider und greinte: »Alles Schmutz. Alles Dreck. Karolina hätte besser daran getan, vor ihrer eigenen Tür zu kehren. Diese Nutte.«

»Sie war keine Nutte. Das weißt du. Es hat dich wohl geärgert, was sie über dich und den Packen Dachziegel geschrieben hat. Er ist über die Dachrinne gerutscht und hat deinen Vater erschlagen. Hast du ihn tatsächlich nicht festhalten können? Oder wolltest du nicht?«

Tränen der Wut schossen Fridolin in die Augen. Er beugte sich zu Helga über den Tisch. »Das ist eine Lüge, eine ganz infame Lüge. Es war ein Unfall.«

Ungerührt betrachtete sie ihn.

»Das mag wohl so sein. Aber wir alle hatten auch deine ewigen Jammertiraden im Ohr. Ständig hast du dich darüber beklagt, dein Vater würde deine kleine Schwester dir vorziehen. Du wärst bald erstickt an deiner Eifersucht. Das hörte erst auf, als dein Vater tot war.«

Ächzend ließ sich Fridolin wieder auf die Bank zurückfallen und wischte sich mit seinem Taschentuch den Schweiß von der Stirn.

»Helga, du spinnst. Das bildest du dir alles nur ein. Was soll das hier eigentlich werden? Eine Abrechnung?«

»Warum nicht?«

»Jetzt sag doch du auch einmal was dazu.« Wütend stieß Fridolin seinen Ellbogen in Horsts Seite. Doch der rührte sich nicht und verschanzte sich weiter hinter seinem Mützenschirm. Fridolin wandte sich erneut Helga zu. »Wie du willst. Dann machen wir doch gleich mit dir weiter. Kann es nicht vielleicht sein, dass du bei *deinem* Vater irgendwie die Finger im Spiel hattest? Er ist doch nie wieder aufgetaucht, oder?«

»Nein. Aber damals war ich dazu nicht in der Lage. Ich habe seine gemeinen Übergriffe verdrängt. Ebenso wie meine Mutter. Bei meiner Großmutter bin ich mir da allerdings nicht so sicher. Sie hatte auf ihn eine ungeheuere Wut wegen dem, was er mir angetan hatte. Sie wäre zu allem fähig gewesen. Auch zum Mord. Aber keine Leiche. Kein Kläger. Kein Richter. Punkt.« Helga trank gleichmütig ein Schlückchen von ihrem Apfelwein und beobachtete, wie Fridolin schwitzte. Lange würde es nicht mehr dauern.

Sie schenkte ihm noch einmal nach und griff nach seiner feuchten Hand. »Fridolin, du hast das Buch nicht richtig gelesen. Karolina wollte uns damit nicht in die Pfanne hauen, zumindest nicht alle. Für sie waren wir zuallererst Opfer. Dabei schloss sie sich mit ein. Opfer des Kriegs, der Gesellschaft, der Menschen, die uns das Leben schwer machten.«

Zäh wälzte sich Fridolins Protest aus seinem Mund, denn sein Hirn arbeitete immer langsamer. Bald würde es seinen Dienst ganz einstellen.

»Aber Peter Meinert, der Fuchs, war doch kein Opfer. Ihm ging es am besten von allen«, brachte er mit schwerer Zunge hervor.

»So. Meinst du?« Helga war ehrlich erstaunt, wie wenig Fridolin von seinem früheren Freund wusste. »Peter hat seinen Vater abgöttisch geliebt. Als der im Krieg vermisst wurde, hatte ihn Peters Mutter so schnell wie möglich für tot erklären lassen und einen anderen geheiratet. Peter hat ihr das nie verziehen und sie damit auch unter Druck gesetzt. Damit sie sich nicht ständig mit seinen Vorwürfen herumschlagen musste, ließ sie ihn machen, was er wollte. Wie sonst hätte er jemals die Erlaubnis bekommen, ausgerechnet mit uns zu verkehren? Zum Schluss hatten wir im Kahlgrund doch einen Ruf, der zum Himmel stank.«

Ein paarmal hatte Peter sie mit nach Hause genommen, damit sie gemeinsam Stücke auswählen konnten. Peters Stiefvater war als Architekt wesentlich früher als die meisten anderen wieder zu Geld gekommen. Das konnte man auch an der Wohnungseinrichtung ablesen. Dort sah Helga den ersten Cocktailsessel und den ersten Nierentisch ihres Lebens. Sie war sich lange nicht sicher, ob ihr diese Möbel mit den schräg gestellten, dünnen Beinen gefielen, die sich so grundlegend von dem Mobiliar bei ihr zu Hause unterschieden. Im Laufe der Jahre wurden aber immer mehr Wohnungen ähnlich eingerichtet, und da gewöhnte auch sie sich daran. Peters Mutter hatte sie als freundliche Frau in Erinnerung, die sie sogar zweimal mit dem Auto heimfuhr. Bei den Besuchen hatte sie erlebt, wie unversöhnlich Peter seiner Mutter gegenüber war. Entweder behandelte er sie wie Luft, oder er gab unhöfliche und patzige Antworten.

Sie waren beschädigte Kinder gewesen, jeder auf seine Weise. Damit hatte Karolina in ihrem Buch recht. Besonders für sich selbst hätte sich Helga gewünscht, dass es nach dem ersten, schönen Jahr mit dem Theaterspielen weitergegangen wäre. Sie konnte es Woche für Woche kaum erwarten, ihre eigene Haut, an der ihr Vater sich vergangen hatte, abzustreifen und in eine neue Rolle zu schlüpfen.

Helga beobachtete, wie Fridolins Augen glasig wurden. Er sank wie ein nasser Sack gegen Horst Blanks Schulter.

Der sprang erschrocken auf. »Zum Teufel, was soll das?«

Mit festem Griff schob Helga Fridolin auf die Bank und legte ihm die herunterbaumelnden Arme auf die Brust. Sie hob seine Kappe auf, die zu Boden gefallen war, und klemmte sie ihm unter den Arm.

Dann maß sie Horst mit einem durchdringenden Blick. »Der Bär ist hinüber. Jetzt geht es nur noch um uns. Um den Wolf und die Eule.«

ZWEIUNDZWANZIG

Horst Blank wandte sich von Helga ab und setzte sich auf ihren Stuhl. Sollte sie doch selbst zusehen, wie sie nun zu einer Sitzgelegenheit kam. Denn dass Fridolin in voller Länge auf der Bank lag, war schließlich ihr teuflisches Werk. Lebte der denn überhaupt noch?

Helga ging wortlos ins Haus, holte einen zweiten Stuhl und sah sich nach einer geeigneten Lichtquelle um. Am Fensterbrett fand sie ein rotes Glas mit einer Kerze darin und Streichhölzer. Sie trug beides zum Tisch und zündete die Kerze an. Die Flamme flackerte unruhig und glich in dem roten Glasschirm einem Grablicht. Dann griff sie nach dem Apfelweinbembel, um sich einzuschenken. Doch der war leer. Wie konnte das sein? Vor Kurzem war er noch halb voll gewesen. Merkwürdig. Fridolin hatte davon höchstens noch ein einziges Glas getrunken, Horst und sie selbst dagegen gar nichts.

Horst rutschte tiefer in den Stuhl und verschränkte die Arme vor der Brust. »Was hast du mit Fridolin gemacht?«

»Ich habe ihn ausgeschaltet. So.« Helga blies die Kerze am Tisch aus, und von einem Wimpernschlag zum nächsten umfing sie rabenschwarze Finsternis.

»Stirbt er oder ist er schon tot?«

»Hättest du damit ein Problem? Oder hättest du damit sogar ein Problem weniger?«

Ironisch lachte Horst auf. »Unsere Eule. Typisch. Spitzfindig wie eh und je. Sei so gut und zünde die Kerze wieder an. Man sieht ja nicht einmal die eigene Hand vor den Augen.«

»Und man sieht nicht, ob etwas im Glas ist, was da nicht hineingehört, nicht wahr?«

Helga zündete die Kerze an und sah lauernd zu ihm hin. Amüsiert beobachtete sie, wie er sein Glas mit einer hastigen Bewegung zu sich heranzog und es gegen das Licht der Kerze hielt.

Es war leer. Trotzdem kippte er es um und ließ auch das allerletzte Tröpfchen auf den Boden fallen. Dann machte er ein betrübtes Gesicht.

»Schade. Nichts mehr drin. Ausgerechnet jetzt, wo es gemütlich wird. Was ist, Eule, holen wir uns noch einen halben Krug von Wiesenbergs Äppelwoi? Du hast doch den Schlüssel zum Keller. Ich leuchte dir mit der Kerze.«

Das war also sein Plan. Er musste den restlichen Inhalt des Bembels über das Geländer geschüttet haben. Er brauchte einen Grund, um sie in den Keller zu locken. Und dann, wie sollte es dann weitergehen? Ganz klar, der Brunnen. Jeder aus der ehemaligen Freundesgruppe kannte den Brunnen. Sie fasste einen Entschluss. Doch zuvor mussten noch ein paar Dinge zur Sprache gebracht werden. Wie sollte sie das am geschicktesten machen? Nachdenklich schaute sie der tanzenden Flamme zu.

Horst beäugte Helga, die vollkommen reglos dasaß, kritisch. Was hatte sie nun schon wieder? Warum glotzte sie so lange durch die Gegend? Sie war dran, und er wollte es hinter sich bringen. Jetzt. Es musste sein, bevor sie der Polizei noch weitere Dummheiten erzählte. Als sie vorgestern das mit den Gruppennamen hinausposaunt hatte, wäre er ihr am liebsten an die Gurgel gefahren. Störzlein schien es als Bagatelle abgetan zu haben, aber bei der jungen Polizistin war er sich da keineswegs sicher. Helga wurde zur Gefahr, sie wusste alles. Auch das mit seinem Vater. Aber warum hatte sie dann damals in der Walpurgisnacht nichts gesagt? Nur Gisela hatte den Mund aufgemacht, diese törichte Gans.

Helga hob die Augen und fixierte Horst mit ihrem Blick. In ihrer Stimme lag ein dunkles Raunen. »Wie sich doch die Bilder gleichen. Genau heute vor einer Woche, an Beltane, warst du auch hier. Allein mit Karolina. Was sagte sie, das dich zum Stein greifen ließ? Wollte sie die Wahrheit noch einmal aus deinem Mund hören?«

Mit diesem direkten Angriff hatte Horst nicht gerechnet. Das passte nicht in seinen Plan. Aber seit geraumer Zeit lief alles schief. Fridolin hätte betrunken, nicht bewusstlos sein sollen. Zu dritt wären sie in den Keller gegangen und hätten Apfelwein geholt. Ein heftiger Stoß. Helga stürzt in den Brunnen. Ein bedauerlicher Unfall. Eine todtraurige Geschichte. Fridolin, der tollpatschige, besoffene Tropf kann sich an nichts mehr erinnern. So psychopathisch, wie der sich schon eine ganze Weile benahm, hatte man bei ihm mit allem rechnen müssen. Er muss den Rest seines kümmerlichen Lebens damit fertig werden, im Suff seine Freundin umgebracht zu haben.

Der Polizei hätte er verklickert, dass er selbst gar nicht im Keller gewesen war. Er habe sich nur gewundert, warum sie nicht zurückkamen, und sei nachschauen gegangen. Dann habe er sofort den Notruf abgesetzt. – Das Gegenteil sollte ihm erst einmal einer beweisen.

Wiesenberg, der arrogante Pinsel, wäre zumindest wegen fahrlässiger Körperverletzung mit Todesfolge dran. Bei einem derartig ungesicherten Brunnenschacht hätte er niemandem erlauben dürfen, seinen Keller zu betreten.

Horst griff nach dem Glas, erinnerte sich, dass es leer war, und schluckte trocken. Sein Hals fühlte sich wie Sandpapier an, und seine Stimme klang wie das Krächzen einer Krähe. »Wahrheit. Was ist das schon? Gibt es denn die unumstößliche Wahrheit? Konstruiert sich nicht jeder selbst seine eigene Wahrheit?«

Helga rückte ihren Stuhl zur Wand und lehnte sich zurück. Mit der Hauswand im Rücken fühlte sie sich sicherer. Niemand konnte sie von hinten angreifen. Nicht so wie bei Karolina, die bedenkenlos in die Falle getappt war.

»Das mag sein. Dann sag mir doch deine Wahrheit, aber die ganze. Sind wir deshalb nicht hier, du, der Wolf, und ich, die Eule?«

Helgas Stimme klang nun weich und tief und hypnotisierend. »Lass uns dort beginnen, wo dein Schmerz und dein Hass übermächtig wurden. Das war, als dein Vater zurückkam und sich wieder in das Leben eurer Familie einmischte. Als du ihn dringend gebraucht hättest, war er nicht da. Dann stand er plötzlich vor der Tür und riss die ganze Liebe deiner Mutter, die vorher vor allem dir gegolten hatte, an sich. Er bestimmte nun, was zu tun war, und du musstest parieren. Wenn du dich widersetzt hast, hat es ordentlich Prügel gegeben. Jeder von uns kannte deine blutunterlaufenen Striemen. Wir litten mit dir mit, denn diese Schläge waren so demütigend für dich. Die Lage spitzte sich zu, als er dir verbot, sich weiter mit uns zu treffen. Du musstest handeln. War es nicht so?«

In Horst flammte der gleiche Hass auf, den er gefühlt hatte, als sein Vater ihn windelweich prügelte und ihm dabei fast den Arm brach, weil er diesem Verbot zuwidergehandelt hatte, und er ballte die Hände zu Fäusten. Er konnte nicht widerstehen – es drängte unaufhaltsam aus ihm heraus.

»Ja. Dieser Dreckskerl musste weg! Also habe ich den Draht

zwischen die Bäume gespannt. Die Idee dazu stammte von zwei Typen im Notaufnahmelager Uelzen. Ich habe mit angehört, wie einer dem anderen davon erzählte. Was man dabei beachten muss, damit der Draht auf Halshöhe ist. Die hielten mich für viel zu jung, um zu verstehen, worüber sie sprachen. Das waren auch Dreckskerle. Aber es hat geklappt. Glaub mir, wie er so vor mir lag, mit aufgeschnittenem Hals und gebrochenem Genick, da hab ich, da hab ich – noch mal draufgespuckt.« Horst fuhr sich mit der Hand über das Gesicht.

Er wischt es weg, dachte Helga. Er hat es noch einmal gesehen. Ihre weit geöffneten grauen Augen hielten Horsts Blick fest.

»Gisela hatte dich beobachtet.«

»Ja!« Wie ein verwundetes Tier brüllte Horst das Ja heraus. »In der Walpurgisnacht, kurz, bevor dieser verblödete Bär die Knaller in das Feuer geworfen hat, hat Gisela es mir erzählt. Alle sind weggelaufen. Sie lief vor mir. Plötzlich hatte ich den Stein. Alle glaubten an einen Unfall. Du doch auch.«

Über Helgas Gesicht huschte ein Lächeln. »Ich nicht. Gisela hat es mir gesagt.«

Horst stöhnte auf. »Gisela ist tot! Verstehst du? Tot! Tote reden nicht. Oder doch?« Seine Stimme erstarb zu einem Flüstern. »Du Hexe.«

Vom Tal stieg feuchte Kühle auf, und Helga zog fröstelnd ihre Jacke enger um sich. Bald würde alles vorbei sein, sie wusste nur noch nicht genau, wie.

»Als ich mich mit Karolina in den USA traf, sprachen wir ausführlich darüber. Den Mord an deinem Vater konnten wir dir verzeihen. Keiner von uns hätte dich damit jemals hingehängt. Wir Kinder hatten alle unseren Schaden weg. Gewalt hatten wir genug gesehen. Das rechtfertigte aber nicht den Mord an Gisela. Du hast Karolinas Buch gelesen und entdeckt, dass sie beide Morde ziemlich genau beschrieben hat. Das war ihre Rache. Damit hat sie Gisela gerächt. Und es ist nur noch eine Frage der Zeit, bis die Polizei das herausfindet.«

»Aber nur, weil du die Gruppennamen verraten hast. Karolina hat unsere echten Namen nicht genannt!«

»Vielleicht ist das meine Rache – oder meine Lebensversicherung. Nimm es, wie du willst.«

Die Tannen jenseits des Baches waren nur noch als schwarze Masse gegen den Nachthimmel auszumachen. Ein Käuzchen klagte.

Horsts Stimme bekam einen jammernden Unterton, der aber zunehmend schärfer wurde. »Ich habe mir was aufgebaut. Ich bin erfolgreich. Jeder kann sehen, was aus dem verachteten Flüchtlingskind geworden ist. ›Sehr wohl, Herr Blank. Geht in Ordnung, Herr Blank.‹ So bin ich es jetzt gewohnt. Und das macht mir keiner kaputt. Hörst du! Keiner! Auch du nicht. Mich zerrt keiner als Mörder durch die Medien, über mich zerreißt sich keiner das Maul.«

Mit diesem Ausbruch war er über das Ziel hinausgeschossen, das wurde Horst sofort klar.

An den begriffsstutzigen Fridolin musste er keinen Gedanken verschwenden. Lebte der überhaupt noch? Er warf einen Blick auf den reglos daliegenden Mann. Im trüben Kerzenlicht war kein Lebenszeichen auszumachen. Was mit ihm zu geschehen hatte, würde er später überlegen. Notfalls würde er ihn sich auf die Schulter laden und zum Brunnen schleppen, denn Schleifspuren durfte er nicht hinterlassen. Aber Helga musste erledigt werden, und zwar sofort. Sie war seine Gefahr, sein Feind.

Mit einschmeichelnder Stimme sagte er: »Komm, Eule. Lassen wir alles, was gesagt wurde, zunächst einmal so stehen. Wir holen uns jetzt einen Apfelwein und überlegen dabei, wie wir die ganze verfahrene Situation noch retten können. Du lässt doch mich, den Wolf, nicht im Stich. Wir gegen den Rest der Welt, das war doch immer unser Motto gewesen.«

Jetzt war es so weit. Helga spürte es genau. Sie musste handeln. Sie musste schneller sein als er. Ihm blieb kein Ausweg mehr, er würde nun rücksichtslos seinen Plan umsetzen. Entschlossen griff sie nach dem Glas mit der Kerze, steckte unauffällig die Streichhölzer in ihre Jackentasche und stand auf.

»Gut. Lass uns den Apfelwein holen. Nimm den Krug mit.«

Sie eilte schon den Aufgang zur Terrasse hinunter, als Horst erst die Tragweite ihrer Worte begriff. Er hatte nicht damit gerechnet, dass sie so schnell einwilligen würde. Hastig nahm er den Bembel an sich und lief ihr hinterher. Sie stand an der Kellertür und schien auf ihn zu warten. Eigentlich sah er nur den Kerzenschein und dahinter einen dunklen Umriss, ihre Gestalt. Plötzlich erlosch die Kerze, und ihn umfing undurchdringliche Finsternis. Langsam gewöhnten sich seine Augen daran, und er nahm eine huschende Bewegung wahr. Doch Helga war bereits in der Dunkelheit verschwunden. Was sollte das? Verärgert rief er nach ihr.

»Hier oben, Horst. Komm doch!«

Helgas Stimme klang tatsächlich schon von halber Höhe des Berghangs herab. Wie war sie in der Dunkelheit so schnell nach oben gekommen? Hatte sie etwa auch einen Plan? Hexentanzplatz. Steine. Geheimnisvolle Riten. Das alte Muster. Ihr diabolisches Muster? Dieses gemeine Dreckstück.

Wütend warf er den Bembel weg und schnaubte nur verächtlich, als die Scherben klirrten. Dann machte er sich daran, die steile Anhöhe zu erklimmen.

***

Die Ersten, die in der Teufelsmühle eintrafen, waren Karl Störzlein, Jens Habel und Andrea Herbst. Unmittelbar nach ihnen rumpelte Wiesenbergs Subaru heran.

Verwundert sahen sie sich um. Nirgendwo ein Lichtschein. Keine Stimmen. Niemand war zu sehen.

Heinrich Wiesenberg war erleichtert. Dieses eigenartige Treffen schien sich bereits aufgelöst zu haben. Er hatte sich während der Nachlassfeier wohl unbegründet um Helga Sorgen gemacht. Sorgen, die sich von Minute zu Minute mehr zur Panik auswuchsen. In seiner Verzweiflung hatte er Rieker angerufen. Der würde sicher auch bald eintreffen und ihm wegen des Fehlalarms ganz gehörig auf die Zehen steigen. Als er auf die Blockhütte zuging, kam ihm die Stille jedoch irgendwie bedrückend vor.

Störzlein hatte ein ähnlich mulmiges Gefühl. Was war hier los? Hatte sich das ganze mysteriöse Treffen längst in Wohlgefallen aufgelöst, und Fridolin Wagner, Helga Klein und Horst Blank lagen bereits gemütlich in ihren warmen Betten? Rieker würde vor Wut senkrecht durch die Decke fahren, und er selbst täte gut daran, sich eine Weile von der Alzenauer Polizeiinspektion fernzuhalten.

Doch dann fiel ihm wieder ein, was Andrea Herbst ihm während der Herfahrt erzählt hatte. Es waren schier unglaubliche Passagen aus dem Roman der toten Autorin. Und die Tragweite der darin enthaltenen Informationen war ihm voll bewusst.

Von Helgas Vater war die Rede, der seine Tochter mehrfach missbraucht hatte. Er verschwand spurlos. An Fridolin haftete der Hauch eines Verdachts, den Packen Dachziegel, der seinen Vater erschlug, freiwillig losgelassen zu haben. Diese Fälle waren ihm genau so bekannt, wie Caroline Hurst sie beschrieben hatte, die Mutmaßungen über die Umstände eingeschlossen. Neu war ihm allerdings, dass es bei zwei weiteren Todesfällen Zeugen gegeben haben soll, und zwar im Fall der kleinen Gisela und in dem ungeklärten Mordfall mit dem gespannten Draht. Andrea Herbst kannte die Einzelheiten nicht, aber er wusste, was er von der Textstelle zu halten hatte. Gisela hatte den Mord am alten Blank beobachtet. Und Horst Blank war der Mörder seines eigenen Vaters und von Gisela. Das war das Geheimnis der Gruppe. Es war 1953 ein Geheimnis und sollte wohl auch eines bleiben. Doch Caroline Hurst hatte ihr Schweigen gebrochen.

Im höchsten Maße beunruhigt schaltete er seine Taschenlampe ein und stieg mit Andrea Herbst und Jens Habel die Treppe zum Blockhaus hinauf. Wiesenberg stapfte hinterher.

Mit einem Blick registrierten sie die Gläser und Helgas Krüglein auf dem Tisch. Die Tür der Hütte stand offen. Auf der Bank hinter dem Tisch lag eine Gestalt. Fridolin.

Andrea ging neben ihm in die Knie und tastete nach dem Puls an der Halsschlagader. Erleichtert stand sie wieder auf.

»Er lebt. Wir sollten aber trotzdem den Notarzt rufen. Wer weiß, was tatsächlich mit ihm los ist. Machst du das, Jens?«

»Das kann Rieker gleich höchstpersönlich machen. Gerade eben läuft er ein, mit drei Einsatzwagen.«

Schritte polterten die Stufen herauf und Polizisten stauten sich auf der Terrasse. Die Menge teilte sich und Rieker schritt heran.

»Was ist los?«

Störzlein erklärte ihm die Situation. Danach ging alles schnell. Rieker benachrichtigte den Notarzt und ließ die ganze Terrasse mit Scheinwerfern ausleuchten. Zwei Trupps von je vier Mann sahen sich im Gelände um. Die übrigen durchsuchten die Hütte. Sie kamen jedoch bald wieder heraus, denn niemand war zu finden.

Karl Störzlein, Jens Habel, Andrea Herbst und Heinrich Wiesenberg standen mit Bernd Rieker zusammen. Wiesenberg erzählte ausführlich von Horst Blanks Anruf und dass er Helga heute gegen halb sechs Uhr nachmittags den Schlüssel fürs Haus gegeben hatte. Auf Wiesenbergs besorgten Anruf hin hatte sich Rieker für einen größeren Einsatztrupp einschließlich Spurensicherung entschlossen. Nun berieten sie, wo man noch nach Helga Klein und Horst Blank suchen könnte.

***

Horst zwängte sich mühselig zwischen Fichten und Kriechkiefern durch. Seit damals war er nicht mehr oben auf der Stützelhöhe gewesen. Wie war das jetzt alles zugewachsen. Schweiß lief ihm über die Stirn und brannte in seinen Augen. Für diese Kraxelei waren die Sohlen seiner Schuhe viel zu glatt. Er rutschte, suchte Halt und griff in einen Brombeerstrauch. Tief drangen die Dornen in die Handfläche. Mit dem Schmerz kam die Wut. Was sollte das Theater? Er musste diese hinterhältige Alte zum Schweigen bringen. Sich befreien von den Fesseln der Vergangenheit. Dieser Gedanke trieb ihn keuchend vorwärts.

Die letzten Fichten. Er stand auf dem Hexentanzplatz.

»Helga?«

»Ja, Horst, komm doch!« Tief und weich klang ihre Stimme.

Sie musste ganz in der Nähe sein. Hatte nicht für den Bruchteil einer Sekunde das Licht einer Taschenlampe durch die Baumstämme geblitzt? Doch um ihn herum war es stockfinster. Wie ein Blinder stolperte er der Stimme nach. Sein rechter Fuß verfing sich, das brachte ihn zu Fall. Ein Stein. Er war über einen Stein gestürzt. Ein nützlicher Stein. Den würde er noch brauchen.

»Horst, wo bleibst du denn? Ich sitze hier schon eine Ewigkeit.« Diesmal klang Helgas Stimme etwas weiter entfernt, aber die Richtung war gut auszumachen. Ein bisschen rechts musste er sich halten.

»Jetzt mach schon, Horst! Nur noch ein paar Meter abwärts.« Zum Greifen nah lockte Helgas Stimme.

Er schloss die Hand fester um den Stein, begann zu laufen und kam mit den glatten Sohlen ordentlich in Fahrt. Gleich würde er bei ihr sein.

Sein rechter Fuß versank im Bodenlosen, doch sein Oberkörper schoss unaufhaltsam vorwärts. Da. Eine unförmige Masse. Ein Felsklotz. Sein Kopf knallte wie ein Geschoss dagegen. Dunkelheit senkte sich über ihn.

Helga näherte sich der dunklen Gestalt und betrachtete sie im Schein ihrer Taschenlampe. Horst lag reglos da. Das rechte Bein war unnatürlich verdreht, in seiner Hand lag ein Stein. Der Fuß steckte in einem tiefen Loch. Der Eingang eines Fuchsbaus. Unzählige Male war sie bewegungslos auf dem kuppelförmigen Felsbrocken gehockt und hatte darauf gewartet, dass die jungen Füchse ihre Nasen aus dem Bau streckten. Sie kannte jeden Zentimeter der Stützelhöhe. Es war ihr Berg. Ihr Zauberberg.

Aus Horsts klaffender Kopfwunde quoll Blut hervor und verlor sich in einem Rinnsal über den Ausläufer des großen Steins, auf dem er mit dem Gesicht halb zum Liegen gekommen war. Sie berührte nichts. Auch nicht die Schlagader am Hals, um nachzusehen, ob er noch lebte. Es interessierte sie nicht mehr.

Nachdenklich trat sie den Rückweg an. Er hatte also einen Stein mitgebracht. Wie damals. Wie neulich. Wie einfallslos.

Schon von Weitem hörte sie das Durcheinander verschiedener Stimmen. Offenbar hatte man den reglosen Fridolin schon entdeckt. Nun würde sie sich dem letzten Akt des Dramas stellen, damit die Geschichte, die 1953 begonnen hatte, endlich ihr Ende finden konnte.

***

Heinrich Wiesenbergs Nerven lagen blank. Die Angst um Helga hatte ihn so gequält, dass er nicht anders konnte, als die Nachlassfeier zu verlassen und herzufahren. An die paar Gläser, die er während der Feier zu viel getrunken hatte, verschwendete er dabei keinen Gedanken. Keiner der Polizisten hier würde sich in dieser Situation für seinen Alkoholspiegel interessieren. Ungeduldig hörte er Bernd Rieker, Karl Störzlein, Jens Habel und Andrea Herbst zu. Dabei beobachtete er unablässig die Suchtrupps im Tal.

»Suchen die auch in den Bächen?«, fragte er. »Vielleicht hat der Mistkerl sie ertränkt.«

Rieker nickte. »Natürlich. Beruhige dich, Heinrich. Wir finden sie.«

In diesem Augenblick trat Helga Klein ins Licht der Scheinwerfer.

Alle starrten sie an wie eine Erscheinung aus dem Jenseits. Das Stimmengewirr erstarb.

Heinrich Wiesenberg stiegen vor Erleichterung die Tränen in die Augen, und er stürzte auf sie zu.

»Mensch, Helga, bin ich froh, dass du lebst. Ich hätte keine einzige glückliche Stunde mehr in meinem Leben gehabt, wenn dir etwas zugestoßen wäre!«

Rieker drängte Wiesenberg rücksichtslos zur Seite und maß Helga Klein mit einem inquisitorischen Blick. »Wo ist Horst Blank?«

»Oben auf der Stützelhöhe. Er hatte einen Unfall.«

»Zum Teufel, warum rufen Sie dann nicht an?«

Wütend starrte ihm Helga ins Gesicht. »Rieker, wo leben Sie denn? Hier gibt es weit und breit kein Telefon, und ein Handy habe ich auch nicht. Und überhaupt. Was soll die ganze Aufregung? Ihr seid doch da. Ich bringe euch zur Unglücksstelle.«

Rieker rief seine Leute zusammen, um sie über die neue Sachlage zu informieren.

Karl Störzlein nützte diesen Augenblick und zog Helga zur Seite. »Was wollten Sie dort oben mit ihm, und was habt ihr mit Fridolin gemacht?«

»Fridolin hat zu viel Apfelwein getrunken. Mit dem ganzen Tablettenmüll, den er schon seit Jahren in sich hineinfrisst, hat das wohl eine verhängnisvolle Mischung ergeben. Sein Kreislauf knickte ein. Horst und ich stiegen zum Hexentanzplatz hinauf. Vergessen Sie nicht, Herr Störzlein, heute vor einer Woche war Beltane. Wir hatten viel zu besprechen.«

Lauernd kniff Störzlein die Augen zusammen. »Aha. Und was? Zum Beispiel, wer Karolina umgebracht hat? Karolina, die als Caroline Hurst in ihrem Roman äußerst interessante Enthüllungen gemacht hat.«

Helga warf ihm aus ihren steingrauen Augen einen spöttischen Blick zu. »Zum Beispiel.« Doch dann veränderte sich der Ausdruck in ihren Augen. Der Blick wandte sich nach innen, umflorte sich. »Als die Polizei nichts gegen Horst unternommen hat, befürchtete ich allmählich, ihr würdet das Buch nie lesen. Und mein Hinweis mit den Gruppennamen wäre somit vergebens gewesen.«

»Daraufhin sind Sie selbst tätig geworden.«

»Würden Sie mir das zutrauen?«

Störzlein kam nicht mehr dazu, ihr zu antworten, denn Rieker packte Helga am Arm. »Es geht los. Sie zeigen uns den Weg.«

Wiesenberg wollte sich unbedingt dem Trupp anschließen, doch Rieker stauchte ihn umgehend zusammen und schloss auch Störzlein gleich in seine Kanzelrede mit ein.

»Nichts da. Ich lass mir doch von euch Nilpferden nicht die Spuren zertrampeln. Bleibt mir gefälligst aus dem Gesichtsfeld.«

Helga nutzte Riekers Unaufmerksamkeit und betrat kurz die Hütte. Unauffällig stellte sie das Glas mit der Kerze wieder auf das Fensterbrett, legte die Streichhölzer daneben und ließ ihre Taschenlampe in einen von Wiesenbergs Gummistiefel fallen. Nichts, aber auch gar nichts sollte zu unliebsamen Vermutungen Anlass geben, wenn man über kurz oder lang den zerbrochenen Bembel beim Kellereingang fand.

Wiesenberg sah dem Trupp zornig hinterher. Das hatte er nicht verdient, wie ein Schuljunge abgekanzelt zu werden, nur weil er helfen wollte. Dieser Rieker war ab sofort von seiner Äppelwoi-Liste zu streichen. Aber ihm würde ein Schluck jetzt guttun. Der jungen Umläuferin, die auch nicht mit zum Hexentanzplatz gehen durfte, vielleicht auch. Und Störzlein sagte sowieso nie Nein.

Störzlein, der nicht einmal im Traum daran gedacht hatte, mit seinem steifen Bein den steilen Aufstieg zu wagen, setzte sich in tiefem Nachdenken versunken auf die Bank vor der Hütte. Was könnte da oben vorgefallen sein? Wie hatte Blank Helga dazu bringen können, im Dunkeln mit ihm zum Hexentanzplatz hochzusteigen? Oder war sie es gewesen, die ihn dort hinauflockte? Wenn sie Pech hatten, würden sie es vielleicht nie erfahren.

Andrea Herbst setzte sich zu ihm.

»Ich habe mit angehört, was Sie und Helga Klein gesprochen haben. Wir wissen zwar noch nicht, was da oben passiert ist, aber würden Sie es ihr zutrauen, dabei ihre Hände mit im Spiel gehabt zu haben?«

»Ich weiß es nicht. Sie etwa?«

Ratlos zuckte Andrea die Achseln. »Ich weiß es auch nicht.«

Fluchend polterte Heinrich Wiesenberg in diesem Augenblick mit einem vollen Apfelweinkrug die Stufen zur Terrasse herauf.

»Dieses undankbare Gesindel hat mir doch meinen schönsten Bembel kaputt gemacht. Einen handbemalten Zweiliterbembel. Vor der Kellertür liegen die Scherben.«

Andrea sprang sofort auf. »Das muss ich mir ansehen. Hoffentlich haben Sie keine Spuren zerstört.«

Jetzt fing die auch schon damit an. Das wurde ja immer schöner. Wütend schaute er ihr nach. Seit einer Woche schlug er sich nun hier mit der Polizei herum und wurde ständig verdächtigt, irgendwelche Spuren vernichtet zu haben.

»Wie soll ich denn sonst zu meinem Keller kommen, hinfliegen, auf Stelzen gehen oder wie ein Maulwurf einen Tunnel graben? Also wie, Frau Polizistin?«

Störzlein öffnete eines seiner nachdenklich geschlossenen Augen. »Beruhige dich, Heinrich. Sie muss das so machen. Bring lieber ein paar Gläser.«

Als Wiesenberg mit den Gläsern kam, saß Andrea bereits wieder am Tisch und erklärte: »In der Dunkelheit waren keine Spuren zu erkennen, die auf einen Kampf oder ein Handgemenge deuten würden, wobei vielleicht der Krug zu Bruch ging. Ich habe das Areal abgesperrt, damit die Spurensicherung es morgen genau überprüft.«

»Sehr gut.«

Störzlein nickte zufrieden. Aber jetzt wollte er von dem ganzen heutigen Vorfall so lange nichts mehr hören, bis die Ermittler wieder von der Stützelhöhe zurückkamen.

Heinrich Wiesenbergs Denken drehte sich dagegen immer noch um Helga Klein. Er hätte es sich für den Rest seines Lebens nicht verzeihen können, wenn ihr heute etwas passiert wäre. Erleichtert griff er nach seinem Apfelweinglas und prostete Störzlein zu, der schon eine geraume Zeit stumm vor sich hin starrte.

»Los, Karl. Trinken wir auf unsere Helga, das unverwüstliche Schlachtross.«

In diesem Augenblick wurde Stimmengewirr von der Stützelhöhe her laut. Andrea stellte ihr Glas auf den Tisch und lief dem Trupp entgegen.

Hauptkommissar Rieker kam als Erster zwischen den Baumstämmen hervor und schüttelte bekümmert den Kopf.

»Da ist nichts mehr zu machen. Der muss auf der Stelle tot gewesen sein. Es sieht nach einem Unfall aus. Trotzdem überprüfen wir morgen bei Tageslicht noch einmal das Gelände und lassen ihn jetzt in die Rechtsmedizin bringen.«

Andrea erzählte ihm von dem zerbrochenen Krug und fragte: »Was geschieht nun mit Helga Klein?«

»Da lasse ich alle Härte walten. Wir werden sie erst mal befragen, notfalls halten wir sie die gesamten achtundvierzig Stunden fest, die uns ohne richterliche Anordnung zur Verfügung stehen.«

Jens Habel kam nun dazu und hörte Riekers Worte.

»Aber warum machst du das? Das war doch eindeutig ein Unfall.«

»Das will ich eben ganz genau herausfinden. Ist dir nicht aufgefallen, mit welch schlafwandlerischer Sicherheit die da die Anhöhe hinaufgekraxelt ist, während wir wie eine grunzende Wildschweinrotte durchs Gehölz gebrochen sind? Die kennt hier selbst in der Finsternis jeden Quadratzentimeter. Jetzt sichern wir noch das Gelände hier unten und dann Abmarsch.«

Rieker drehte sich auf dem Absatz um und signalisierte damit, dass er keine weitere Diskussion wünschte, vor allem keine, die Themen wie Hexentanzplatz oder Walpurgisnacht oder Beltane zum Inhalt hatte.

Freitag – 9. Mai

DREIUNDZWANZIG

Bernd Rieker fühlte sich in seinem anthrazitfarbigen Sonn- und Feiertagsanzug mit weißem Hemd und schwarz-silbrig gestreifter Krawatte rundum unwohl. Immer wieder war er versucht, in seinen Hemdkragen zu greifen und den obersten Knopf aufzumachen, der ihn schon seit Stunden marterte. Aber das verkniff er sich. Heute war der Tag der Abrechnung. Er würde Jens Habel unvergesslich vor Augen führen, dass er mit Jugendklamotten bestimmt nichts im Sinn hatte. Er legte Wert auf gediegene Eleganz.

Eingehend überprüfte er noch einmal den Tisch. Hübsch, hübsch. Der Kuchen, den seine Frau gebacken hatte, stand in der Mitte. Teller, Tassen und Besteck waren ordentlich ausgerichtet. Die Servietten lagen obenauf. Jetzt fehlte nur noch der Kaffee. Bis alle hier waren, würde der auch durch die Maschine gelaufen sein. Während er wartete, ging Rieker noch einmal seine Unterlagen durch.

Es klopfte an der Tür, und Karl Störzlein humpelte mit griesgrämiger Miene herein.

»Morgen, Bernd. Was gibt es Wichtiges, dass du es wagst, einen Ruheständler zu nachtschlafender Zeit an den Besprechungstisch zu beordern?«

»Ergebnisse.«

Rieker ließ die Akte, die er gerade in der Hand hielt, sinken und betrachtete verwundert Störzleins schwarzen Anzug, der viel zu weit um dessen magere Gestalt schlotterte. Ein Hauch von Naphthalin wehte zu ihm herüber. Eindeutig der Duft von Mottenkugeln. Störzleins Hemdkragen stand viel zu weit von seinem dünnen Hals ab. Das erfüllte Rieker mit einem Körnchen Neid, und er war abermals drauf und dran, seinen eigenen Kragenknopf zu öffnen.

Er beließ es jedoch dabei und fragte: »Warum hast du dich denn heute so rausgeputzt?«

Sofort zog Störzlein alle Register seines schauspielerischen Talents und verwandelte sich in ein Abbild erbarmungswürdiger Hinfälligkeit.

»Keiner weiß, wie oft ich den Anzug überhaupt noch tragen kann. Er ist sozusagen mein letztes Hemd, in dem ich auch zu Grabe getragen werden will. Sag das dem Bestatter, falls er es übersehen sollte. Außerdem wollte ich dem Jens ein für allemal klarmachen, dass ich meine Altherrenkleidung jeder Jugendklamotte vorziehe und damit immer noch bewundernde Blicke einheimsen kann.«

»Bewundernde Blicke? Na, ich weiß nicht. Dafür hättest du aber nicht so tief in die Mottenkiste greifen dürfen. Dem Schnitt und dem Stoff nach müsste der Anzug noch aus der Zeit vor der Währungsreform stammen.«

»Nicht ganz. Zehn Jahre später. Ich habe ihn 1958 zu meiner Hochzeit getragen. Gestern habe ich ihn beim Herumstöbern im Kleiderschrank wiederentdeckt und gleich anprobiert. Und was soll ich sagen? Tadellos. Er sitzt wie angegossen.«

Aus Taktgründen war dem nichts hinzuzufügen. Aber Rieker schmunzelte in sich hinein. Zwei alte Knacker auf der Demo gegen Jugendklamotten.

Vor der Tür waren kräftige junge Stimmen zu vernehmen. Es wurde forsch angeklopft, und Jens Habel steckte den Kopf herein. Erschrocken zog er ihn wieder zurück. Dann fasste er sich doch ein Herz und trat ein.

Hinter ihm erschien Andrea Herbst und blieb verblüfft neben Jens stehen. Vorsichtig fragte sie: »Ist jemand verstorben? Müssen wir kondolieren?«

Das war nicht ganz das, was Rieker und Störzlein sich gewünscht hatten. Sie hatten eher an bewundernde Blicke gedacht und an Sätze, in denen Wörter wie elegant, tadelloser Schnitt, zeitlos modisch oder distinguiert vorkamen. Aber Bernd Rieker beschloss, sich froh gelaunt zu geben.

»Von wegen kondolieren. Gratulieren ist angebracht. Wir haben interessante Ergebnisse. Setzt euch. Ich hol nur schnell den Kaffee.«

Jens bedeutete ihm zu bleiben, wo er war, und erledigte das für ihn.

Als er mit der Kaffeekanne zurückkam, begann Rieker mit dem Ergebnis der gentechnischen Analyse.

»Die biologischen Spuren, die man unter den Fingernägeln und auf der Kleidung von Caroline Hurst sichergestellt hat, stimmen mit Horst Blanks DNA überein. Dem Rechtsmediziner sind gleich die Kratzspuren an den Händen von Blanks Leiche aufgefallen.«

Rieker schickte über den Rand seiner Lesebrille hinweg einen zutiefst vorwurfsvollen Blick in Richtung Störzlein. »Karl, du bist doch mit dem Blank zusammen gewesen. Ist dir da nichts aufgefallen?«

Störzlein duckte sich verlegen über seinen Kuchenteller. »Gesehen habe ich die Kratzer schon. Aber einer wie Horst Blank, der bastelt und schnitzt, hat doch immer wieder mal Blessuren an den Händen.«

»Na gut.« Rieker zuckte die Achseln. »Das ist jetzt auch egal.« Er wandte sich wieder seiner Akte zu. »Auch die Anhaftungen am Tötungswerkzeug stammen von Blank. Gestern wurde sein Haus in Schöllkrippen durchsucht, das er zusammen mit seinem Sohn und dessen Familie bewohnte. Ihr könnt euch deren Entsetzen vorstellen, als sie von Blanks Tod erfuhren und der Tat, die ihm zur Last gelegt wird. Im Haus wurden keine Ausweispapiere oder sonstigen Gegenstände gefunden, die wir beim Mordopfer vermissen. Blank hat offensichtlich alles vernichtet. Der Leiter der Spurensicherung vermutet, dass er alles in der Holzheizungsanlage des Hauses verbrannt hat. Die Spurensicherung fand allerdings im Werkzeugkasten einen Schraubendreher, von dessen Schaufel ein Stück abgebrochen war. Er wird zur Stunde unter dem Vergleichsmikroskop mit dem Stück zusammengefügt, das man an der aufgestemmten Tür der Teufelsmühle fand.«

Störzlein nickte weise. »Ja, ja. Der Blank gehörte eben der sparsamen Kriegsgeneration an, die so schnell nichts wegwirft. Auch für einen kaputten Schraubendreher gibt es noch eine Verwendung. Wenn der Griff lang genug ist, kann man sich damit immer noch den Buckel kratzen.«

»Das ewige Aufheben von Gegenständen kann aber auch ins Auge gehen«, meinte Jens Habel. »Wenn Helga Klein uns früher einen Hinweis gegeben hätte, hätten wir ihn mit der Passspur des Werkzeugs festnageln können. Allein dieser Gedanke bestärkt mich noch einmal in meiner Ansicht, alles Unnötige tunlichst wegzuwerfen. Man weiß nicht, wozu man in seinem Leben noch gezwungen ist.«

»Auch Kleidung sollte man entsorgen«, steuerte Andrea bei und schnitt sich noch ein Stück vom Kuchen ab.

Rieker und Störzlein wechselten einen besorgten Blick. War das etwa auf sie gemünzt?

Doch Andrea fuhr fort: »Mit den heutigen Analysetechniken kann man Faseranhaftungen und biologische Spuren daran nämlich noch nach Jahrzehnten nachweisen. – Mich interessiert aber jetzt brennend, welche Ergebnisse zu Helga Klein vorliegen.«

Rieker ließ seine Lesebrille bis zur Nasenspitze rutschen und äugte über den Rand. »Ich bin mir immer noch nicht ganz schlüssig, was ich von ihr und ihren Aussagen halten soll. Auf die Frage, warum sie uns nicht früher Bescheid gegeben hat, hat sie geantwortet: ›Ich verrate keinen Jugendfreund, selbst wenn er sich schuldig gemacht hat. Mit Schuld und Sühne gehe ich anders um.‹ Sie haben dabei doch selbst in Lebensgefahr geschwebt, habe ich gesagt. Sie hat mich von oben bis unten angeschaut und gemeint: ›So, meinen Sie? Außerdem habe ich Ihnen den Hinweis mit den Gruppennamen und dem Roman gegeben. Ich konnte doch erwarten, dass auch Sie Ihre Hausaufgaben machen.‹«

Rieker nahm die Brille ab und lehnte sich im Stuhl zurück. »Fakt ist, wir können ihr tatsächlich nichts nachweisen. An Blanks Leiche fanden sich keinerlei Spuren, die von ihr stammen. Es ist, als ob sie gar nicht in der Nähe war. Aber eines ist klar: Auf der Stützelhöhe kennt sie sich aus wie keine Zweite. Deshalb werde ich das Gefühl nicht los, dass sie zumindest indirekt ihren Teil zu Blanks Tod beigetragen hat.«

»Die Magie des Hexentanzplatzes, der Zauber des Zauberbergs, die Stützelhöhe als Helgas Zauberberg. Dort geht es nicht mit rechten Dingen zu«, raunte Störzlein mit tiefer Stimme und todernstem Gesicht.

»Karl, jetzt reicht es. Mach deine Witzchen woanders. So einen heillosen Blödsinn kann man doch nicht in einen Bericht schreiben.« Wütend starrte Rieker seinen alten Kollegen an.

»Eben. Deshalb steht dort nur Unfall, denn einen indirekten Mord gibt es nicht. Wenn du willst, kannst du auch ›bedauerlicher Unfall‹ hineinschreiben, was ich mir persönlich aber verkneifen würde. Blank, das Schwein, hat Gisela umgebracht. Das steht fest. Wir alle haben die entsprechende Stelle in dem Roman inzwischen gelesen. Das klingt glaubwürdig, es entspricht meinen Erinnerungen an damals. Damit ist mein Fall von 1953 gelöst. Ebenso steht jetzt fest, dass Blank seinen eigenen Vater getötet hat. Wir wären aber nicht hinter seine Taten gekommen, wenn Helga uns nicht die Gruppennamen verraten hätte. Deshalb noch einmal: Zerbrich dir nicht länger den Kopf, schreib Unfall hinein und setz Helga Klein auf freien Fuß.«

Es dauerte trotz Störzleins flammender Rede noch eine Weile, bis Rieker dem zustimmen konnte. Er rang gründlich mit sich, ob das mit dem Rechtsempfinden eines Polizisten auch vereinbar war. Endlich klatschte er mit der flachen Hand auf den Tisch.

»Gut. Machen wir es so. Wenn alle Formalitäten erledigt sind, können Habel und Herbst sie nach Hause bringen. Es schadet der Polizei nicht, wenn sie sich hin und wieder von der gefälligen Seite zeigt. Unsere Ermittlungen weisen auf Unfall hin. Jetzt liegt es noch beim Staatsanwalt, ob er sich unserer Meinung anschließt.«

Rieker schnitt sich ein Stück vom Kuchen ab. Dabei kam ihm wieder eine Frage in den Sinn, die er längst schon hatte stellen wollen.

»Ach, noch eines. Wisst ihr eigentlich, was es mit dem alten Reichspfennig auf sich hatte?«

Niemand wusste es, und Rieker nahm sich ungebührlich lange Zeit, mit der Lösung des Rätsels herauszurücken.

»Helga Klein hat es mir während einer der Vernehmungen erzählt. Alle sechs der damaligen Jugendgruppe wurden 1939 geboren. Mit der Währungsreform von 1948 verlor die Reichsmark ihre Gültigkeit. Als die Jugendlichen 1951 ihre Gruppe bildeten, stellten sie fest, dass sie alle das gleiche Geburtsjahr hatten. Horst Blank kam dann auf die Idee, nach Pfennigen zu suchen, die 1939 geprägt wurden. Bald besaß jeder den Pfennig und hütete ihn wie einen Augapfel. Er war für sie eine Art Gruppenunterpfand. Damit besiegelten sie ihr Zusammengehörigkeitsgefühl. Von wem der Pfennig stammte, den wir bei der Leiche von Caroline Hurst fanden, wusste sie allerdings auch nicht. Entweder gehörte er dem Opfer oder Blank. Helga Klein hat ihren Pfennig letzten Montag am Fundort der Leiche vergraben. Sie brauchte ihn nicht mehr. Die Gruppe war endgültig auseinandergebrochen.«

Andrea Herbst und Störzlein warfen sich über den Tisch hinweg einen raschen Blick zu. Das war also der Grund gewesen, warum Helga Klein am Tatort allein sein wollte.

Störzlein beschäftigte noch eine andere Sache und er fragte: »Was ist denn bei Fridolin Wagner herausgekommen?«

»Fridolin Wagner.« Bernd Rieker dehnte den Namen wie ein Gummiband und zuckte die Achseln. »Ganz ehrlich, aus dem werde ich nicht recht schlau. Ich wollte ihn nur als Zeugen befragen und hatte noch nicht einmal mit der Befragung begonnen, als er schon alles gestand. Zu allem hat er sich die Schuld gegeben. Der hätte sich noch um Kopf und Kragen geredet, wenn ich nicht von vornherein gewusst hätte, dass er gar nicht der Täter sein konnte. Wir haben ihn so schnell wie möglich nach Hause gebracht, den armen Kerl.«

Noch mehr bedauerte Karl Störzlein Marga Wagner. Hoffentlich gelang es ihr, Fridolin zu einer weiteren Therapie zu überreden. Störzlein trennte sich von seinen Gedanken an Fridolin und wandte sich an Rieker: »Ach, Bernd, was ich dich noch fragen will: Wissen die Amis schon von unserem Ermittlungsergebnis und wollte da nicht einer anreisen zu unserer Unterstützung? Und was ist mit den vier amerikanischen Tatverdächtigen, treiben sich die etwa immer noch im Kahlgrund herum?«

Rieker gab sich auffallend einsilbig. »Karl, das ist alles erledigt. Die Amis haben uns beglückwünscht.«

»So, so. Das hat sich erledigt.« In Störzleins Augen trat ein sardonisches Funkeln. »Schade. Ich hätte mich schon so auf die Schlagzeile im Main-Echo gefreut. Zum Beispiel ÄPPELWOI UND KU-KLUX-KLAN IM KAHLGRUND oder KU-KLUX-KLAN BEIM ÄPPELWOI IM TEUFELSGRUND.«

Darauf wollte Bernd Rieker verständlicherweise nicht eingehen, und er schaute zu Jens Habel und Andrea Herbst hinüber. »Ich denke, ihr solltet euch jetzt an den Freigelassenentransport machen. Bringt sie heim, die Helga Klein.«

Die zwei ließen sich das nicht zweimal sagen und sprangen auf. Sie waren noch nicht zur Tür hinaus, als Jens seinen Arm um Andreas Schulter legte und Andrea den ihren um Jens' Taille schlang.

Rieker und Störzlein registrierten es mit einem Lächeln.

»Verliebtes Jungvolk«, brummte Rieker bärbeißig und ging an seinen Aktenschrank.

Er holte eine Schnapsflasche, zwei Gläschen und eine Tüte Pfefferminzbonbons heraus, schenkte großzügig ein und prostete Störzlein zu. »Jetzt trinken wir auf unsere zwei gelösten Fälle. Zuerst auf deinen von 1953 und dann auf meinen. Lieber Karl, ohne deine Spürnase und deine lästige Halsstarrigkeit hätten wir das wohl nie gelöst.«

Er warf ihm die Bonbons über den Tisch zu. »Der Mordfall Teufelsmühle ist gelöst, und sämtliche Kollegen sind wieder im Kahlgrund unterwegs. Lass dich also nicht mit einer Alkoholfahne erwischen.«

Dank

Unser Dank gilt allen, die zum Gelingen dieses Buches beitrugen.

Besonderer Dank gilt der Arbeitsgemeinschaft für Heimatforschung und Heimatpflege e. V. in Alzenau. Durch ihre Heimatjahrbücher »Unser Kahlgrund« erhielten wir wertvolle historische Anregungen. Ganz besonders bedanken wir uns bei Erna Hain. Wir durften ihre bewegende Geschichte von Susanna Klotzky übernehmen. Auch aus dem Beitrag von Karl Grün über die Zigarrenherstellung im Kahlgrund entnahmen wir wertvolle Informationen. Wir griffen auch auf Alfred Diels und Jens Kimmels eindrucksvolle Schilderungen über das Leben der Flüchtlinge und Vertriebenen im Kahlgrund zurück. Helmut Winters bemerkenswertes Charakterbild der Geiselbacher gefiel uns so gut, dass es ebenfalls Eingang in unseren Roman fand. Herzlich bedanken wir uns bei Reinhold Hein vom Heimat- und Geschichtsverein Oberer Kahlgrund e. V. in Schöllkrippen, der uns mit seinem »Kahlgrünner Wörderbuch« die Kahlgründer Sprache wieder plastisch vor Augen geführt hat. Ein besonderer Dank gilt Dr. Gerrit Himmelsbach und dem Spessartprojekt sowie dem Spessartbund e. V. in Aschaffenburg für die historische Auseinandersetzung mit den drei Teufelsmühlen.

Großer Dank gebührt Hermann-Josef Emons und Dr. Christel Steinmetz. Ihnen ist zu verdanken, dass unser Buchprojekt realisiert werden konnte. Besonders herzlich bedanken wir uns bei unserer Lektorin Marit Obsen, die uns sachkundig und kreativ unterstützte.